Zu diesem Buch

«Ein Buch, so voller Heiterkeit, daß einem beim Lesen leicht wird ums Herz. Ein Ferienbuch, wenn dem Begriff ‹Ferienlektüre› nicht dieser Beigeschmack von seichter Unterhaltung anhaftete. Seicht ist da nichts, bloß leicht, liebenswürdig, klug» («Frankfurter Allgemeine Zeitung»).

«Unwiderstehlich komisch, von ansteckender guter Laune» («France Soir», Paris).

Dieser Roman, der allein in Frankreich eine Auflage von über einer Million Exemplaren erreichte, wurde von Louis Velle, dem Ehemann der Autorin, verfilmt: mit Frédérique Hébrard in der Hauptrolle. Außerdem liegt von ihr der Roman «Das Leben beginnt im Frühling» (Rowohlt 1980) vor.

Frédérique Hébrard

Ein Ehemann ist besser als keiner

Roman

Deutsch von
Brigitte Schenker

rororo
Rowohlt

Die Originalausgabe erschien unter dem Titel
«Un Mari c'est un mari»
bei Éditions Flammarion, Paris
Umschlagentwurf Reinhold Barsuhn

Veröffentlicht im Rowohlt Taschenbuch Verlag GmbH,
Reinbek bei Hamburg, Oktober 1982

Gesamtherstellung Clausen & Bosse, Leck
Printed in Germany
680-ISBN 3 499 15005 0

Für meinen Mann –
den ich auch lieben würde,
wenn er nicht mein Mann
wäre

Concepcion und ich waren um 4 Uhr aufgestanden. Die morgendliche Frische des heraufziehenden Tages verlieh der Luft über Paris eine trügerische Reinheit.

Die Sonne würde erst um 4 Uhr 59 aufgehen.

Und die Männer würden erst sehr viel später aufstehen.

Es war der 9. Juli, und wir fuhren in die Ferien nach Foncaude.

Der 2 CV jagte durch den Morgen wie ein Füllen über eine Lichtung. Es war noch wenig Verkehr auf der Autobahn nach Süden. Wir hatten gut daran getan, so früh aufzubrechen.

Frankreich schlug seine grünen Lider auf, schüttelte seine Weizenröcke und trillerte seine Freude mit tausend Lerchenstimmen in einen klaren Himmel mit hübschen kleinen Wolken, die das Blau noch blauer machten.

«Wie schön, der Morgen», sagte Concepcion.

Concepcion muß man gesehen haben, wenn man glauben will, daß es sie gibt.

Vor fünf Jahren kam sie nach Foncaude, mit dem Bus aus Perpignan, ein Häufchen Elend und schwanger bis zu ihren Samtaugen. Und so kam es, daß Ignacio und sie mehr oder weniger gleichzeitig bei uns einzogen. Ignacio ist ihr Sohn, gezeugt von einem Vater, über den man nichts weiß. Das stört uns nicht. Da er immer bei uns gelebt hat, nennt er – wie unsere Jungen – Jean «Papa». Unsere Freunde finden das anscheinend peinlich. Sie wissen ganz genau, daß es nicht stimmt. Trotzdem, sie sagen, es mache sie verlegen. Der arme Kleine! Man kann ihm doch nicht alles vorenthalten unter dem Vorwand, daß ihm das Wesentliche fehlt.

Concepcion ist von atemberaubender Schönheit. Auch das scheint Anlaß zu peinlicher Verlegenheit zu sein. Was uns angeht, wir sind daran gewöhnt, aber wenn wir Gäste haben und Concepcion das Soufflé herumreicht, starren sie das Mädchen wie hypnotisiert an und sehen erst wieder verwirrt auf ihren Teller, wenn das Soufflé zusammengefallen ist. Das ist nicht verwunderlich, denn sie trägt Sommer wie Winter nichts unter der Bluse, ist klein, zierlich und wohlproportioniert und hat die Hautfarbe der Mädchen, die an den Ufern des Mittelmeers zwischen Orangen- und Olivenhainen aufgewachsen sind. Aber Schönheit ist doch keine Sünde, soviel ich weiß. Und drei kräftige Männer, mit der Peitsche angetrieben, würden in einer ganzen Woche nicht das bewältigen, was sie an einem einzigen Nachmittag schafft – zu der Melodie: «Ich bin der Prinz deiner Träume! Ich werde dich lieben Tag und Nacht . . .»

Liebe Concepcion, du magst uns und wir mögen dich.

Heute morgen sind wir beide glücklich. Unsere Ferien haben begonnen! Unsere Ferien, die wir nach einem genau ausgetüftelten Plan zusammen verbringen werden.

Unsere Ferien!

Der 2 CV rollt in die Freiheit, in einem Verkehrsstrom, der im Radio gerade als flüssig bezeichnet wird.

Der 2 CV ist bis oben hin vollgestopft mit Koffern, Körben, Taschen, ungeschickt verknoteten Paketen und

Kartons. Ein richtiges Gammlergefährt. Auf dem Rücksitz lecken sich Ignacio und Octave, der Hund, gegenseitig zärtlich das Gesicht. Pfoten und Hände klatschen zum fröhlichen Exodus.

Der 2 CV macht Tempo, den Schnabel schief im Wind.

Ja, er reizt schon zum Lachen, mein 2 CV, seit er einmal ziemlich unsanft mit einem Bordstein Bekanntschaft gemacht hat. Es hat ihm die linke Lippe hochgezogen, glücklicherweise ohne etwas an den wesentlichen Organen zu verletzen. Und wie sagt doch Jean: «Hauptsache, er fährt . . .»

Jean ist mein Mann.

Er schlief noch tief um 4 Uhr, als wir uns fertig machten. Aber als ich mich über ihn beugte, um ihn zu küssen, fand er doch die Kraft, zu sagen:

«Ich fahre mit dir in die Ferien!»

Er war warm wie ein Brot im Backofen. Ich hätte tausend Jahre zusammengekugelt in dieser Wärme verbringen mögen . . . Was für ein Mut, jetzt aufzubrechen.

Und ein bißchen Angst hatte ich auch . . .

Gestern abend hatten wir alles geplant und vorbereitet und die letzten Ratschläge gegeben. Es ist immer ein bißchen aufreibend, Männer sich selbst zu überlassen . . . Man sagt ihnen, sie sollen nicht vergessen, den Zähler abzustellen, den Fernseher auszuschalten, beim Weggehen die Tür abzuschließen, die Tür des Kühlschranks hingegen offenzulassen, und sie sehen einen dabei mit einem Gesichtsausdruck an, der Anlaß gibt zur Sorge. Erstens hören sie nicht zu und zweitens verstehen sie nichts. Allerdings muß ich zugeben, daß ich in den Augen meiner Söhne manchmal einen flüchtigen Funken von Interesse wahrgenommen habe, was darauf hinzuweisen scheint, daß das Geschlecht sich bessert.

Das Geschlecht der Männer.

Was das Geschlecht der Frauen angeht, frage ich mich wirklich, was daran noch verbessert werden könnte.

Nein, ich brauche mir keine Sorgen zu machen. Madame Charles, die Concierge, hat ein saftiges Trinkgeld bekommen, damit sie überall nach dem Rechten sieht, wenn sie weg sind. Wir werden bei unserer Rückkehr weder eine Feuersbrunst noch eine Überschwemmung vorfinden . . .

Nicht, daß ich mißtrauisch bin, aber ich denke nach.

Nein, ich glaube, ich brauche mir keine Sorgen zu machen . . .

Und außerdem – ich hatte zwischen zwei Risiken zu wählen: entweder das Haus selbst abschließen oder in Foncaude alles vorbereiten. Es war richtig, vor ihnen aufzubrechen. Ich hoffe nur, daß ich früh genug abgefahren bin. Die Ente ist kein Meteor, für Jeans Mercedes wäre sie eine leichte Beute . . .

«Ique», sagt Ignacio, während er zart mit seiner kleinen, schon jetzt schmutzigen Hand über mein Gesicht streicht. «Ique, wann sind wir da?»

«Oh, fang nicht schon wieder an», sagt seine Mutter.

Plötzlich weint er. Im Rückspiegel sehe ich Tränen, dick wie Erbsen, über seine Backen kullern.

«Ich war es nicht», schluchzt er, «Octave wollte es wissen!»

Octave bestätigt es, indem er mir mit der Zunge übers Ohr fährt.

«Du wirst sehen!» droht Concepcion, die nur über diese Formulierung verfügt, um ihrem Sohn ein Bilderbuch, ein Himbeerbonbon oder eine Ohrfeige anzukündigen.

Ignacio heult, Octave winselt und Concepcion ärgert sich: «Sei brav! Jetzt sind Ferien!»

«Ich will keine Ferien!»

Ignacio ist nicht immer umgänglich, aber er hat Charme und ist erfinderisch. Außerdem stehe ich bei ihm in einer Schuld, die noch lange nicht abgetragen ist. Er hat mich von einem Fluch befreit, der über meiner Kindheit lastete.

Von dem Fluch meines Vornamens.

Dazu muß ich sagen, daß ich auf einem Boden und in einer Familie geboren bin, wo man die römische Besetzung noch nicht vergessen hat. Wir sind Leute aus der Provincia. Wir haben uns nie davon losgesagt und – wenn Sie meine Meinung wissen wollen – wir werden uns auch nie davon lossagen. Die Namen Antonin und Jules sind in den Registern der Standesämter unserer Städte und Dörfer über Gebühr vertreten. Und wenn der Name Vespasien wieder aus der Mode ist, wird man getrost auf César oder Marius zurückgreifen. Meine Großeltern gingen noch weiter. Sie gaben ihrem Sohn den Namen Théodore. Und mein Patenonkel, sein geliebter Schulfreund vom Gymnasium in Nîmes, der, der später, 1949, Admiral werden sollte, heißt Aurélien. Sie werden verstehen, daß es meinen Eltern unter diesen Bedingungen schwergefallen wäre, mich auf einen Allerweltsnamen wie Ginette oder Maryvonne zu taufen.

Meine Kindheit war ein Leidensweg. Besonders an jedem 1. Oktober, wenn das neue Schuljahr begann. Vor diesem Tag ängstigte ich mich besonders, weil ich dann immer das Gelächter meiner Lehrer und Schulkameraden ertragen mußte, wenn mein Vorname bekannt wurde.

Ludovique.

«Das macht sich gut, in Marmor gehauen», sagte mein Patenonkel.

«Vergiß nie, daß du von einer Quelle stammst», sagte mein Vater.

Sie nahmen mich bei der Hand und führten mich zum Trinken. Denn es ist wahr, wir stammen von einer Quelle.

Fons Calda, Fontaine Chaude, Foncaude.

Ein dunkelgrüner Strauß inmitten der Trockenheit der Heide, das ist unser Brunnen. Ein Becken aus Stein, ein Löwenmaul, aus dem unermüdlich ein Wasser hervorsprudelt, das sich, zum Erstaunen der Besucher, über die Jahreszeiten lustig macht, ein Zaubertrank, der durch ein unsichtbares Feuer heiß gehalten wird. Heiliges Wasser im Lande des Weins.

Ich trank aus der Höhlung meiner kleinen Hände und hörte meinen Paten das Gedicht vortragen, das mein Vater im Alter von dreizehn Jahren verfaßt hatte.

«Bei Nîmes, das einstens römisch war,
Tief unter den uralten Reben,
Schläft eine Venus, wunderbar,
Aus weißem Marmor voller Leben.
Ich seh sie, der ich zugeneigt,
Wie sie, im Schatten von Kastanien,
Ihr blankes Hinterteil mir zeigt
Im Lande Septimanien.»

Ich mußte laut lachen über das «blanke Hinterteil». In jenen grauen Vorzeiten waren die Kinder noch gänzlich unbelastet von der Sexualerziehung ihrer Eltern und genossen die seltenen Anspielungen aufs Fleischliche.

Der bronzene Löwe spie sein Wasser, wie es ihm gefiel, und der Wind trieb die Tröpfchen auseinander . . . Seit Urzeiten waren Menschen an diese Quelle gekommen – hier war einer der Rastplätze der Via Domitia gewesen, hier hatten die Römer die Thermen errichtet.

«Ludovique? Wo bist du, Chérie?»

Im hellen Kleid und mit gebräunten Armen rief Mama mich von der Terrasse her.

Ich sah Théodore an, Aurélien, den bronzenen Löwen, die schöne junge Frau unter dem Judasbaum, und ich hielt uns für unsterblich.

Ich wußte sehr bald, daß das nicht stimmte, und mein Vorname wurde mir verhaßt. Dann trat ein junger Iberer ohne Vater in mein Haus und in mein Leben und sagte: «Ique.»

Er hatte die Marmormauer zertrümmert. Er zertrümmerte später noch viele andere Sachen, aber warum kleinlich sein?

Die Ente fährt, wie es sich gehört, auf der Fahrbahn, die den langsamen Fahrzeugen vorbehalten ist. Die Zeit vergeht. Bald ist es 11 Uhr. Mein Herz schlägt schneller, denn um 11 Uhr habe ich eine Verabredung mit meinem Mann – im Radio, bei France Musique.

Vor drei Tagen hat Jean in Versailles die 9. Symphonie in C-Dur von Schubert im Théâtre Montansier dirigiert. Und heute morgen sendet Radio-France eine Aufzeichnung des Konzerts.

Vor drei Tagen hatte ich solches Herzklopfen, daß ich fürchtete, es könnte das Orchester übertönen. Ich hatte blind, taub und zitternd dagesessen und hatte niemanden um mich herum wahrgenommen. Jetzt, in meinem 2 CV, höre ich die Musik, und sie ist schön, schön wie der Sommer.

Der Ruf des Horns im Andante grüßt die Bourgogne. Wenn die Ente schön weiterfährt, wird Schubert uns bis zu den ersten romantischen Dächern des Rhônetals begleiten. Ich frage mich, in welcher Landschaft, inmitten welcher Getreidefelder oder Wälder Jean und die Jungen jetzt der Musik zuhören. Die gewaltige Symphonie fährt durch

Frankreich hindurch wie ein Messer, vereint die Reisenden vom Norden bis zum Süden, strömt dahin wie ein Fluß von Tönen. Für mich kommt dieser Fluß von sehr weit her. Er entsprang an einem Sonntagnachmittag im Théâtre des Champs-Elysées. Der Admiral hatte mich ins Konzert mitgenommen, so wie er mich auch in den Louvre oder in die Comédie-Française führte, wenn meine Mutter bei Banketten präsidierte und bei Wahlversammlungen das Wort ergriff, die Arme. An diesem Sonntag applaudierte der Saal Munch. Ein junger Mann, der auf einem Stuhl stand, schrie seine Begeisterung so laut heraus, daß mein Patenonkel auf ihn losstürzte: «Es ist mir ein Vergnügen, Ihnen die Hand schütteln zu dürfen, mein Freund!»

Wie entsetzlich! Einen Unbekannten einfach so anzureden! Ich wußte nicht, wo ich mich verstecken sollte. Und wenn mein Patenonkel es dabei nur hätte bewenden lassen! Aber nein, er hatte den jungen Mann auch noch eingeladen, bei Colombin mit uns Tee zu trinken. Ich mißbilligte das und sagte kein Wort. Ich fand den Jungen unsympathisch. Er schenkte mir nicht die geringste Aufmerksamkeit. Und außerdem war er zu schön. Vor zu schönen Menschen muß man sich in acht nehmen. Ich war sehr erstaunt, als er mich am nächsten Morgen anrief: «Ich bin der junge Mann von gestern . . . Der, den Ihr Onkel zum Tee eingeladen hat . . .»

«Das war nicht mein Onkel», sagte ich verstört.

«Hauptsache, Sie sind Sie. Sie sind es doch? Gut. Ich habe zwei Plätze für die Oper heute abend. Es gibt *Die Macht des Schicksals.* Wollen Sie mitkommen?»

Wäre ich nicht hingegangen, könnte ich Ihnen heute nicht all das hier erzählen. Ich bin hingegangen. Der junge Mann war Jean. In der Pause sagte er zu mir: «Eines Tages will ich hier Verdi dirigieren. Verdi, das bedeutet für mich

Theater, Feste, Drama, Schönheit, Leben. Einverstanden?»

Ich sagte: «Einverstanden.»

Nach der Oper, als er mich zu Fuß nach Hause begleitete, sagte er plötzlich: «Ich möchte Sie küssen. Einverstanden?»

«Einverstanden.»

Ich habe gut daran getan, ihm so zu antworten.

Dieser Kuß öffnete die Tür zu meinem Leben. Fünfundzwanzig Jahre ist das jetzt schon her, fünfundzwanzig Jahre im Laufschritt, Hand in Hand. Die Kinder, Viviane, Albin, Paul . . . Eines Tages lernte Viviane dann Thomas kennen. Auch sie sagte: «Einverstanden.» Und nun war die Reihe an ihr, in den Kreis des Lebens einzutreten.

Ja, ich bin Großmutter. Ich kann mir denken, wie erstaunt Sie sind, daß ich noch so wohlerhalten bin. Obwohl der Weg hart war. Und lang. Was die Musik betrifft, da hat man entweder mit sieben Jahren Erfolg oder erst sehr viel später oder nie. Für Jean war es ein außerordentlich schwerer Weg, aber wir haben uns daran gewöhnt. Doch das Jauchzen dieses Morgens, über dem jetzt das Finale ausklingt, sagt mir, daß sich irgend etwas geändert hat. Ob sie endlich gekommen ist, die Zeit der Ernte?

«Hörst du», sagt Concepcion zu ihrem Sohn, «sie applaudieren uns. Sag: Bravo!»

«Bravo», sagt Ignacio widerwillig.

Er ist noch kein großer Musikliebhaber. Die Symphonie kommt ihm ebenso endlos vor wie die Reise.

«Möchte Madame ein hartgekochtes Ei oder etwas Hackbraten?» fragt Concepcion, an deren Kräften die Neunte offenbar gezehrt hat.

Sie beißt herzhaft in ihre Wurst und gießt Mineralwasser in die Pappbecher.

«Monsieur ist fabelhaft!» sagt Concepcion mit der Befriedigung des Besitzers.

«Pipi», sagt Ignacio finster.

«Du machst Pipi in Foncaude. Es muß alles fertig sein, wenn Monsieur ankommt. Er liebt Foncaude so sehr.»

Ich lachte: «Ich habe mich schon oft gefragt, ob er mich nicht nur wegen des Hauses geheiratet hat.»

Concepcion lacht noch lauter als ich. Das gefällt mir.

«O nein, Monsieur hat Madame geheiratet, weil er sie haben wollte!»

Ein bezauberndes Mädchen. Und dann fährt sie fort: «Und wenn Monsieur etwas haben will . . . Ich kenne das! Er sieht so sanftmütig aus, aber wenn er etwas haben will, dann muß er es haben. Das ist so. Wenn er etwas haben will, Monsieur, oh, là, là!»

Was wollte sie damit sagen?

Ich habe es nicht erfahren, weil Ignacio vorgab, Leibschmerzen zu haben. Ich habe angehalten. Dreimal. Es stimmte nicht. Beim viertenmal habe ich nicht angehalten. Da stimmte es.

Doch wir waren am Ziel. Der Tour Magne lag hinter uns, und wir verließen die Autobahn, um auf den Weg nach La Paillade einzubiegen, den Weg meiner Kindheit.

Wir fuhren durch das schreckliche Neubaugebiet, das meinen Vater umgebracht hätte, wenn er nicht schon tot gewesen wäre, als man begann, die Heide zu verwüsten. Ja, Papa ist tot. Von ihm, von meinem Schmerz werde ich noch sprechen.

Dann kamen wir auf die kleine Straße, die hinabführt zum Wasserblumenweg, wo die wilde Kresse wächst und die Jungen Kaulquappen fangen. Dann kam das Gitter. Stellen Sie sich jetzt kein Versailles vor! Das Tor war verrostet und hing schief in den Angeln. Es stand immer weit offen, und seit mindestens einem halben Jahrhundert war ein Schild daran befestigt mit der Inschrift:

P ivatbes tz
intritt verbot n

«Es fehlen ihm ein paar Zähne», hatte Paul schon vor Jahren gesagt.

Wir haben gelacht, aber die Zähne wurden nicht ersetzt.

Hinter dem Tor beginnt unser Besitz.

Foncaude . . . Ich wage nicht, davon zu erzählen. Ich zitiere lieber aus einem Schulheft meines Vaters, aus einem Heft des jungen Théodore, der damals etwa so alt war wie zu der Zeit, als er das unschuldige Gedicht schrieb, das ich so liebe.

Auszug aus einem Heft von Théodore Campredon, Schüler der Rhetorik am Gymnasium zu Nîmes.

«Der Reisende, der die einsame Languedocsche Heide durchstreift und dessen Blick sich an die niedere und kümmerliche Vegetation gewöhnt hat, wo manchmal mitten zwischen Kermeseichen, Steinen und Kapitellen ein Mandelbaum zu seiner sanften Anmut in die Höhe ragt, der Reisende, sage ich, ist erstaunt, wenn er dieses von Winden gepeitschte und von der Sonne verbrannte Plateau verläßt und plötzlich bei einer Wegbiegung eine Bodensenke erreicht, die ihm den Eindruck vermittelt, eine geheimnisvolle Welt zu betreten, die von der Natur vor neugierigen Blicken geschützt wird. Kaum hat er ein Tor durchschritten, ergreift ihn die Stille. Er folgt einer langen Allee uralter Bäume und grüßt die Platane, den Baum des Südens. Die lange gewundene, Kühle spendende Allee führt ihn in wohltuendem Dunkel quer durch Weingärten auf ein geheimnisvolles grünes Dickicht zu. Den Schlummer welcher schlafenden ‹Schönheit des Waldes› beschützt man an diesem Ort? Fremdling, es ist eine Göttin! Eine Venus schläft unter den Reben, nicht erst seit hundert, nein, seit Tausenden von Jahren. Ehre diese marmorne Nacht, und wenn du als Freund kommst, wird dir der Herr dieses Ortes Wasser anbieten, deinen Durst zu stillen, und seinen Wein, um deine Sinne zu entzücken. Denn bescheidene Sterbliche leben in diesem Frieden, in dem langen ockerfarbenen Haus mit dem romanischen Ziegeldach, mitten in einem Garten, wo der Lorbeer des Apollo wächst und der rosa Lorbeer und Rosmarin und die kleine Zypresse und die Kamelie mit ihren zarten Streifen und Thymian und Majoran, den die fröhlichen Elfen so gern mögen.»

Lieber Papa – er war so sicher, daß irgendwo eine Venus schlief unter den Jahrhunderten der Erde. Er hatte seinem Vater sogar vorgeschlagen, alle Rebstöcke herauszureißen und den Boden umzugraben, bis man auf sie stieß. Man stelle sich die Begeisterung meines Großvaters vor, der den Wein selber anbaute!

Jetzt bist du es, lieber Vater, der «unter den uralten Rebengärten» schläft. Und wir, deine Getreuen, kommen Jahr für Jahr zurück auf diese Insel, die das Neubaugebiet erbarmungslos vernichtet. Noch ein Buchstabe fällt vom Schild herunter, noch ein Gitterstab vom Tor, ein Ziegel vom Dach . . . Der Weingarten verwildert, die Blumenkübel von Anduz bekommen Risse, ja, sogar eine Platane ist letzten Winter eingegangen. Aber die Allee mit ihren stolzen Windungen ist noch so schön wie einst. Die verlassenen Wirtschaftsgebäude stehen noch. Und wenn der Stall auch noch das alte rosa Pferd des Pächters beherbergt, so hört man doch unten in den Kellergewölben noch das muntere Lachen der Weinleser von damals.

Octave und Ignacio springen kläffend aus dem Auto. Und schon kommt Félicité, die Hofhündin, vor Vergnügen wedelnd auf uns zu, die Zitzen noch näher am Boden als im vorigen Jahr. Concepcion hat den Kofferraum geöffnet. Ich betrachte das Haus. Mit geschlossenen Läden und der verschlossenen Tür sieht es richtig böse aus.

Ignacio fragt: «Fängt es jetzt an?»

«Was fängt an?»

«Die Ferien?»

Ach, die herrliche Ungeduld eines kleinen Kindes!

«Schau», sage ich und nehme aus meiner Handtasche den riesigen Schlüssel mit der ehemals goldenen Schnur, an der ein altes Schildchen mit der Aufschrift *Foncaude* hängt. Es war die Handschrift meines Vaters. «Schau, Ignacio, das ist der Schlüssel zu den Ferien!»

Ich drücke gegen die Tür, sie scharrt über den Steinboden der Diele, und ich betrete das Haus.

Ein Geruch nach Gruft, Staub und Schimmel hüllt mich ein. Irgend etwas fliegt raschelnd auf in der Finsternis, irgend etwas entwischt ans Licht und streift mein Bein. Der Hund, der es gewagt hat, mir zu folgen, niest, und Ignacio schreit: «Ich hab Angst!»

«Du wirst sehen . . .» sagt Concepcion, die bereits alles aus dem Auto angeschleppt hat.

Was uns im Haus erwartet, ist erschreckend. Lord Carnarvon kann, als er die Grabkammer des Tut-ench-Amun betrat, bestimmt nicht ein solches Chaos vorgefunden haben wie wir am Abend dieses 9. Juli.

Und dabei steht das Haus erst seit Mitte September leer. Wir hatten es selbst sorgfältig abgeschlossen, die Sessel abgestaubt, die Teppiche aufgerollt, die Vorhänge heruntergenommen . . . Aber Häuser rächen sich, wenn sie vernachlässigt werden, genau wie eine ungeliebte Frau. Es hat auf den Billardtisch geregnet, der bedruckte Kattun, mit dem die Wände des Eßzimmers bespannt sind, verschwindet unter einer grünlichen Schimmelpilzkultur, ein Siebenschläfer hat sich in der Tischwäsche eingenistet, und bei jedem Schritt treten wir auf Gipsschutt.

Am meisten schmerzt mich der Sturz von Großonkel Sabin. Die Schnur ist gerissen, die ihn an seinem Nagel festhielt, und er liegt auf dem Boden, das Glas zerbrochen, sein schöner Mund gespalten. Armer Sabin, er hat nie Glück gehabt. Er war es, der während des zweiten Kaiserreichs Foncaude wieder zum Badeort machen wollte. Fast hätte er übrigens damit Erfolg gehabt, denn über eine gewisse Zeit hin erlangten die wieder aufgebauten Thermen noch einmal den Glanz, den sie zur Zeit der Cäsaren gehabt hatten. Unglücklicherweise aber war Onkel Sabin ein schöner Mann, und der übermäßige Gebrauch, den er von dieser Schönheit machte, führte zu seinem Ruin und zu dem meiner Familie. Man erzählte sich hinter vorgehaltener Hand, daß er infolge eines Aufenthalts in Marseille und dort erlebter nächtlicher Exzesse eine üble Krankheit aufgelesen hätte. Eine wirklich beruhigende Bezeichnung, die davon auszugehen scheint, daß es auch gute Krankheiten gibt. Aber Onkel Sabins Krankheit war wirklich sehr schlimm. Die Spirochäten wurden schnell zahlreicher als die Kurgäste. Die Bädergesellschaft machte Bankrott, und die neuen Thermen verfielen sehr viel schneller als die alten. Aus dieser traumhaften Zeit blieb uns nur noch eine Flasche (Paul hat die vorletzte zerbrochen, als er klein war) und zwei grünbemalte Badewannen, auf der indische Nelken blühen.

«Madame Lasblaise ist eine Schlampe», höre ich die Stimme von Concepcion.

Madame Lasblaise ist eine Plage, die sich den Titel Haushaltshilfe zweifellos einzig und allein deshalb zugelegt hat, um fremde Haushalte zu verschmutzen, sich dafür bezahlen zu lassen und zu verschwinden. Das ist ein Kunststück für sich.

Jedes Jahr schwört sie, daß sie vorbeikommen und «hin und wieder nach dem Rechten sehen» werde. Letztes Jahr ließ sie uns das Kupfergeschirr zum Putzen auf einem alten Tischtuch im Eßzimmer der Kinder aufstellen (Eßzimmer der Kinder sagen wir nur so; wir essen dort, wenn wir keine besonders anspruchsvollen Gäste haben). Nun, das Kupfergeschirr steht immer noch da, grünspänig, glanzlos und noch staubiger, und es ist offensichtlich, daß sie keinen Fuß ins Haus gesetzt hat, trotz meiner Briefe und der Überweisung.

«Gut», sagt Concepcion, und dann haben wir kein Wort mehr gewechselt, bis wir Herr der Lage waren. Ignacio weinte im Garten und verlangte nach seinen Spielsachen. Octave bellte, daß es kilometerweit zu hören war. Und wir, wir waren zu Ameisen geworden. Wir stiegen die Treppen hinauf, stiegen die Treppen hinunter, schüttelten am offenen Fenster die Läufer aus, rollten die Matratzen auseinander, die aus alten Wunden Wolle verloren. Wir kehrten, wuschen unter fließendem Wasser, trugen Stöße von Bettwäsche umher . . . Die Bettwäsche war feucht, und wir hatten im großen Kamin Feuer machen müssen, um sie trocknen zu können.

«Sie werden sie doch nicht mehr nehmen, diese Schlampe?» fragt Concepcion, als alles fertig ist.

Es würde schwierig sein, Madame Lasblaise nicht mehr zu nehmen. Erstens gab es hier nur sie und zweitens würde es einen schlechten Eindruck machen, denn sie ist schon sehr alt. Das ist sie immer gewesen, und daran ändert sich auch nichts mehr. Und entgegen allem äußeren Schein ist es meine Familie, die in ihren Diensten steht. Ich habe immer sagen hören: «Die arme Madame Lasblaise, das kann man mit Madame Lasblaise nicht machen, sei nett zu Madame Lasblaise . . .» So was ist ärgerlich, finden Sie nicht auch?

Ignacio weint nicht mehr. Er hat unter dem Judasbaum einen Ameisenhaufen entdeckt und sich daneben gelegt. Die Ameisen fangen an, sich an ihn zu gewöhnen und klettern auf ihm herum. Von Zeit zu Zeit bellt Octave. Er scheucht wohl Kaninchen auf. Spät am Abend wird er zurückkommen, die Schnauze verklebt mit frischem Landdünger . . . Concepcion bietet mir eine Zigarette an, als wir auf den Stufen der Terrasse sitzen und auf die Heide hinausblicken. Wir sitzen an der Seite, die Bazille bevorzugte, wenn er kam, um unser Haus zu skizzieren. Die Sonne versinkt hinter den grünen Eichen. Die Treppenstufe, auf der ich sitze, ist locker wie ein Milchzahn. Ein Frosch schmettert das erste Notturno . . .

«Wie schön», sagt Concepcion und streckt eines ihrer schmutzigen, aber vollendet geformten Beine von sich. Dieses schnelle Wiederflottmachen des gestrandeten Schiffes war herrlich gewesen. Und das Herrlichste war, daß wir es ohne die Männer geschafft hatten. Ich hatte schon Angst gehabt, daß sie zu früh eintreffen würden. Jetzt konnten sie kommen. Das Haus atmete wieder. Die Betten waren gemacht, der Tisch gedeckt. Wein aus unseren eigenen Gärten stand bereit, ebenso eine Karaffe mit noch lauwarmem Quellwasser.

Mir tut der Rücken weh und ich gähne. Concepcion erhebt sich graziös, um ihren Sohn zu baden und ihm sein Essen zu richten. Ich bleibe sitzen. Regloser als der Stein unter mir, der ständig wackelt. Und die Natur, für einen Augenblick aufgeschreckt, glaubt sich wieder allein wie an den vorangegangenen Abenden. Und während die Finsternis sich auf die Erde senkt, steigt in meinem Innern sanft ein Licht aus dem Dunkel herauf. Ich höre einen Ruf, weit entfernt, das Plätschern der Quelle, das ein Windstoß zu mir herübertreibt. Ich höre das Rauschen der Bäume, den seltsamen Schrei eines Vogels und plötzlich den brutalen Lärm eines Flugzeugs, das in Fréjorgues oder Garons landen würde. Dann wieder tiefen, ursprünglichen Frieden, bis Octave hechelnd auf mich zustürmt, sicher, mich am Ende seines Dauerlaufs hier zu finden.

Warum sind sie noch nicht da? Es ist schon Nacht! Ich stehe auf. Im Haus ist es noch dunkler. Ich mache Licht, und bevor ich die Tür schließen kann, stürzen fröhlich Milliarden von Schnaken in die Diele, auf der Suche nach frischem Fleisch.

«Es macht Ihnen doch nichts aus, wenn ich zum Tanz gehe?»

Gewaschen, geschniegelt und gebügelt, parfümiert, dekolletiert, mit schwingenden Röcken und einer Rosenknospe im Haar, kurz gesagt: zum Malen schön, neigt Concepcion sich über das unsichere Treppengeländer der ersten Etage.

«Zum Tanz?» rufe ich entgeistert.

Sie muß meinen Tonfall mißdeutet haben, denn sie kommt eilig die Treppe herunter und versichert mir, ich solle es nur sagen, wenn ich sie noch brauche. Aber der Schrei, den ich da ausgestoßen hatte, war ein Schrei reinster Bewunderung gewesen. Einer Bewunderung, die sich noch verstärkte, als ich sah, wie sie an Pauls Solex einen Reifen wechselte und knatternd durch die Platanenallee losfuhr.

Ignacio schlief. Octave verschlang das Futter, das Concepcion nicht vergessen hatte, ihm zuzubereiten. Dann verspritzte er etwa 20 Quadratmeter im Umkreis Wasser, als er aus seinem Napf trank, und streckte sich vor dem

Kamin aus, in dem die Kohlen verglühten, und an dem wir unsere Wäsche getrocknet hatten.

Plötzlich hatte ich Angst. Ich betrachtete den Tisch mit den vier Gedecken. Sie müßten längst hier sein. Mein Gott, warum waren sie noch nicht da? Was war passiert? Glück ist etwas sehr Zerbrechliches, etwas Unbeschränktes, das vom Schicksal plötzlich mit einem schwarzen Rand umgeben werden kann. Ich hatte wirklich Angst, so große Angst, daß ich nicht begreifen kann, wie ich einschlafen konnte.

Es war sehr leise, was ich hörte. Ein sanftes Strömen. Ein Regen. Wie eine Flut ohne Sturm. Aber es war kein Regen, keine Flut. Es war etwas anderes . . . Was? Ich suchte nach dem richtigen Wort. Ich wußte, daß es dieses Wort gab, aber ich hatte es vergessen. Es war ein sehr schönes Wort. Ein wichtiges. Und dieser herrliche Strom floß weiter, drang in mich ein, erreichte die noch schlafenden Zellen meines Hirns . . .

Musik!

Ich wurde wach. Irgend jemand spielte Klavier in der Nacht. Irgend jemand? Ich stand von dem Tisch auf, wo ich, den Kopf auf die Arme gestützt, geschlafen hatte, und ging leise in den Salon.

Jean saß am Klavier. Er trug noch seine Lederjacke, die Glastür hinter ihm stand offen; zur Freude der kleinen Blutsauger.

Ich sehe ihn gern an, wenn er nicht weiß, daß ich ihn ansehe. Es ist, als ob ich mir etwas von der Zeit stehle, die uns vergönnt ist.

Ich sah ihn an, ein Geschenk. Ich hörte ihm zu, Mozart.

Ich spürte, wie er das stillstehende Herz von Foncaude

aufweckte, wieder in Gang setzte. Manchmal, bei einem verstimmten Ton, runzelte er die Stirn. Das Klavier hatte eine Überholung nötig, wie jedes Jahr.

Ich konnte nicht lange an mich halten. Ich ging zu ihm und legte ihm die Arme um den Hals, und er küßte die nackte Haut vor seinen Lippen.

Es war zauberhaft. Und ich sah schon einen Sommer voller Küsse. Und Pillen! Er zog mich auf seine Knie. Mit der einen Hand umschlang er meine Taille, mit der andern spielte er leise. Ich sagte: «Schön ist das!» Er entgegnete: «Es ist falsch!» Er klagte über das Klavier, das noch unter der Feuchtigkeit des Winters litt. Morgen würde er ihm den Bauch öffnen und wenn nötig, alles auseinandernehmen.

Wie hatte ich nur vergessen können, von der Radioübertragung zu sprechen!

«So, du hast zugehört?» fragte er mit der unwiderstehlichen Eitelkeit der Männer, fügte aber dann hinzu: «Ich glaube, es war gut.» In demselben Ton, in dem Paul sagt: «Ich glaube, mein deutscher Aufsatz ist ganz gut geworden!»

Wir wußten beide, daß das Konzert ein Erfolg gewesen war, und gerade das bewegte uns. Diese Symphonie in Versailles war nicht nur ein beruflicher Erfolg, sondern ein wichtiger Tag in unserm Leben.

«Wir beide werden für acht Tage irgendwohin reisen. Das haben wir redlich verdient», sagte Jean.

O ja! Ich war so verrückt vor Freude, daß ich gleich ein schlechtes Gewissen bekam und mich bemühte, diesen Traum zu unterdrücken, indem ich mir ausmalte, welche Katastrophen während meiner Abwesenheit über Foncaude hereinbrechen könnten. Was wäre, wenn die Kinder krank würden? Wenn ein Landstreicher käme und sie erwürgte? Oder eine Schlange? Oder wenn ein Feuer ausbrach?

«Aber Concepcion hat doch versprochen, hierzubleiben! Das ist doch eine Beruhigung.»

In gewisser Hinsicht schon, das stimmt.

«Schließlich sind es keine Kinder mehr!»

Genau . . .

«Oder hast du keine Lust, mit mir zu verreisen.»

«O nein!» rief ich entrüstet.

Er hatte gewonnen. Meine Schuldgefühle sanken in sich zusammen.

«Einverstanden?»

«Einverstanden!»

Durch unsere Reglosigkeit ermutigt, gönnte sich ein Schwarm Schnaken einen guten Schluck.

«Erwischt!» sagte Jean.

Da erschienen die Jungen im Zimmer, Albin wiehernd wie gewöhnlich, Paul mit trauriger Miene.

«Wo seid ihr die ganze Zeit gewesen?» fragte ich.

«Wir sind ausgestiegen, um das Pferd zu begrüßen», sagte Paul.

«Bist du deshalb so traurig, mein Kleines?» fragte ich.

«Nenn ihn nicht immer ‹mein Kleines›», lachte Albin auf, «wo er ohnehin noch ziemlich grün ist.»

«Was fehlt dir?» fragte ich Paul.

«Tibère ist sehr gealtert», sagte Paul mit einem leichten Beben in der Stimme.

«Das kommt daher, daß er sich im Winter so beschissen fühlt, weil wir nicht da sind», sagte sein Bruder, «weiter ist das nichts!»

«Es geht ihm wie diesem armen alten Geschöpf von Klavier», erklärte Jean, indem er die Tasten streichelte.

«Trotzdem . . .» sagte Paul und sah mich dabei an, als

ob ich alles wieder in Ordnung bringen könnte: die Zeit anhalten und das alte rosafarbene Pferd verjüngen, das wir alle so gern haben.

«Trotzdem . . .» wiederholte er.

Mein lieber kleiner Junge, der sich nur schwer von seiner Kindheit trennen kann. Vierzehn Jahre, ein wunderbares, aber schwieriges Alter zwischen Kindheit und Erwachsensein . . .

Um ihn auf andere Gedanken zu bringen, schlug ich vor, essen zu gehen. Alle drei sahen sich an und fingen an zu lachen.

«Sie weiß wirklich nichts», sagte Albin.

«Rate mal, wohin ich diese Herren zum Essen ausgeführt habe», fragte Jean. Dann fuhr er gleich fort, weil er weiß, daß ich nie etwas errate: «Ich habe sie mit zu Point genommen!»

Was für eine wunderbare Idee! Point, der Louvre, ein Besuch im Hafen von Rotterdam, das sind Dinge, die ein Kind nicht vergißt.

«Die Neunte mußte doch gefeiert werden!» sagte Jean.

«Ich gebe zu, daß ich Schubert nicht mochte», wieherte Albin, «aber seit dem Essen bei Point betrachte ich ihn als meinen Freund!»

Ich fragte: «War es gut?» Wieder lachten sie laut auf.

«Es war sagenhaft», sagte Jean. «Weißt du, ich hatte keinen Tisch reservieren lassen, ich kam erst während des Finales auf die Idee. Als wir ankamen, war es 2 Uhr 20; und der Oberkellner machte ein betretenes Gesicht. Ich wollte schon wieder gehen, aber dann kam Madame Point . . .»

«Sie hat aufgeschrien, als sie Papa sah», erklärte Albin. Geschrien? Warum hatte sie geschrien? Weil sie ihn gerade gehört hatte und weil sie ihn wiedererkannte, erfuhr ich.

Und dann wurde, wie durch Zauberhand, ein Tisch hergerichtet, eisgekühlter Champagner eingeschenkt, und das Fest begann.

«Ich habe sogar eine Zigarre geraucht!» erklärte Albin.

«Du hältst mich wohl zum besten!» rief ich.

Aber es stimmte. Jean hatte ihn eine Zigarre rauchen lassen, dieses Kind von sechzehn Jahren. Aber warum eigentlich nicht?

«Es gab dort kleine Pyramiden aus Butter und einen früheren Minister, der sehr schwer hört und Großmutter kennt», sagte Paul und fragte mich, ob ich Majoran und Ente nach Papa Jules mag. Ich kann es nicht sagen, weil ich noch nie bei Point gewesen bin. Paul ist ärgerlich: «Papa, es wird aber Zeit, daß du sie mal mitnimmst.»

«Morgen», sagte Jean, «nein, besser übermorgen. Sie erwarten La Sangria. Madame Point stellt mich ihr vor und schon wird ein Vertrag unterzeichnet! Aber ich träume! Und überhaupt will eure Mutter nicht mit mir verreisen.»

«Das ist nicht wahr!» riefen die Jungen wütend.

«Aber nein, natürlich nicht! Ich hab ‹einverstanden› gesagt. Ich fahre mit!» sagte ich.

Sie waren zufrieden.

«Weißt du, du darfst nicht denken, daß du unabkömmlich bist», sagte Albin zu mir.

«Wir können sehr gut ohne dich zurechtkommen!» erklärte Paul.

Ihr Wort in Gottes Ohr!

Ich gähne, erschöpft. Ich muß nur noch die verderblichen Eßwaren vom Tisch wegräumen, dann kann ich schlafen gehen. Nur noch eine kleine Partie Billard, schlagen die Jungen mir vor. Eine Partie Billard! Wo ich völlig kaputt bin!

«Du bist drollig», sagt Albin zu mir, «immer, wenn wir mal spielen wollen, bist du kaputt!»

Ich muß lachen. Wie munter sie sind!

Ich hörte es leise Mitternacht schlagen, als ich in mein Zimmer kam. Wir hatten sogar die Wanduhren aufgezogen! Wie im Traum zog ich mich aus und versank in dem Bett-Schiff unter der Krone des Betthimmels aus besticktem Musselin, der schon über meinen Mädchenträumen gewacht hatte.

Viel später kam Jean ins Zimmer. Er leerte seine Taschen aus, machte schrecklichen Krach, als er seine Schuhe auszog, warf seine Kleider in alle Richtungen, drehte den Wasserhahn auf, putzte sich die Zähne . . . Ich hörte Wortfetzen, die offenbar an mich gerichtet waren . . . Aber meine Müdigkeit hinderte mich, sie aufzunehmen.

«. . . du schläfst ja, mein Engel!» hörte ich ihn sagen.

Ich rief: «Nein!» und sank in tiefen Schlaf. Natürlich hatte ich gespürt, daß jemand ins Bett kam und mich in die Arme nahm. Aber da ich ahnte, daß es Jean war, schlief ich weiter. Trotzdem scheine ich ihn gefragt zu haben, ob er mit Concepcion geschlafen hätte. Ich erinnere mich nicht daran, aber ich will es glauben, weil er es behauptet hat. Zu der Zeit spürte ich weder die Küsse Jeans noch die der Schnaken.

Die Vorhänge waren nicht zugezogen. Das Licht fiel in Streifen durch die Läden, als ich aufwachte.

Alles war ruhig. Es waren Ferien.

Jean schlief neben mir. Sein Kopf lag auf dem bestickten Kissen.

Concepcion hatte darauf geachtet, uns die schönste Bettwäsche aufzuziehen, die mit den Spitzen und dem eingestickten Monogramm FP, den einzigen Initialen, die nie irgend jemand in der Familie gehabt hatte. Was mich schon immer verwirrt hatte.

Jean war sehr schön, wie er da lag, von Sonne und Schatten gestreift: die Stirn golden, die Nase schwarz, der Mund golden, der Hals schwarz.

Dieser Anblick weckte in mir eine Flut von schönen Plänen, die ich leider nicht sofort ausführte. Statt mich meinem Mann in die Arme zu werfen, war ich so blöd, auf die Uhr zu sehen. Ich stellte mit schlechtem Gewissen fest, daß es schon nach 10 Uhr war. Sofort stürzte ich zum Fenster und öffnete die Läden, die fürchterlich klapperten, was wiederum die Aufmerksamkeit von Concepcion erregte.

Sie stürzte aus der Küche und rief mir zu: «Ich komme!»

Von all dem Lärm und dem Licht war Jean wach geworden.

«Ferien!» sagte er und streckte schon die Arme nach mir aus.

Ich wehrte ihn mit einer Handbewegung ab.

«Paß auf! Concepcion kommt!»

«Das ist doch eine Unverschämtheit!» schrie er.

Ich wußte nicht, was er meinte, denn ich erinnerte mich nicht mehr daran, was ich ihn am Abend gefragt hatte. Er frischte mein Gedächtnis auf und sagte mir, daß er nicht nur nie mit Concepcion geschlafen hätte, sondern daß er auch nie auf den Gedanken gekommen wäre. Er spielte mit meiner Hand und alles war licht um uns, wie in einem Märchen.

«Aber jetzt», fügte er mit ernster Miene hinzu, «jetzt, wo du mich darauf gebracht hast, darüber nachzudenken, verspreche ich dir, deinen Vorschlag mit all der Aufmerksamkeit zu prüfen, die er verdient.»

Ich habe nicht mehr erfahren, ob er scherzte, denn die Tür ging auf.

«Ich störe doch nicht», sagte Concepcion und trat ein.

Concepcion klopft niemals an. Wozu auch? Denn selbst wenn sie anklopft, kommt sie stets herein, ohne die Antwort abzuwarten.

Sie trug das schönste Tablett, das es im Hause gab. Eine Silberarbeit aus dem achtzehnten Jahrhundert, C H gezeichnet (C und H sind die Initialen meiner Eltern, aber das ist ganz und gar Zufall. Das Tablett haben wir vor zwei Jahren bei einer Versteigerung entdeckt). Ich hatte es am Abend zuvor gesehen, schwarz von Oxid. Sie hatte es also am Morgen geputzt und mit einem kleinen bestickten Leinenläufer bedeckt, dann hatte sie für uns eine Rose gepflückt, zwei der letzten Tassen der «Indischen Gesellschaft» aus dem Schrank genommen, Brot getoastet, Butter in Herzform zugeschnitten . . .

Und da stand sie vor uns, das Tablett in den Händen. Keine Spur von Müdigkeit nach der Reise und nach der Tanzerei!

Wenn man bedenkt, daß eine Menge Frauen Vermögen dafür ausgeben, sich die Härchen zupfen, sich massieren, bräunen, färben und anmalen zu lassen! Ein bißchen Seife und ein Schwamm – und Concepcion sieht aus, als käme sie aus den Händen der ersten Kammerfrau der Königin von Saba!

Sie stellte das Tablett auf unsere Knie. Wir fühlten uns etwas geniert. Sie nicht. Sie setzte sich aufs Bett, zog die Beine an und begann, eine Scheibe Brot mit Butter zu bestreichen. Wie immer war sie nackt unter ihrer Bluse, aber sie kam uns nackter vor als sonst.

«Ah, Monsieur», sagte sie, «er ist mit Madame im Bett.

Das ist gut. Wir werden ihn verwöhnen, Monsieur! Sehen Sie, so, Monsieur!»

Sie warf ihm eine Kußhand zu und reichte ihm die Scheibe Brot.

«Er hat genug gearbeitet, Monsieur, jetzt muß er Kräfte sammeln für die Ferien!» sagte sie teilnahmsvoll.

Dann fuhr sie fort: «Es gibt etwas Neues . . .» Dieser einfache Satz jagte uns einen kalten Schauer über den Rücken. Denn jedesmal, wenn Concepcion sich verliebt hatte, hat sie es uns mit einem verschämten «Es gibt etwas Neues . . .» wissen lassen.

Es gab also etwas Neues, und seit fünf Jahren wußten wir, daß das nichts Gutes bedeutete. Concepcions Liebesaffären gingen immer schlecht aus – für sie und damit auch für uns.

«Es war gestern abend auf dem Ball», erzählte sie und bestrich eine zweite Scheibe Brot mit Butter. «Ich habe eine Cousine getroffen . . .»

Oh, là, là, wenn Concepcion vorgibt, eine Cousine getroffen zu haben, kann man sicher sein, daß es wieder soweit ist. «Cousine» ist die Bezeichnung, hinter der sich der augenblicklich auserwählte Schnauzbart verbirgt.

«Nur», sie hielt inne und begann selber die Schnitte zu essen, nach der Jean gerade mehr mechanisch als hungrig die Hand ausstreckte . . . «Nur, ich habe Angst, Monsieur zu verärgern.»

Die Cousine wollte Concepcion mit ans Meer nehmen, aber sie hatte – immer noch die Cousine – nur in den nächsten Tagen frei.

«Genau zehn Tage», sagte Concepcion und senkte ihre langen Lider. «Armer Monsieur, jetzt, wo er gerade mit Madame in die Flitterwochen fahren wollte . . .»

Eine Wespe kam herein und summte gierig über dem

Frühstückstablett herum, wurde aber von Concepcion mit einer graziösen und zugleich sicheren Handbewegung ins Jenseits befördert. Jean schien es die Sprache verschlagen zu haben.

«Zehn kurze Tage», begann Concepcion wieder, «und außerdem, je früher ich wegfahre, desto eher bin ich wieder da, nicht wahr, Madame?»

Jean sah mich hilfesuchend an. Aber ich machte mir nichts vor. Ich wußte, die Ferien waren zerschnitten, ganz nach dem Muster, für das Concepcion sich entschieden hatte. Außerdem wäre es nicht nett gewesen, ihr das Vergnügen nicht zu gönnen, denn, wie sie es ausdrückte, während sie mit dem Kaffeelöffel in Jeans Tee herumrührte:

«Monsieur hat Madame immer für sich, während ich . . .»

Man will kein Unmensch sein. Also sagten wir ja. Concepcions Freude war so groß, daß es ein Vergnügen war, sie anzusehen. Sie sagte, daß ich ihre Mutter wäre (das ärgerte mich!), sie küßte Jean die Hand, kugelte sich auf dem Bett zusammen und stopfte uns mit Butterbroten voll. Dann sagte sie:

«Für Ignacio . . .»

Ich wartete, das Butterbrot in der Luft, beunruhigt.

«Für Ignacio ist alles geregelt. Meine Schwester aus Béziers wird für ihn sorgen.»

«Tata Carmen?» fragte Jean.

«Ja, Tata Carmen. Sie wird ihn heute nachmittag abholen, wenn es Ihnen nichts ausmacht, so lange auf ihn aufzupassen. Denn ich werde schon heute morgen abgeholt. Mit dem Motorrad.»

Sie hatte noch nicht ausgesprochen, als fern vom Horizont her eine Kawasaki mit Volldampf auf uns zugedonnert kam.

«Schon!» rief Concepcion und schlug die Hände vor die Brust.

Sie machte einen Satz zum Fenster, wobei sie ihre Bluse von oben bis unten aufknöpfte, und schrie:

«Ich bin fertig! Ich komme sofort!»

Die tiefe Männerstimme der Cousine drückte ihr Einverständnis in der Sprache Isabellas der Katholischen aus.

«Du wirst sehen!» versprach Concepcion mit einem perlenden Lachen. Sie drehte sich um, und wir sahen ihre Brust und die Haut ihres Bauches. Ein Anblick, der den heiligen Antonius in Versuchung geführt hätte.

«Oh, Verzeihung!» sagte sie gutgelaunt.

Uns hatte es die Sprache verschlagen, obwohl wir seit fünf Jahren an solche Aufbrüche gewöhnt waren. Sie warf uns eine Kußhand zu, während eine Hupe wie die Posaunen des Jüngsten Gerichts die Mauern unseres Hauses erzittern ließ.

«Ich komme! Ich komme!»

Wir hörten sie über den Flur laufen und die Treppe hinuntergehen.

«Sie läuft ganz nackt weg!» sagte Jean mit vor Hochachtung zitternder Stimme.

Ich sprang aus dem Bett, während ich das Tablett auf Jeans Knie schob, und erreichte das Fenster gerade noch rechtzeitig, um zu sehen, wie Concepcion in einem geblümten Kleid, das sicher nicht mehr als 40 Zentimeter Stoff erfordert hatte, bei 80 Zentimeter Breite, aus dem Haus stürzte. Aber vor allem sah ich die Cousine, und ich bekam Angst. Mitten im Hof, eine gewaltige Maschine zwischen den Schenkeln, stand fest auf seinen Beinen: der personifizierte Schrecken! Er hätte im *Détective* Karriere machen können: schwarze, breite Koteletten, eine Brust mit wucherndem Haar und Amulette, die aus dem Leder herausquollen, eine lange Schramme an der Backe, der Blick eines wilden Tieres, ein Helm, der mit Episoden aus dem Leben von *Bloody Billy Butch the Kid* illustriert war, Hände, auf deren Teller ich mich hätte setzen können, und ein Gesichtsausdruck, der jedem Nichtbewaffneten das Blut in den Adern gefrieren ließ. Meine kleine Concepcion sprang graziös auf den Sitz hinter diesen Rohling, stellte ihre Reisetasche, die ich ihr letzte Weihnachten geschenkt hatte, vor sich hin und schlang ihre Arme um das Ungeheuer, das sofort Gas gab, so daß die Auspuffgase, begleitet von einem Riesenkrach, zu mir hinaufstiegen.

Dann senkte sich wieder Ruhe über unser Anwesen, und ich hörte über meinem Kopf das Geflatter einer aufgescheuchten Turteltaube, die sich aufs Dach setzte.

Ich sagte: «Ich werde mal in den Garten gehen . . .»

«Nein», sagte Jean, «du wirst mal in mein Bett kommen.»

Was für eine Begabung er hat, die Sätze umzudrehen! Anstandshalber tat ich so, als ob ich ihn nicht verstanden hätte, näherte mich ihm aber unmerklich.

«Bist du fertig mit dem Frühstück?» fragte ich mit heuchlerischer Fürsorglichkeit.

Ohne zu antworten, reichte er mir das Tablett, und ich hätte am liebsten sein Lächeln geküßt. Unglücklicherweise fiel uns in dem Augenblick, als ich ihm das Tablett abnehmen und ihn gleichzeitig umarmen wollte, um zwei Fliegen mit einer Klappe zu schlagen, der Himmel auf den Kopf. Es war nur der Betthimmel, aber das reichte. Verbrannt vom Tee, blind unter dem Musselin, verklebt von Marmelade und vollkommen eingebuttert, gerieten wir inmitten der Bettwäsche mit dem FP und den verschmierten Spitzen in Streit. Die spinnwebdünnen Schleier gaben mit herzzerreißendem Seufzen ihren hundertjährigen Geist auf, während Jean schrie, daß er genug von Betthimmeln hätte, daß er davon nichts mehr hören wollte, daß ein für allemal damit Schluß sei, daß er nicht beabsichtige, invalide zu werden, daß dieser Schlag hätte ausreichen können, um ihn impotent zu machen, und daß er sich wundere, es nicht schon seit damals zu sein, als ich ihn gezwungen hatte, unter diesem Ding zu schlafen.

«Zwanzigmal schon habe ich gesagt, daß es uns eines Tages auf den Kopf fallen würde, dein Jungmädchendings da!»

Er knallte die Tür hinter sich zu, als er hinausging, und mir fiel ein gewaltiger Gipsbrocken auf den Kopf – der Aufprall wurde glücklicherweise gedämpft von der Marmelade, die meine Haare völlig verklebte.

Männer beneiden uns um unsere Fähigkeit, in kritischen Situationen sogleich wieder mit beiden Füßen auf dem sicheren Boden häuslicher Tätigkeiten zu stehen. Ich fand ihn unsicher, diesen Boden, und das Auskehren der Trümmer, das Waschen der Bettwäsche, das Wegräumen dessen, was einmal ein Betthimmel mit Vorhängen gewesen war, tat mir gar nicht gut. Die Matratze trocknete in der Sonne vor dem Fenster, und die Scherben der «Indischen Gesellschaft» stapelten sich auf der einzigen Untertasse, die heil geblieben war.

Die Billardpartie am Vorabend schien die Spieler hungrig gemacht zu haben, denn es war nichts mehr von der Mahlzeit übrig, die ich für ihre Ankunft vorbereitet hatte. Ich entschloß mich also, einen Großeinkauf zu machen, sobald Concepcions Schwester aus Béziers Ignacio abgeholt hatte.

Ignacio kam am Mittag mit den Jungen zurück. Sie hatten einen winzigen, widerlichen Fisch im Fluß gefangen. Ignacio schien die Abwesenheit seiner Mutter sehr gut zu verkraften. Er wollte den Fisch essen, aber da er gekocht noch schlechter roch als roh, blieb mir nichts anderes übrig als ihn wegzuwerfen; auch Octave, dem ich ihn angeboten hatte, mußte gegen Übelkeit ankämpfen.

«Papa frühstückt nicht?» fragte Paul.

«Nein, Papa frühstückt nicht!» Das rief eine Stimme ohne Gesicht oben von der Treppe her, ich konnte also nicht beurteilen, ob er noch böse war.

«Es sieht so aus, als ob du eine Beule auf der Stirn hast, Mama», sagte Albin.

«Der Betthimmel», gab ich zu.

«Der wird euch eines Tages erwischen!» prophezeite Paul.

«Er hat uns erwischt!»

Albin schob sich den Rest der Wurst in den Mund und wandte sich an seinen Bruder, als ob ich gar nicht existierte:

«Das ist es, was ich an den Frauen nicht begreife! Sie erschweren sich das Leben mit Tellern, die man nicht zerbrechen darf, mit Sesseln, auf die man sich nicht setzen soll, sie lassen dich die Schuhe ausziehen, damit du nichts schmutzig machst, sie lassen dich unter Kriegsmaschinen schlafen, und dann das Gejammere: Mein Make-up zerläuft, meine Dauerwellen sind im Eimer und all das Zeug.»

Ich gestattete mir eine Bemerkung:

«Das sind aber vornehme Frauen, die euch unter Kriegsmaschinen schlafen lassen! Ich würde sie gern kennenlernen!»

«Kein Fleisch?» fragte Paul pathetisch, als er sah, daß ich den Käse hereintrug.

«Nein, es gibt kein Fleisch. Wann, meinst du, hätte ich Fleisch holen können? Wir sind gestern abend angekommen, Concepcion ist heute morgen abgereist, ich habe bis Mittag Bettwäsche gewaschen.»

«Aber wir werfen dir doch nichts vor, Mama!»

«Stimmt, wir werfen dir doch nichts vor!»

«Das ist es, was ich an den Frauen nicht verstehe», begann Albin wieder, «du wirfst ihnen nichts vor, und schon heulen sie.»

«So sind sie alle!»

«Du hättest uns fragen sollen, Mama, wir hätten dir welches geholt!»

Wie lieb sie waren. Ich bat sie dann, mir am Nachmittag Fleisch zu holen. Unglücklicherweise war das nicht möglich: sie hatten sich mit den Vettern verabredet. Sie würden übrigens auch dort schlafen.

«Ich auch», sagte Ignacio.

«Nein, du nicht, du wartest auf Tata Carmen.»

«Warum?» fragte er mich mit allem Schmerz der Welt.

«Weil Mama es gesagt hat und weil Tata Carmen extra aus Béziers kommt, um dich abzuholen. Weil sie sehr lieb ist . . .»

«Gar nicht lieb!» schrie Ignacio unter Tränen. «Nicht lieb! DICK!»

Glücklicherweise machte ihn die sommerliche Hitze – und das frühe Aufstehen, Ignacio steht immer sehr früh auf – bald todmüde, und ich trug ihn in sein Bett.

Die Jungen spülten das Geschirr, und ich war ihnen unendlich dankbar. Vom «Eßzimmer der Kinder» aus sah ich sie in der Küche hantieren. Wie verschieden sie waren durch die zwei Jahre Altersunterschied, die später überhaupt nicht mehr auffallen würden . . . Paul hat sozusagen noch den Flaum der Kindheit, diese unschuldigen Momente, die den ganz kleinen Jungen verraten. Bei ihm kommt es noch vor, daß er mich plötzlich küßt. Gestern sagte er ganz ernst: «Wenn man brav wäre, was hätte man davon?»

Albin dagegen ist mitten in der Pubertät. Er lacht auf eine erschreckende Art, knallt die Türen, schließt die Schränke mit einem Fußtritt, wiehert wie ein Zentaur. Alle beide gebrauchen Wörter, deren Sinn ich gezwungen bin im Lexikon nachzuschlagen, wo ich sie natürlich auch nicht finde. Und wenn ihre Lehrer mir, mit Rührung in der Stimme, versichern, daß es nette Kinder seien, sehr gut erzogen, dann frage ich mich, wie die andern sind.

«Sieh dir das an, sie beobachtet uns», sagte Albin, der mich gerade bemerkt hatte.

Man darf auf keinen Fall Gefühle zeigen. Daher ihre Verschämtheit.

«Ich hoffe, daß es bei den Cousins etwas Gutes zu essen gibt, denn das Mittagessen . . . oh, Verzeihung!» fuhr Paul fort, um mich wütend zu machen. Aber ich ließ mich nicht aus der Ruhe bringen.

«Möchtest du, daß ich dir eine Dose Canigou aufmache?» schlug ich in liebenswürdigem Ton vor.

«Paul, du wirst doch dem armen Hund nicht das Canigou wegessen!» sagte Albin.

«Nein, wir wollen Octave lieber zum Essen mitnehmen. Ich finde, er sieht ein bißchen blaß aus.»

«Seid ihr auch sicher, daß es Monique recht ist, wenn ihr kommt?»

«Monique? Der ist das egal. Sie hat doch schon sieben Kinder. Und sieben oder neun, was macht das schon?»

«Außerdem haben sie sich schon Freunde in die Ferien mitgenommen. Es wird ihr gar nicht auffallen, daß wir da sind.»

Sie fuhren los ohne Schlafanzug und ohne Zahnbürste, und der Hund lief hinter ihren Rädern her, genauso übermütig wie sie. Ignacio schlief noch, glücklicherweise. Die Luft schwirrte vor Insekten, die trunken waren von Blütenstaub und Hitze. Als ich das Geschirr einräumen wollte, fand ich die Tassen von der «Indischen Gesellschaft». Die Jungen hatten sie geklebt.

«Vor meiner Rückkehr nicht berühren», hatte Albin auf einen Zettel geschrieben.

Ich ging zum Salon. Jean hatte das Klavier auseinandergenommen. Er sah aus wie ein Installateur mit seinen Stimmschlüsseln.

«Möchtest du eine Tasse Kaffee?»

Er wandte sich zu mir um und lachte.

«Ja, gleich. Komm erst und küß mich . . .»

Fein! Er war nicht mehr böse!

«Du weißt, es hatte es nötig», sagte er, bevor er sich wieder in seine Arbeit stürzte.

Der Sommer kam ins Haus, das war schön . . . auch Tata Carmen würde kommen . . . und danach hatte ich Zeit für einen Großeinkauf . . . es war noch nicht 3 Uhr.

In zehn Tagen würde der Honigmond für uns aufgehen . . .

Die bestickte Bettwäsche war schon trocken. Was für ein herrliches Wetter! Ich roch an der warmen Wäsche, die vor Sauberkeit blitzte und nach Sonne duftete. Während ich auf Tata Carmen wartete, fing ich auf dem Küchentisch an zu bügeln. Ignacio kam gähnend herunter. Seine kleinen nackten Füße machten ein drolliges Geräusch auf dem Fußboden. Er reckte sich, noch ganz verschlafen, seine Augen glänzten.

«Tata Carmen?» fragte er.

«Sie kommt sicher bald», versicherte ich und gab ihm den letzten Joghurt aus dem Kühlschrank. «Mit richtigen Fruchtstücken.» Diese verlockenden Milchleckereien mit dem gesetzlich genehmigtem Farbstoff lassen mich an die Reliquien denken, nach denen das 19. Jahrhundert so begierig war. Ein echtes Stück vom Rückgrat des heiligen Dingsda oder des seligen Sowieso oder gar ein Splitter vom echten Kreuz.

Ich hatte wieder angefangen zu bügeln. Als Ignacio aufgegessen hatte, bat er mich:

«Mach das Fernsehen an.»

«Hier gibt es kein Fernsehen.»

«Mach das Fernsehen an», wiederholte er geduldig, ohne meinen Einwand zur Kenntnis zu nehmen.

Als er begriffen hatte, daß es wirklich kein Fernsehen im Hause gab, bekam er einen Verzweiflungsausbruch, der den für Jugendfragen zuständigen Minister begeistert hätte. Mein Versprechen, mit ihm Murmeln zu spielen, tröstete ihn wenig. Und auch als ich ihm ausmalte, was für wunderbare Tage ihn in Béziers erwarteten, blieb er skeptisch. Zum Glück kam Jean in die Küche und zeichnete ihm ein Männchen, während ich Kaffee machte.

«Ich gehe heute abend mit dir aus», kündigte mir Jean an und war ganz glücklich, zu sehen, wie sehr mich das freute. «Die Kleine Fuge, hast du Lust dazu? Chaffory spielt in Villevieille. Wir gehen erst ins Konzert und essen danach mit ihnen. Einverstanden?»

Das ist eine Frage!

Ich hatte noch nie so gern Murmeln gespielt wie an diesem Tag. Als ich mir ein Kleid heraussuchen wollte, das ich am Abend tragen würde, kam Ignacio mit. Er probierte meine Pumps an, puderte sich, legte sich fünf Ketten um, die ihm bis zu den Knien hingen, alles vieldeutige Handlungen, die vielleicht einen fatalen Einfluß auf seine Zukunft haben würden, mir aber gestatteten, meine Matratze wieder auf die Sprungfedern zu legen und das Bett zu machen. An der Zimmerdecke zeugten noch häßliche Löcher von dem Unfall, der sich am Morgen ereignet hatte, aber die Zukunft versprach, heiterer zu werden.

Die Wanduhr schlug siebenmal. Tata Carmen konnte nicht mehr lange auf sich warten lassen. Ich hatte Mühe, Ignacio loszuwerden, der mit mir baden wollte. Ich machte schnell, um Jean das Bad zu überlassen. Ich zog mich an. Jean kam zu mir, und wir begannen zu warten.

Um 8 Uhr 10 stand er auf und sagte, er werde unsere Karten für die Abendvorstellung zurückgeben. Ich hinderte ihn daran und wies darauf hin, daß er auch alleine gehen könne. Es war wichtig für ihn. Es ist sein Beruf, die Musik. Bei mir ist es etwas anderes. Für mich ist es nur ein Vergnügen. Auf jeden Fall sollte er sich nicht beunruhigen, ich würde ein bißchen später nachkommen, sobald Tata Carmen Ignacio in Empfang genommen hätte.

«Ich habe Hunger!» sagte der Letztgenannte.

«Gib ihm was zu essen», sagte Jean.

Aber was? Glücklicherweise fand ich eine Dose Mais, Früchte in Sirup und Kekse, die seine Mutter für die Reise nach Béziers bereitgelegt hatte.

«Ich finde, sie macht es sich leicht, Tata Carmen», sagte Jean. «Wie heißt sie eigentlich wirklich? Weißt du das?»

Nein, ich hatte keine Ahnung. Ich fragte Ignacio:

«Weißt du, wie Tata Carmen heißt?»

«O ja», sagte er, «sie heißt Tata Carmen.»

Wir waren schön vorangekommen. Ich schickte Jean weg und wartete allein weiter.

Um 9 Uhr 15 legte ich den Kleinen schlafen.

Um 9 Uhr 25 zog ich mein Kleid aus und schlüpfte in einen alten Morgenrock.

Wütend schminkte ich mich ab. Ich tupfte mir etwas

Gurkencreme auf die Nasenflügel, Erdbeercreme um die Augen herum und Selleriecreme auf den Hals. Die Beule auf meiner Stirn begann sich blau zu verfärben . . . In Villevieille schwelgte man sicher in Musik und ich, ich saß da wie eine Schwachsinnige. Ich hatte nichts gegessen, ich hatte Hunger und – was schlimmer war – ich hatte meine gute Laune verloren. Ich konnte nichts Komisches an dem Gedanken finden, daß Concepcion mit ihrem *Bloody Billy Butch the Kid* verduftet war, während ich, halb verhungert, verlassen und enttäuscht, das Kind ihrer Ausschweifungen hütete. Die Ferien fingen gut an und ebenso die Flitterwochen, auf die ich so lange gewartet hatte. Ich konnte die Sache ansehen, wie ich wollte, ich fand keine Lösung. Wie konnte ich Tata Carmens habhaft werden? Ich hatte sie nur einmal gesehen, letztes Jahr, als sie ihre Schwester besuchte. Sie war schwarz gekleidet, fett wie ein Pfannkuchen und schwermütig wie eine Infantin. Ich war ihr anscheinend ziemlich egal, dieser Tata Carmen!

Als ich ein Klopfen hörte, schämte ich mich. Wie hatte ich so schlecht von ihr denken können? Es war schon nach zehn Uhr! Diese arme Frau, überlastet mit Hausarbeit und Kindern, verzichtete auf ihren Schlaf, um mir zu Hilfe zu eilen. Ich stieß einen Freudenschrei aus: «Arriba, Tata Carmen!» und lief die Treppe hinunter, fast so schnell wie Concepcion am Morgen.

«Ignacio ist bereit. Ich wecke ihn und ziehe ihn an. Sie können ihn gleich mitnehmen!» rief ich, als ich die Tür aufmachte.

Aber es war nicht die dicke Carmen, die da vor mir stand. Ein blondes Mädchen, dem eine lange Strähne ins Gesicht fiel, so daß es praktisch auf einem Auge blind war, musterte mich mit einem Blick, der ganz offensichtlich etwas oder jemand anderes erwartet hatte.

Ich stellte fest: «Sie sind nicht Tata Carmen.»

Das junge Mädchen zog die schöne Stirn ein wenig in Falten und warf die lange Strähne zur Seite, was mir erlaubte, ihr zweites Auge zu sehen.

Wir waren beide verwirrt, eine wie die andere. Sie machte einen sehr schüchternen Eindruck und stotterte ein wenig beim Sprechen, so daß ich sie nicht sofort verstand, als sie mich fragte, ob es hier richtig sei bei Monsieur Jean Martel. Ich erklärte ihr, daß Jean nicht da wäre und fügte, als ich bemerkte, wie unglücklich sie aussah, zum Trost hinzu:

«Ich bin seine Frau.»

«Das ist ärgerlich», sagte sie mit ihrer sanften Stimme.

Ich konnte sie nicht zwischen Tür und Angel stehen lassen und bat sie, einzutreten.

«Was für ein hübsches Haus», sagte sie, während sie um sich blickte. Dann errötete sie und brachte mühsam hervor:

«Ich bin Fanny.»

Fanny? Ich gab ein zustimmendes Brummen von mir, wußte aber überhaupt nicht, wer das war, Fanny. Fanny?

«Ich kann nicht mehr», sagte sie, und ich hatte Angst, daß sie mir hier in der Diele zusammenbrechen würde. Ich schob ihr Großvaters Sessel hin und setzte mich ihr gegenüber. Wer war das nur, Fanny?

«Ich bin durchgefahren, ohne Pause», sagte sie. «Ich bin tot, aber ich bin hier. Ich wollte es ihm unbedingt sagen!»

«Ihm was sagen?»

«Wegen des Konzerts!» erklärte sie. Und als sie sah, daß ich nicht verstand: «Wegen des Konzerts neulich! Weil ich seine Schülerin bin.»

Ach so! Fanny war Jeans Schülerin! Mein Gott, er hatte sie vielleicht eingeladen, die Ferien hier zu verbringen. Er hätte mir wenigstens etwas davon sagen können. Er wurde wirklich immer zerstreuter. Aber Fanny? Wenn er von seinen Schülern sprach, sagte er immer: «Meine Bärtigen» und «meine Langhaarigen». Haare, ja, die hatte Fanny, aber ich konnte die zarte Haut ihres Kinns so genau ansehen, wie ich wollte, ich entdeckte nicht die Spur eines Bartes . . . Dafür entdeckte ich mich im Dielenspiegel! Die Gemüsecremes im Gesicht, die Beule, den alten Morgenrock, alles war da zu sehen! Ich stand auf, und Fanny, die meine Geste mißverstand, erhob sich ebenfalls.

«Ich gehe jetzt ins Hotel und komme morgen wieder», sagte sie.

«Sie haben ein Hotel?» fragte ich.

«Nein, aber ich finde sicher eines», sagte dieser ahnungslose Engel.

Ich bin von Kindesbeinen an auf die Gebote der Gastlichkeit eingeschworen. Ich hörte, wie ich ihr vorschlug, die Nacht bei uns zu verbringen, und ich hörte, wie sie meinen Vorschlag annahm.

«Es war schwierig, Ihren Besitz auf der Karte zu finden», sagte sie, nun sichtlich entspannt.

«Ach so, dann weiß Jean also gar nicht Bescheid?» fragte ich.

«Nein, es soll eine Überraschung für ihn sein! Monsieur Martel wird sich so freuen, wenn er zurückkommt und mich hier antrifft!» fügte sie hinzu und schenkte mir ihr erstes Lächeln, das bezaubernd war.

Ich machte ihr Bett, während sie duschte. Ich hatte die Cremes abgewaschen und einen andern Morgenrock angezogen und fragte mich gerade, was ich ihr zu essen geben könnte, als ich mich an eine kleine Dose Gänseleberpastete erinnerte. Mit dem Wein von Foncaude, einer Tomate und dem, was Ignacio von den gezuckerten Früchten übriggelassen hatte, war das ein perfektes *médianoche*, wie man an der Scala zu sagen pflegt.

Fanny trug einen langen, marineblauen Kimono, der bis zum Hals geschlossen war. Ihre Füße waren nackt. Keine Spur von Rouge, kein Hauch von Puder, und doch stand die nackte, die vollkommene Weiblichkeit vor mir.

Es ist seltsam, plötzlich mit einem Menschen vertraut zu sein, von dessen Existenz man kurze Zeit zuvor noch nichts wußte. Ich weiß nicht warum, aber die nackten Füße dieses jungen Mädchens machten mich unsicher.

«Auf uns wartet ein kleiner Imbiß», sagte ich fröhlich und führte sie ins Eßzimmer der Kinder.

Ohne eine Miene zu verziehen, betrachtete sie die Gänseleberpastete und erklärte, sie sei Vegetarierin. Das sei aber ganz unwichtig, die Tomate genüge, sie esse sehr wenig. Als ich ihr gerade ein Glas Wein einschenken wollte, hielt sie mich zurück. Sie trinke nur Wasser, niemals Wein. Nie. Dieser Elfe gegenüber kam ich mir plötzlich vor wie eine fleischfressende Bestie und wagte nicht, mich zu bedienen. Ich sah zu, wie Fanny mit zierlichen Bewegungen ihre Tomate zerschnitt und sie mit unendlicher Langsamkeit verzehrte. Meine Beule tat mir weh. Ich versuchte zu spaßen und sie zum Lachen zu bringen: «Haben Sie meine Beule gesehen?» fragte ich. «Mir ist der Betthimmel auf den Kopf gefallen.»

«Ach, wirklich», sagte sie artig.

Ich schlug ihr vor, schlafen zu gehen. Sie lehnte ab. Ich machte ihr einen Tee. Ich gab all die Plattitüden und all die Albernheiten von mir, über die Musikprofis nur lachen können.

«. . . Wer hat Sie eigentlich darauf gebracht, Dirigentin zu werden? Es sind sicher nicht so viele Mädchen in Ihrer Klasse? Wie alt waren Sie, als Sie sich für diesen Beruf entschieden? Gibt es Musiker in Ihrer Familie? Ziehen Sie klassische Musik vor oder . . .»

Endlich wurde der nächtliche Friede durch die Rückkehr von Jeans Wagen gestört, und Fanny lebte plötzlich auf wie durch Zauberei. Bevor ich mich von meinem Stuhl erhoben hatte, war sie schon in der Diele und öffnete ihm die Tür.

Ich hörte entzückte Ausrufe, Lachen, fröhliches Gejauchze, Fragen.

«Was für eine hübsche Überraschung», sagte Jean, als er ins Eßzimmer trat. Er hatte sie um die Schultern gefaßt, und neben ihm schien sie kleiner, zerbrechlicher, aber auch viel lebhafter!

«Und Tata Carmen?» fragte Jean.

«Nicht gekommen . . .»

«Das ist doch die Höhe! Wie schade, daß du nicht dabei warst, mein Liebling», sagte er und küßte mich, «du wärst stolz gewesen, wenn du gehört hättest, was die Leute mir über die Radioübertragung gesagt haben.»

«Oh, die Übertragung», rief Fanny, «oh, Meister, das war . . . super!»

«Du bist lieb», sagte Jean und schnitt sich ein Stück von der Gänseleberpastete ab. «Verbringst du deine Ferien hier in der Gegend, Fanny?»

«O nein! Ich bin nur Ihretwegen gekommen.»

«Nur meinetwegen», wiederholte er mit einer solchen Verblüffung, daß ich mich beeilte zu erklären: «Deshalb habe ich sie ja gebeten, zu bleiben.»

Aber Fanny hatte nicht den besorgten Unterton in der Stimme ihres Meisters wahrgenommen. Mit gefalteten Händen kniete sie vor ihm nieder:

«Ich war ja so dumm, neulich in Versailles!»

«Dumm?»

«Ich habe nicht gewagt, zu Ihnen zu kommen! Ich war so überwältigt. Als die Musiker Ihnen applaudierten ... ich mußte weglaufen ... Ich habe die ganze Nacht geweint ... Deshalb bin ich hierhergekommen.»

«Daran hast du gut getan», sagte Jean, der mit seiner Pastete fertig war und sich ein Glas Wein einschenkte. Dann schenkte er auch ihr ein trotz ihres Protests. Ich sagte: «Weißt du, sie trinkt nie.»

Aber er erklärte: «Nie vielleicht, aber heute abend ja!»

Und tatsächlich nippte sie an dem Glas. Zuerst etwas ängstlich, aber dann, nach kurzem Zögern, trat ein erstaunter, glücklicher Ausdruck in ihr Gesicht, und sie trank.

«Zum erstenmal?» fragte Jean.

«Ja», antwortete sie und senkte ihre Lider.

«Na und?»

«Ausgezeichnet», sagte sie und sah ihm in die Augen.

Es stimmt schon, er ist gut, der Wein aus unseren Weingärten.

Ich wurde von einer kleinen Hand geweckt, die über mein Gesicht spazierte. Ignacio versuchte, mir die Augen zu öffnen. Die Wanduhr schien 9 Uhr 30 zu zeigen, aber bei genauerer Überprüfung entdeckte ich, daß es sich um Viertel vor 6 handelte, was auch mehr den Gewohnheiten meines kleinen Freundes entsprach.

«Guten Morgen, Ique», sagte er freundlich und umarmte mich.

Jean machte eine Bewegung zu mir hin, und Ignacio befahl in ernstem Ton:

«Papa nicht wecken!»

Zum Frühstück aßen wir den letzten Rest unserer

Marschverpflegung . . . Um 9 Uhr fuhr ich mit Ignacio zum Supermarkt. Im Haus schlief noch alles. Auf den Küchentisch legte ich einen Brief für Jean:

«Wenn Tata Carmen kommt, sag ihr, daß wir zum Supermarkt sind. Sie soll warten. Ich beeile mich.»

Beeilen! Kann man diese Dinge überhaupt in Eile erledigen? Zuerst einmal ging Ignacio zweimal verloren. Dann wollte er, daß ich ihm Tiere zum Aufkleben kaufe. Er weinte, und die Leute begannen, mich mit schiefen Blicken anzusehen. Ich gab nach, und seine Tränen trockneten wie durch ein Wunder. Mein Wagen war bald voll, und ich mußte noch einen zweiten nehmen. Vor allen Kassen drängten sich die Menschen. Ich glaubte, eine gute Reihe ausgesucht zu haben, und stellte mich hinter eine junge Skandinavierin, die nur ein Landbrot trug, aber plötzlich kamen fünf Wikinger dazu, ihre Brüder, deren Wagen von Heringen und tiefgekühlten Spezialitäten überquollen.

«Es dauert lange!» jammerte Ignacio.

Endlich konnte ich zahlen und wandte mich mit meinem Zweigespann dem Ausgang zu. Ich glaubte mich schon in Sicherheit, als ein junger Mann auf mich zustürzte. Er roch nach Anis, hatte einen gewaltigen Bart und große Füße. Er griff nach meinem Arm und hob ihn hoch, als ob ich ein Boxer wäre, der gerade gesiegt hat. Ich hatte auch gewonnen, tatsächlich, und ich erfuhr über alle Lautsprecher des Supermarkts, daß ich die «Miss Roudoudou des Tages» war. Ich wollte flüchten: Nein, danke, Monsieur, ich bin sehr in Eile, entschuldigen Sie mich, ich werde erwartet . . . kurz, alles, was man sagt, wenn man den Notausgang sucht. Aber der junge Mann, der das Leben kannte, wandte sich an Ignacio und sagte zu ihm: «Du läßt doch deine Mami nicht gehen! Sie hat etwas für dich gewonnen! Du darfst fünf Runden gratis auf dem Roudoudou-Boot fahren. Da freust du dich doch sehr, nicht wahr, mein kleiner Mann?»

Der kleine Mann freute sich sehr, und er hatte sehr gut verstanden. Ich war besiegt. Das Roudoudou-Boot schwamm auf einem zerlegbaren Schwimmbecken aus blau-rotem Plastik, aus dem es ein wenig auf den Asphalt des Parkplatzes leckte. Dann, ich schob immer noch meine beiden Einkaufswagen und preßte meine Handtasche an mich, wurde ich inmitten einer neidischen Menge gegen das Becken hin gedrängt, wo Ignacio in ein Boot gesetzt wurde und sich zu drehen begann, zuerst mit Vergnügen, dann mit Mißbehagen und schließlich schluchzend, was von den Lautsprechern roh übertönt wurde. Der junge Mann hatte mich in seine Arme genommen und zeigte mich den unglücklichen, von Haß entstellten Menschen, die nicht gewonnen hatten.

«Wir wollen ihr Beifall spenden! Sie hat gewonnen, dank Roudoudou, dem Joghurt, der es wagt, der Frucht den Rücken zu kehren und sich dem Gemüse zuzuwenden», sagte er und setzte mir eine Roudoudou-Krone auf die Stirn.

«Sie sehen eine kleine, sehr glückliche Dame vor sich, die ein Filet-garni-roudoudou mit Lauch und Rüben mit nach Hause nehmen wird. Und jetzt gleich wird sie einen Spinat-Joghurt probieren!»

Mademoiselle de Sombreuil kann, als sie das ihr von den Jakobinern angebotene Blut trank, um das Leben ihres Vaters zu retten, kaum mehr Mut aufgebracht haben als ich, um diese gräßliche Mixtur herunterzukriegen.

Es gelang mir, meinem Peiniger zu entkommen, und ich eilte auf das Becken zu, um Ignacio zu holen, der mir flehend die Arme entgegenstreckte. Die Krone noch auf dem Kopf, wäre ich fast ins Wasser gefallen, aber glücklicherweise hielt das Roudoudou plötzlich an, und nach den Augenblicken albernen Ruhms fanden wir uns allein und vergessen in der Menge wieder.

Wir umarmten uns ganz fest. Ich gab meine Krone Ignacio, um ihn von seinem Kummer abzulenken, und konnte endlich meinen Wagen erreichen.

Nichts rührte sich, als wir nach Hause kamen, aber aus den Fenstern des Salons drang Musik.

Ich ging leise umher, um nachzusehen, ob die Eidechsen zurückgekommen waren. Sie waren da, im jungen Weinlaub der Fassade: unbeweglich, von der Sonne gewärmt, ihre kleinen Hälse pochten im Rhythmus der Musik. Jeden Sommer kommen sie, um dem Klavierspiel zuzuhören, und Jean sagt immer, er spiele für das Eidechseneum.

Dann erbebten sie, die Musik hatte aufgehört. Ich sah in den Salon hinein. Jean hatte die Partitur in die Hand genommen und las, während Fanny ihn voller Verehrung betrachtete.

«Ja», sagte er, «das ist gut . . . Für einen Dirigenten, verstehst du, ist es wichtig, daß er zuhören kann . . . und du hörst sehr gut zu . . .»

«Tata Carmen immer noch nicht da?» fragte ich.

«Oh, guten Tag, Liebling! Nein, Tata Carmen immer noch nicht da», sagte Jean, bevor er sich wieder der Partitur und Fanny zuwandte.

Tata Carmen immer noch nicht da . . . langsam wird es beunruhigend . . . Tata Carmen immer noch nicht da . . .

«. . . Das Wasser, die Luft, das Feuer und die Erde, und dann gibt es noch ein fünftes Element: die Musik. Und das ist unseres.»

Das Klavierspiel hatte wieder begonnen, und die Hälfte

der Eidechsen, die wie vergoldetes Email aussahen, schwollen wieder vor Vergnügen an.

Tata Carmen immer noch nicht da . . . Ach, wie gern wäre ich eine Eidechse im jungen Weinlaub gewesen . . .

Zum Frühstück aß Fanny eine Melone, Gurken, Salat, grüne Bohnen und Aprikosen. Aber Wein trank sie mit Wonne, wobei sie Jean in die Augen sah, weil er es gewesen war, der ihr das erste Glas angeboten hatte.

«Wie ich das liebe!» sagte sie.

Er antwortete: «Es hat noch allerhand zu entdecken, das kleine Mädchen!»

Und ich sagte lachend: «O ja, sie ist in dem Alter!»

Ich spülte das Geschirr bei Musik.

Dann wußte ich nicht, was ich tun sollte . . . Ignacio lag im Bett, die Musiker waren wieder ins Eidechseneum gegangen . . . Wenn es viel Arbeit gibt, weiß man nie, wo man anfangen soll. Ein Sonnenstrahl, der sich durch eine schmuddelige Scheibe quälte, sagte es mir. Ich nahm einen Eimer, Seifenlauge, Gummihandschuhe, die meine Hände schützen sollten, eine Schürze, die meinen Bauch schützen sollte, eins von Opas Taschentüchern, das meine Haare schützen sollte, und stieg in die erste Etage hinauf, um die Fenster des Treppenhauses in Angriff zu nehmen.

Das Piano im Salon schwieg.

Sie hatten eine Langspielplatte aufgelegt.

Die vierte Symphonie in G-Dur von Mahler. Wunderschön.

Ich öffnete das Fenster und machte mich beherzt an die Arbeit. Doch plötzlich sah ich unten, hinter den Weingärten, auf dem sanften Hügel, wo man noch gallo-romanische Scherben findet, unter den grünen Eichen, den Erdbeerbäumen und dem Wacholder, die Kinder mit ihren

Cousins ankommen. Eine kleine Flotte, weiß und fröhlich, die ihre Fahrräder, Solex und Mofas auf dem Thymian und dem Lavendel abgestellt hatte. Sie schienen ein Spiel zu spielen und zu versuchen, sich zu fangen, denn ich sah sie einander hinterherlaufen, und ohne sie hören zu können, spürte ich, wie sie lachten. Und ich sah etwas, was sie nicht wußten, was sie auch nicht beabsichtigt hatten und niemals erfahren würden: daß ihre Freude die Freude der Musik war, die ich hörte, daß sie nach dem Rhythmus zu tanzen schienen, den Mahler vorgab, dem Rhythmus des Sommers und der Jugend. Und sogar unser altes lahmes Pferd, unser Tibère, sprang plötzlich, jubelnd begrüßt, aus einem Myrtenwäldchen, während Octave um ihn herumsprang, ganz trunken von Natur und Freiheit. Und, das war am schönsten von allem, ich sah, wie Albin sich langsam mit einer seiner Cousinen von der Gruppe entfernte. Die andern sahen sie nicht, aber ich konnte sie sehen. Sie saßen auf dem Rand des kleinen roten Steinbruchs, wo Papa das Bruchstück einer Säule gefunden hatte. Ihre Beine baumelten im Leeren. Er sprach ruhig mit ihr. Sie hörte zu. War es Patricia? Laurette? Ich konnte sie nicht unterscheiden, sie verändern sich so schnell in diesem Alter . . . Dann schwieg Albin und legte, immer noch ohne sie anzusehen, seine Hand auf die Hand der Kleinen. Sie bewegten sich nicht mehr und blickten unverwandt vor sich hin.

«Siehst du, das ist das Glück.»

Jean umfaßte von hinten meine Taille. Er war gekommen, ohne daß ich es gemerkt hatte.

«Ich hätte zu gern gehört, was er ihr gesagt hat! Du hast sie auch gesehen?» fragte ich Jean.

Er hatte sie gesehen. Aber war es wirklich nötig zu hören, was er gesagt hatte? Es war so schön anzusehen, dieses Kinderpaar, das aussah, als blicke es auf das Leben. Durch meine Schürze hindurch spürte ich das Pulsieren des Bluts in Jeans Körper. Oben auf meinem Stuhl war ich plötzlich größer als er und sah ihn von oben an.

«Komm runter!» sagte er.

«Wo ist deine Schülerin?»

«An der Quelle mit einer Partitur. Komm runter!»

«Wozu?»

«Komm runter, du wirst sehen . . .»

Ich zog meine großen Gummihandschuhe aus und ließ sie in den Eimer fallen, dann stieg ich langsam an seiner ganzen Länge entlang in seine Arme.

«Unsere Kolchosebäuerinnen sind bezaubernd dieses Jahr», sagte er und betrachtete meine Stirn, um die Opas kariertes Taschentuch gebunden war.

Er fügt hinzu:

«Jetzt, wo der Himmel heruntergefallen ist, droht keine Gefahr mehr. Komm!»

Und er gab mir einen Kuß, der eine Heilige in Versuchung gebracht hätte.

Ein Klopfen trennte uns.

«Scheiße!» sagte er.

«Nein!» rief ich. «Gott sei Dank: Tata Carmen!»

Aber es war nicht Tata Carmen, es war unsere Tochter Viviane.

Ihnen war Fürchterliches begegnet! Ihre ersten Ferien ohne uns waren ein Reinfall gewesen. Das Appartement in Bastogne-sur-Mer war ganz und gar nicht das, was die Agentur versprochen hatte. Es lag gegenüber einer Sardinenfabrik, das warme Wasser war nie warm, aber immer rostig. Der Strand war voller Kieselsteine, und die Kleine vertrug die Seeluft nicht. Nachts weinte sie, am Tag erstickte sie fast vor Hitze, sie behielt ihre Fläschchen nicht bei sich, sie war voller Pusteln . . . und dann gab es kein Klavier.

«Und das hat sie vermißt?»

Nein, natürlich nicht sie, sondern ihre Eltern. Ich habe eine große Begabung, dumme Fragen zu stellen!

«Stell dir vor, Papa», sagte Viviane, «die ganze Zeit ohne Gesangsübungen machen zu können! Ich fühle mich wie verkrüppelt!»

Viviane studiert am Konservatorium Gesang. Sie war noch ganz klein, als Jean bemerkte, daß sie über außergewöhnliche stimmliche Qualitäten verfügte. Er war ein unnachsichtiger Lehrer für sie gewesen. In ihrer ganzen Kindheit hat sie nichts anderes gekannt als Musik. Glücklicherweise lernte sie Thomas kennen und die Liebe. Thomas spielt Klavier. Er gibt Konzerte und beschäftigt sich auch damit, Instrumente alter Musik wieder zu entdecken. Psalter, Leiern und Pauken, wie in der Bibel. Es ist keine Musik, die ich besonders schätze, aber ich würde mir nie erlauben, das auszusprechen, dazu verstehe ich zu wenig davon. Denn unsere Familie lebt in einem echten chromatischen Getto. Die Jungen sind ausgebrochen und haben der klassischen Musik den Rücken gewandt. Ihr Vater knirscht immer mit den Zähnen, wenn sie ihn mit dem Geschrei der Dirty Corpses traktieren. Aber ehrlich gesagt finde ich, trotz des mörderischen Lärms, den uns die Jungen da zumuten, daß diese Gruppe ihre Qualitäten hat. Ich ziehe es jedoch vor, Viviane zuzuhören. Ihre Stimme hat italienisches Timbre. Ihr Vater sagt, wenn sie arbeitet, könne sie einmal ein großer Sopran *lirico spinto* werden. Das bringt mich ins Träumen, weil ich sie liebe, und weil ich es nicht noch einmal erleben werde, einen Sopran *lirico spinto* gemacht zu haben.

Sie schlang die Arme um meinen Hals und rieb ihre

Wange an meinem Gesicht. Sie duftete nach Zimt und Toilettewasser, Marke «La reine de Hongrie». An ihrem Ohrläppchen hingen goldene Tränen, und ihre braunen Haare fielen schimmernd über ihr langes geblümtes Kleid . . . Sie ist schön, meine Tochter. Ein Fest kommt auf uns zu. Eine Theaterkarriere . . .

«Mami», sagte sie, «es wird schön sein, sich verwöhnen zu lassen.»

Ich verstehe! Nach allem, was sie gerade erlebt haben!

Ich nehme Vivette auf den Arm, meinen goldigen kleinen Stöpsel, der mir freundschaftlich auf die Hand sabbert. Es ist wahr, sie sieht ein bißchen blaß aus. Neun Monate ist sie alt, und sie hat ein liebenswertes Wesen, wie die meisten Babys heute, die in Körben schlafen, an Besichtigungen und Wettbewerben auf dem Rücken ihrer Mütter teilnehmen und sich manchmal auf Polizeirevieren wiederfinden, um identifiziert zu werden, noch ehe der erste Zahn durchgekommen ist.

«Wo ist Concepcion?» fragte meine Tochter.

«Concepcion ist mit einem Totschläger vondannen gereist», sagt Jean.

«Scheiße! Ich habe nämlich eine ganze Tonne Wäsche zu waschen . . .»

«Dafür hat sie Ignacio bei uns gelassen.»

«Oh, das ist fein, er vergöttert Vivette!»

Wer vergöttert Vivette nicht? Ich nahm sie mit mir, wechselte ihr die Windeln, puderte und kämmte sie, während ihre Eltern ein Bad nahmen. Jean war zum Brunnen gegangen, zu seiner Elfe, und ich überlegte, was ich kochen sollte.

Es wurde ein sehr fröhliches Essen. Wir waren sechzehn bei Tisch. Die kleinen Cousins waren dageblieben, und alle hatten geholfen, den Tisch im großen Eßzimmer zu dekken, das Brot zu schneiden, den Salat zu wenden.

«Wer ist diese Maus?» hatte Albin mißtrauisch gefragt, als er Fanny sah, und Paul hatte mir ins Ohr geflüstert: «Bleibt sie lange hier, das Mädchen?» Das war eine Frage, die ich ihm nicht beantworten konnte.

Sie taute auf, Fanny. Viviane und sie sahen sich manchmal im Konservatorium, sie kamen sofort auf Schubert zu sprechen. Die Vettern allerdings auch. Patricia hatte die Neunte sogar auf Band aufgenommen und ließ uns ein Stück daraus hören. Die Aufnahme war zwar nicht von besonderer Qualität, aber es war lieb von ihr. Ihre Freundin, eine kleine Engländerin, fand es sagenhaft, daß *the conductor* da vor ihr saß und Wein trank wie ein gewöhnlicher Sterblicher. Fanny hielt ihm ihr Glas hin und sagte: «Noch mal!» Sie aß sogar Keule von Jeans Teller. Sie lachte dauernd laut auf, und ich sagte leise: «Paß auf, daß sie nicht blau wird, sie ist es nicht gewöhnt. Obgleich ich sie lieber so mag.»

Während des Nachtischs, als Laurette – wie sie gewachsen war seit den letzten Ferien! – hinter Jean vorbeiging, schlang sie die Arme um seinen Hals und sagte: «Das hier ist mein Cousin», und küßte ihn unter dem Beifall der Mädchen und dem Zungenschnalzen der Jungen.

«Oh, Mama, ich habe etwas vergessen», sagte Albin. «Wir sind Madame Lasblaise begegnet. Sie weint, weil du nichts hast von dir hören lassen!»

Was gibt es da zu lachen!

Ich weiß nicht, wie wir auf das Fest auf Schloß Castries zu sprechen kamen. Aber sofort schrien die Kinder: «Da wollen wir hin! Da wollen wir hin!» Und Jean war so guter Stimmung, daß er sagte: «Ich lade euch alle ein!» Das war leicht gesagt, denn einer mußte zu Hause bleiben, um auf

Vivette und Ignacio aufzupassen. Und wer würde das sein? Raten Sie mal. Ich war es!

Schnell war die Abfahrtszeit da. Und mit ihr das Geheul von Ignacio, der behauptete, daß er groß genug sei, um mitzufahren. Ich versuchte, ihn zu beruhigen, während Viviane mir erklärte, wann Vivette ihre Flaschen bekäme, während sie alle durcheinanderliefen und sich fertigmachten, beim Örtchen Schlange standen, noch eine Strickjacke holten, für den Fall, daß es kalt werden würde, «auf Wiedersehen, Wiedersehen!» schrien und verschwanden.

Jean war verzweifelt. Er hatte nicht bedacht, daß ich nicht mitkommen konnte, aber da er alle eingeladen hatte, konnte er nicht mehr zurück.

Die Autotüren klappten zu, und weg waren sie.

«Du Böse!» heulte Ignacio, was wirklich der Gipfel war.

Ich ließ ihn stehen und ging ans andere Ende des Tisches. Er warf mir wütende Blicke über das Schlachtfeld unseres Essens hinweg zu. Auf den leeren Tellern lagen Apfelbutzen, Traubengerippe, Obstkerne, zusammengeknüllte Servietten waren auf den Tisch geworfen, Wein war auf das Tischtuch verschüttet worden, und irgend jemand hatte das Salzfaß geleert, um den Fleck aufzusaugen.

«Du Böse», wiederholte Ignacio in ruhigerem Ton.

In der Etage über uns begann Vivette zu weinen, und plötzlich weinte ich auch.

Die Tränen machten mich blind, und als ich sie endlich getrocknet hatte, sah ich diesen Tisch meiner Niederlage vor mir, dieses Beresina einer Familienmahlzeit, dieses Waterloo der Hausfrau . . .

«. . . nicht weinen», sagte eine kleine Stimme.

Ich putzte lautstark meine Nase, was ihn zum Lachen

brachte. Und wie ich eben mit Vivette geweint hatte, so lachte ich jetzt mit Ignacio.

Er half mir beim Abräumen. Er war meinetwegen beunruhigt und beobachtete mich aus den Augenwinkeln. So passierte es, daß er zwei Teller zerbrach und die Salatschüssel. Aber wie kann man einem kleinen Wesen böse sein, das so voll guten Willens ist? Und außerdem war weniger abzuwaschen. Danach sah er mir zu, wie ich die Flasche zurechtmachte, und dabei gab es wieder ein kleines Geplänkel. Es ist sein sehnlichster Wunsch, Vivette die Flasche zu geben, aber jedesmal, wenn er es versucht, gießt er die Flüssigkeit in sie hinein wie in eine Kanne. Dann läuft sie rot an und ringt nach Luft, Tränen stürzen ihr aus den Augen, und man muß sie bei den Füßen nehmen und ihr auf den Rücken klopfen, damit sie wieder atmen kann.

Wir warteten auf das Bäuerchen und begrüßten es mit Beifall. Dann versorgte ich die kleinen Wesen, von den Windeln bis zum Schlafanzug, von der Wiege bis zum Heiabett, mit allem, was sie brauchten.

Als ich Ignacio verließ, sagte er zu mir: «Ique? Willst du bei mir schlafen? Du bist ganz allein. Schlaf bei mir!»

Wie lieb er war!

Es war nicht mehr lange vor Mitternacht, und ich fühlte mich wie achtundneunzig Jahre, Ortszeit. Ich ging noch mal durch die Küche – lieber Gott, wieviel Geschirr! – und erinnerte mich, daß ich dem Hund noch nichts zu fressen gegeben hatte. Jedesmal, wenn ich mich hinsetzte, jedesmal, wenn ich aufstand, stieß ich einen Seufzer aus.

Ich hatte Ignacio so spät wie möglich ins Bett gebracht, hatte ihm ein Heft von Tintin und eines von Asterix neben das Bett gelegt und ihm empfohlen, sich die Bilder anzusehen, wenn er aufwachte. Aber ich war skeptisch.

Mit Grund. Statt um Viertel vor 6 Uhr zu kommen, erschien er 5 Minuten vor 6.

Das Haus war still wie eine Gruft. Ein Mann schlief neben mir, den Kopf unter dem Kissen. Ich stellte fest, daß es Jean war. Ich schmiegte mich an ihn, und er drehte sich im Schlaf um und schloß mich in die Arme.

«Aufstehen!» sagte Ignacio erbarmungslos.

Ich gehorchte und begab mich an das Geschirr vom Vorabend.

Mein Schutzengel war sicher damit beschäftigt, auf der Place de la Paillade Boule zu spielen, als ich den verrückten Entschluß faßte, Madame Lasblaise aufzusuchen.

«Ich verstehe dich nicht», sagte Jean, «du hast eine Putzfrau zu deiner Verfügung und machst keinen Gebrauch davon!»

Ich zögerte. Aber er ließ nicht locker, so daß ich schließlich sagte: «Gut, ich gehe zu ihr.»

Die Müdigkeit hatte mir wohl den Kopf verdreht.

Wie hatte ich auf den Gedanken kommen können, daß Madame Lasblaise sich nach meinen Plänen richten würde? Madame Lasblaise hat ihren eigenen Plan, und nach dem richtet sie sich, egal was geschieht.

Stellen Sie sich eine Ameise mit Brille vor, die schwarze, formlose Kleider trägt, einen widerlich süßen Geruch ausströmt, niemals lacht und über die außergewöhnliche Gabe verfügt, bei Unschuldigen Schuldgefühle zu erwecken.

Seit wir sie in den Wagen gesetzt hatten, betrachtete Ignacio sie mit Interesse, besonders die mit langen Bartstoppeln versehene Warze, die sie unter dem linken Nasenloch hatte. Madame Lasblaise hingegen warf ihm Blicke zu wie die Hexe Carabosse persönlich, und ich war darauf gefaßt, den armen Kleinen in eine Heuschrecke oder einen

Gimpel verwandelt zu sehen. Madame Lasblaise mag keine Kinder, mag keine Bankerten, mag keine Spanier und keine «Dienstmädchen», wie sie sagt.

«*Sie* hat Sie im Stich gelassen?» fragte sie, als ob sie mit Feuerzangen spräche.

Ich bedauerte schon, sie geholt zu haben. Als wir ankamen und ich vom Haushalt, vom Windelwaschen und Bettenmachen sprach, wurde es noch schlimmer!

«Ich fange mit meinem Silber an», sagte sie und setzte sich vor den Küchentisch. «Holen Sie es mir, Madame Campredon.»

Trotz meiner Heirat spricht sie mich immer mit meinem Mädchennamen an. Aber die «richtige Madame Campredon», das war meine Großmutter, «Madame Campredon, ja, die!», das ist meine Mutter, und «Madame Campredon», in verdrießlichem Ton ausgesprochen, das bin ich. Mein Mann ist «Monsieur Dingsda», weil, so scheint es, sein Name zu schwer zu behalten ist.

Ich hatte gut sagen, daß wir das Silber nie benutzten, daß der Notstand ausgerufen war, daß der Plan von Orsec proklamiert war, ich konnte nichts machen.

«Madame Campredon, die richtige Madame Campredon, verstehen Sie, ließ mich immer mit dem Silber anfangen. Holen Sie es mir aus dem Glasschrank, Madame Campredon (verdrießlich ausgesprochen), es ist mir lieber, Sie zerschlagen etwas als ich.»

Dann fügte sie hinzu, man wisse nie, was passieren könne, womöglich lande mal jemand bei uns, der wisse, was sich gehöre, und dann sei es beschämend, ihn mit schwarzen Messern zu empfangen. So etwas könne sich die Familie Campredon nicht leisten.

«Und außerdem», seufzte sie, «erzähle ich Ihnen mal von der Zeit, als das Haus in Ordnung war . . .»

Es war ein hoffnungsloses Unterfangen. Ich überließ ihr das Silber und nahm den Besen.

«Und die Zuckerzangen, Madame Campredon?»

Ihre Stimme klang streng.

«Verkauft!» sagte ich fröhlich. «Wir haben nur die eine behalten, Madame Lasblaise.»

Ich wollte ihr nicht erzählen, daß ich sie Viviane geschenkt hatte, damit sie einen Teil ihrer Probezeit am Mozarteum bezahlen konnte.

«Wenn Ihre Großmutter das wüßte! Arme Madame Camprenon (die richtige)! Ihre Zangen verkauft! So was!»

Sie stürzte sich auf Siebe, Schokoladenkannen, Bonbondosen, Kästchen für die Zahnstocher, Teesiebe, auf die Bestecke für den Salat, Zwischengerichte, Fisch und Schnecken, kurz auf all das, was man nie braucht. Nie.

«Sie haben nicht vielleicht ein bißchen Kaffee?» sagte sie nach einer Weile mit dieser bestimmten Nuance in der Betonung, die mir zu verstehen gab, daß ich ihr schon längst welchen hätte anbieten müssen.

Ich schlug ihr Nescafé vor, aber sie lehnte ab, weil sie von Pulverkaffee aufstoßen müsse.

«Der kommt mir wieder hoch», präzisierte sie, damit ich verstand, was sie meinte.

Also fing ich an zu mahlen, die Mühle zwischen den Knien wie in alten Zeiten, und sagte freundlich: «Madame Lasblaise, warum sind Sie nicht gekommen, um das Kupfer zu putzen und das Haus zu lüften? Sie hatten es mir doch versprochen . . .»

Verärgert ließ sie einen Serviettenring fallen: «Warum ich nicht gekommen bin? Wie hätte ich denn herkommen sollen? Im Taxi vielleicht? Wer bringt mich schon hierher?

Mein Sohn vielleicht? Dieser Strolch! Ich wundere mich immer, daß er nicht im Gefängnis sitzt! Ja, an sich selber, da denkt er! Aber mich zum Doktor zu fahren, damit ich ihm mein Bein zeigen kann, dafür hat er nie Zeit! Und es sieht wirklich nicht gut aus! Bei Gott nicht! Wenn ich es Ihnen zeigen würde . . . Und wenn ich meine Tochter ansehe, die ich nie zu sehen bekomme (Madame Lasblaise konnte sich schon immer gut ausdrücken), und wenn ich mich dann ganz allein sehe . . . Mein Gott!»

Sie trocknete sich die Augen mit dem Poliertuch. Der Kaffee lief langsam durch.

«Ja, Peuchère, mein Mann, so einen werde ich nie wieder finden! So ein guter Mann! Und so solide!» (Er trank tüchtig, ihr Mann, aber man muß ihm zugute halten, daß er seine Gründe hatte.) «Wenn ich bedenke, daß er sein ganzes Leben bei der Eisenbahn verbracht hat! Bei der S. N. C. F.!» schluchzte sie, und in der schwärmerischen Vorstellung dieses Klageweibes war die Welt der Eisenbahn die Strecke Biribi – Saint-Laurent-du-Maroni. Ein ganzes Leben! «Und wie stehe ich jetzt da! Aber ich weiß, woher das alles kommt! Ich sehe, was dahintersteckt. Heute zählt ja nur noch die Jugend und Spanien! Ein Mädchen, das die Messer ihrer armen Großmutter mit Topfreinigern behandelt!»

Der Kaffee war fertig.

«Er ist nicht gerade sehr stark», sagte sie.

Ich holte tief Luft. Aber Madame Lasblaise besaß auch eine Tugend: sie beschäftigte Ignacio. Seit sie sich vor ihrem Silber niedergelassen hatte, saß er ihr gegenüber und wandte, offenen Mundes und wie gebannt, keinen Blick von ihr.

«Hätten Sie nicht vielleicht ein bißchen Gebäck, das ich in meinen Kaffee tunken kann?»

Unter ihren kritischen Blicken öffnete ich eine Packung, die, wie ich erfuhr, nicht zu den von ihr bevorzugten Sorten gehörte, und das machte mir Spaß.

Als sie ihre leere Tasse hinstellte, schenkte Ignacio ihr sein strahlendstes Lächeln, worauf sie mit einer Grimasse antwortete, die fast als Schmunzeln hätte durchgehen können.

Das rührte mich. Ich bin immer bereit, an Wunder zu glauben. Ich dachte: «Ignacio wird sie verführen. Wunderbar, sie werden noch dicke Freunde!»

Sie hatte sich wieder ihrem Silber zugewandt. Ignacio reichte ihr einen ziselierten Rahmen, in dem sich eine Fotografie von Jean als Dirigent befand.

«Das ist mein Papa!» sagte er stolz.

«Das ist nicht dein Papa. Das ist dein Monsieur!» zischte sie.

Ich überlegte, ob ich mit der schweren silbernen Wasserkanne oder besser mit der handlicheren Teekanne auf sie losschlagen sollte, aber mein Schutzengel hatte offenbar sein Boulespiel beendet, denn der Waschkessel mit der Bettwäsche kochte über, was einen schrecklichen Lärm machte, und ich lief los, um das Gas abzustellen.

«Ich erzähle Ihnen nichts Neues, wenn ich Ihnen sage, daß seit dem letzten Jahr die Preise gestiegen sind», sagte Madame Lasblaise, als sie das letzte Salzfaß auf den Tisch stellte. Überglücklich, daß sie nun endlich gehen würde, wäre ich auch dazu bereit gewesen, sie wie eine erste Geige zu bezahlen!

Aber ich hatte kein Kleingeld.

«Das macht nichts, wir sehen uns ja wieder», sagte sie und nahm den Schein an sich. Dann fügte sie wie gewöhnlich hinzu: «Ich überlasse es Ihnen, das Silber in den

Schrank einzuräumen. Es ist mir lieber, wenn Sie etwas zerschlagen als ich.»

Sie erhob sich und warf einen Blick in die Runde, witternd wie ein Wiesel.

«Also dann ist Monsieur Dingsda in diesem Jahr nicht mit Ihnen in die Ferien gekommen?»

«Doch!» sagte ich. «Er ist da!»

«So? Na, gut», sagte sie mit verkniffenem Gesicht. «Ich habe nur gefragt, weil ich ihn nicht gesehen habe . . .»

Aber ich hatte ihn gesehen, durch die halboffene Tür, oder vielmehr seinen Rücken, als er sich fluchtartig in die Diele zurückzog, ängstlich darauf bedacht, daß man ihn nicht bemerkte.

Ich hatte auch ihre Gesichter hinter der Tür bemerkt, die mich mit einem Augenzwinkern als Zeichen der Hilfsbereitschaft bedachten.

Aber niemand hatte den Mut gehabt, mir offen Beistand zu leisten, während ich Madame Lasblaise ausgesetzt war. Nur der kleine Ignacio hatte sich auf meine Seite geschlagen, und er folgte mir auch tapfer, als ich mit ihr zum Wagen ging.

Das Haus, der Garten, alles schien verlassen.

Sie mußten sich in die Keller verkrochen haben, auf den Dachboden, in die Rumpelkammer oder in die Spülküche, um uns nicht doch noch zu begegnen.

Und sie hatten recht damit. Mitten auf der Platanenallee setzte Madame Lasblaise ihr Gebiß in Bewegung: «Wenn Ihr armer Großvater sehen könnte, in welchem Zustand Sie die Weingärten lassen. Es ist ja alles tot!»

Du Böse! Ich sah sie nur zu gut, unsere Reben, die wieder wild wuchsen und über den von Wucherpflanzen bedeckten Boden krochen. Wir hatten damals den höhergelegenen Teil des Anwesens retten können. Schon das war beinahe ein Wunder gewesen. Aber wir hatten kein Geld. Nicht mal genug Geld, um ausreißen zu lassen, was abgestorben war. Wenn Tibère einmal stirbt, und er wird leider bald sterben, werden wir uns kein anderes Pferd mehr kaufen können. Vielleicht lieben wir es deshalb so sehr, das alte rosa Pferd. Er ist unser Überleben. Sicher, wenn Mama sich um ihren Besitz kümmern würde, wäre vielleicht manches besser. Aber Mama ist Senatorin. Sie ist zu sehr damit beschäftigt, Frankreich zu retten! Was bedeuten da ihre Möbel! Und selbst Papas Gruft am Ende des großen Weingartens! Die Zeit führt einen erbarmungslosen Kampf mit Beton und Metall gegen die Landschaft, die Erinnerungen. Wie lange noch wird die kleine gefährdete Insel Widerstand leisten? Die Hochhäuser der ZUP-Siedlung belauern uns, kreisen uns ein, schreiten voran mit unsichtbaren bürokratischen Schritten. Und wie sollen wir glauben, daß wir die einzigen sind, die verschont werden? Schon jetzt muß man bis an den Fuß des *Tour Magne* gehen, um ihn in seiner ganzen ursprünglichen Größe sehen zu können. Nîmes, das römische Nîmes, ist in Zement eingeschlossen. Man kann nichts dagegen machen. Bald müssen wir lernen, mit den Augen der Erinnerung zu schauen.

«Und jetzt ist noch nicht einmal meine Suppe auf dem Herd!»

«Meine auch nicht, Madame Lasblaise!»

«Ja, aber Sie sind jung, und Sie haben nichts weiter zu tun!»

Nichts weiter zu tun! Noch auf der Heimfahrt war ich wütend auf sie! Meine Ferien waren wirklich gelungen! Ich war nichts als eine Maschine, die das Glück für andere fabrizierte! Das Glück und die Suppe! Ich hatte es satt! Heute abend würde es nur einen Beutel «Pistouette, die Suppe aus dem Landhaus» geben. Dazu drei Ringe Wurst,

Aber wir hatten kein Geld …

... das ist das absolute, das unumstößliche Argument. Was ist dagegen noch zu sagen?

Wir hatten kein Geld. Dagegen ist nichts mehr zu machen. Wir haben kein Geld. Dagegen hätte sich vielleicht etwas machen lassen. Wir werden kein Geld haben. Dagegen ist viel zu machen.

einen riesigen Topf mit Nudeln, und wenn sie dann noch immer nicht zufrieden waren . . . Nein, es stimmt wirklich: jedesmal wenn es regnet, sieht es so aus, als ob ich schuld daran sei! Diese boshafte Frau! Sagt, daß ich das Land meiner Vorfahren absterben lasse . . .

«Ique?»

Ignacio lehnte sich an meine Schulter, als wir die Weingärten durchquerten.

«Ique», wiederholte er, «es stimmt doch nicht?»

«Was stimmt nicht?»

Ich war schlecht gelaunt.

«Es stimmt nicht, was die Dame gesagt hat . . . Es ist nicht tot, alles hier?»

Er breitete seine kleinen Arme aus, als wollte er mir zugleich die Landschaft zeigen und mich trösten. Meine Stimmung besserte sich, und es gelang mir, die Tränen hinunterzuschlucken, die mir in die Augen stiegen.

«Nein, mein Liebling, du hast recht.»

Was für ein herrliches Essen würde ich ihnen machen!

Ich glaubte, mitten in die Vorbereitungen einer Hochzeit auf dem Lande hineinzuplatzen!

Auf der Terrasse war eine Tafel errichtet worden, um die sich zehn, zwanzig Personen zu schaffen machten. Ein großes weißes Tischtuch knatterte in der Luft wie ein Segel. Ein Stapel Stühle, getragen von einem unsichtbaren Wesen, kam aus dem Haus . . .

«Oh! Ique!» schrie Ignacio begeistert. «Hast du gesehen, Ique? Ique ist da!»

Ique war da! Ique, das ist Monique, meine Kusine, mein Ebenbild, meine Schwester.

Wenn ich sage «mein Ebenbild», will ich damit sagen, daß unsere Herzen wie die beiden Kernhälften in einer

Mandel sind. Sonst, äußerlich, sehen wir uns überhaupt nicht ähnlich. Monique ist eine große blonde Keltin mit grauen Augen und ich, ich bin eine kleine Sarazenin mit dunklen Augen. Obwohl unsere Großmütter Schwestern waren! Eine Willkür der Gene auf einem Boden, wo die Invasoren, Regenten und Rassen uns reichlich mit Zuschüssen fremden Bluts bedacht haben. Man muß den Boden befragen, um es zu verstehen. Als vergängliche Bewohner der obersten Schicht der tausendschichtigen Kulturen wohnen wir manchmal seltsamen Wiederauferstehungen der Vergangenheit bei. Die alten Götter mischen ihren Staub mit dem der christlichen Heiligtümer, und alles, was im Schatten des Kreuzes vom Languedoc wächst, blüht und atmet, ist eine Gnade, die uns der Große Pan erwiesen hat.

Monique war da. Sie kommandierte ihre Kinder und meine Kinder und die Freunde ihrer Kinder und sogar Jean, der das unsichtbare Wesen war, das die Stühle getragen hatte, und Fanny, die das Tischtuch an den Ecken festklammerte, aus Furcht vor dem Wind, der zwar noch sanft war, aber voller heimtückischer Absichten zu stecken schien.

Monique war da. Sie sah von der Terrasse her, wie ich durch den Garten kam, breitete die Arme aus und rief:

«Tritt ein! Komm! Fühl dich wie zu Hause, mein Liebling!»

Ich lief zu ihr, umarmte sie, und sie war wieder meine fünfzehnjährige Cousine, als ich sie in die Arme schloß, das junge Mädchen, das sieben Kinder gehabt hatte, deren schlanke Taille ich wiedererkannte ebenso wie das Gewicht ihres blonden Zopfes auf meiner Schulter und den ihr eigenen Geruch nach Lavendel und Eisenkraut.

«Jean hat mir am Telefon gesagt, daß Mutter Lasblaise

dich den ganzen Nachmittag über bis aufs Blut gepeinigt hat», sagte sie mit dem bezaubernden Akzent «Quai de la Fontaine», wie man in Nîmes sagt. «Da bekam ich Angst, dich zu verlieren, und sagte mir: ‹Ich lade mich zum Essen ein und bringe alles mit!›»

Dann entschuldigte sich dieser rettende Engel auch noch und sagte: «Ich hätte euch auch zu mir einladen können, aber ich wollte Foncaude so gern wiedersehen.»

Tausend Erinnerungen stiegen in mir auf, an Versteckenspielen, an Lachen mit traubenverschmierten Mündern, an Weihnachtsabende zu Hause – o Calendal! – mit den dreizehn Süßspeisen, an das Feuer der Reben, wenn wir den neuen Wein tranken – im «Eßzimmer der Kinder», die damals *wir* waren . . .

. . . Aber vor allem sehe ich das schmale Bett wieder vor mir, nahe an meines gerückt, an dem Abend dieses unbegreifbaren, nicht zu akzeptierenden Tages, an dem Papa gestorben war. Wir waren verstört, wir konnten nicht einmal weinen. Und du warst gekommen, weil du das alles in deinem Herzen geahnt hattest. Du warst gekommen, weil ich nicht allein mit Mama bleiben *konnte*, mit dieser jungen Frau, die gerade ihren Mann verloren hatte. Ich habe Jahre gebraucht, um Mamas Einsamkeit zu begreifen. Habe ich sie überhaupt je begriffen? Kann man etwas verstehen, was man nie erlebt hat? Ich wußte damals so wenig von den Dingen, hatte so wenig Erinnerungen. Wir waren fünfzehn Jahre alt. Du hast mir geholfen in jener Nacht, schweigend, um nichts zu vergessen, nichts zu verlieren von dem zerbrechlichen Schatz. Ich war es, die einschlief und unter deinem Blick erwachte . . . Liebe Monique!

Sie sagte: «Ich hatte einen großen Schmorbraten, den habe ich mitgebracht . . .»

Einen Schmorbraten, den nicht ich gemacht habe! Lieber Gott, das ist wunderbar!

Ich spüre, daß ich allmählich die Sprache wiederfinde. Es ist schwül und warm. Jean küßt mich vor allen auf den Mund, und das finde ich sehr gut! Die Kinder applaudieren. Sie sehen drollig aus, die Kinder. Sie haben den Dachboden geplündert, wie jedes Jahr. Sie sehen aus, als ob Bazille sie gemalt hätte. Westen, Strohhüte, Gamaschen, Hosenträger, Mützen, Latzschürzen, Leibchen, nach englischer Art bestickt, machen aus dieser Runde ein impressionistisches Gemälde. Ignacio ist ganz aus dem Häuschen vor Begierde: «Ich will auch auf den Dachboden, mich anziehen!» fleht er, und Patricia setzt ihm einen Filzhut mit einem breiten Seidenband auf den Kopf, der ihm bis auf die Schultern reicht.

Wird es regnen? Wir sehen zum Himmel . . . war das nicht Donner . . . weit weg, von den Cevennen her? . . . Es kümmert uns nicht, wir fühlen uns wohl. Wir trinken mit Wonne den wunderbaren Carthagener, den Pierrot bei seinem letzten Besuch mitgebracht hat.

Pierrot, das ist der Arzt, Moniques Mann, auch ein Cousin von mir. Er trug schreckliche Trikots, als wir in der Prima waren. Abgesehen von den Trikots habe ich nie begriffen, warum sie ihn geheiratet hat. Aber das geht mich nichts an. Er sieht gut aus, spricht laut, ist immer schick angezogen, kurz, er stellt was dar. Es ist ganz einfach, Sie werden es sofort begreifen, wenn Sie Madame Lasblaise zuhören.

Mit trübseliger Stimme sagte sie eines Tages: «Monsieur Dingsda, das ist ein Künstler . . .»

In devotem Ton: «Der Doktor, das ist ein schöner Mann!»

So ist es.

Ignacio macht mir Sorge. Er amüsiert sich zu gut. Er ist nervös, überreizt. Ich ahne auch warum. Er hatte gerufen: «Ich setze mich neben meinen Papa!» Aber natürlich landete er dann doch am Ende des Tisches zwischen Laurette und der kleinen Engländerin. Als die Kerzen gebracht wurden, hatte er aufgeregt gesagt: «Das ist ein Fest!» (Er hat Kerzen so gern, daß er einen Kult daraus macht, wenn der Strom ausfällt. «Das ist ein Fest!» sagt er jedesmal, wenn die Sicherungen rausspringen, und geht sein Glas holen, um einen Tropfen Champagner zu ergattern.)

Mit leiser Stimme teilte ich den anderen die Äußerung von Madame Lasblaise mit, während die Kinder ein Windlicht auf den Tisch stellten und eine alte Petroleumlampe anzündeten. Der Geruch hob plötzlich die Zeit auf und trug uns, Monique und mich, zu den Abenden unserer Kindheit zurück, als Großvater uns Victor Hugo, Frédéric Mistral und Gérard de Nerval vortrug, mitten in dem Summen der Schnaken und Mücken, die die Flamme umkreisten.

«Sprecht mir nach, ihr Kleinen», sagte er, und wir wiederholten brav und voller Freude: «Republik unserer Väter, Pantheon voll Licht . . .» Oder unsere Lieblingsverse: «Sie werden zurückkehren, die Götter, die du heute beweinst, die Zeit bringt die Ordnung der frühen Tage zurück, die Erde erbebt von einem prophetischen Atem . . .» Er war zufrieden und streichelte mit derselben Zärtlichkeit den blonden wie den braunen Kopf. O Großvater, der du immer eine so schöne Sprache sprachst – was würdest du sagen, wenn du wieder in unsere Welt zurückkämst, in der man ein Französisch spricht wie wir beide mit meinem Hund?

Ich durfte mich nicht rühren. Man hatte mir befohlen,

nichts zu tun. Absolutes Verbot, mich von meinem Stuhl zu erheben. Ich lebte wieder auf.

Alle am Tisch waren empört über Madame Lasblaise. Jeder sah zu dem kleinen schönen Jungen hin, dem Sohn eines unbekannten Vaters und einer liederlichen Mutter, der mit betörenden Augen in die Sommernacht schaute.

«Was heute niemand mehr weiß», sagte der Doktor, «ist, daß Madame Lasblaise in ihrer Jugend ein forsches Mädchen war. Die Briefträger haben sie bewundert.»

«So was! Sie waren wirklich nicht wählerisch bei der Post», wieherte Albin, die Mütze auf dem Hinterkopf.

«Und mein Vater, der sie von all ihren Kindern entbunden hat, sagte mir, daß keines wie Vater Lasblaise war. Sogar am Ende seines Lebens sagte er noch: ‹Meine Tochter – die gar nicht meine Tochter ist, wenn man bedenkt, daß sie die Tochter dieses armen Monsieur Cloître ist . . .›»

Allgemeine Heiterkeit.

«Und trotzdem», fuhr der Doktor fort, «auch als junges Mädchen ist sie nicht schön gewesen.»

«Es ist doch nicht nötig, schön zu sein», sagte Jean. «Sie war vielleicht leicht zu haben.»

«Madame Lasblaise ist leicht zu haben!» krächzte Ignacio begeistert. Er hatte seinen Platz verlassen und war auf Jeans Knie geklettert.

Jubel brach aus. Viviane und Thomas fielen sich in die Arme. Die Kinder bogen sich vor Lachen und übersetzten, ich hätte gern gewußt wie, für die junge Engländerin. Ignacio, berauscht von seinem Erfolg, wiederholte: «Sie ist leicht zu haben!»

Und Fanny fragte in aller Treuherzigkeit: «Was bedeutet das, Meister: ‹leicht zu haben›?»

Jean versagte fast die Stimme: «Machst du dich über mich lustig?»

Aber nein, sie sah ganz aufrichtig aus. Sogar in unserer Zeit gibt es noch Überraschungen bei jungen Mädchen.

«Man müßte es ihr an einem Beispiel erklären», sagte Jean. «Laßt sehen . . .»

«Ich weiß eins!» schrie Thomas. «Hör zu, Fanny, du kennst doch die Sangria?»

«Oh, hör auf!» sagte Fanny verärgert.

«Also gut, die Sangria, wie viele unserer großen Sängerinnen, die ist leicht zu haben.»

«Ach!» rief Fanny. Sie hatte verstanden. Dann brach sie in Lachen aus und legte ihren Kopf auf Jeans Schulter.

«Sie ist beschwipst», murmelte Monique halblaut.

Es muß gesagt werden, daß die Kleine dem Carthagener des Cousins so tüchtig zugesprochen hatte, als wäre es Limonade aus Evian, und der Carthagener läßt sich das nicht gefallen.

«Ich habe Durst!»

Fanny hielt dem Doktor ihr leeres Glas hin.

«Du wirst noch krank», sagte Jean gereizt.

«Laß sie doch», meinte der Doktor mit genüßlichem Blick, «ich werde mich schon um sie kümmern.»

Das ist es! Genau solche Bemerkungen von Pierrot bringen mich in Harnisch. Er gibt an, er posaunt alles aus, er gibt zu verstehen, daß er, wenn er nur wollte . . . daß es ihn nicht viel koste . . . daß er sich nur ein wenig Mühe zu geben, nur einen Wink zu machen brauche . . . Oh, là là!

Er nutzt die Gelegenheit, daß Monique wieder einmal aufgestanden ist, um eine Platte zu holen, und flüstert mir ins Ohr:

«Die Kleine? Glaubst du, man kann . . .»

Ich schnitt ihm brüsk das Wort ab: «Nein!»

«Wollen wir wetten?»

«Keine Lust!»

«Ach, du verstehst keinen Spaß! Weißt du, dein Charakter und meiner . . . das hätte nie mit uns geklappt!»

Die Unterhaltungen zwischen meinem Cousin und mir endeten meistens wie eine Rauferei unter Jungen.

«Von einem feurigen Temperament wie dem meinen hast du keine Ahnung! Man muß sich manchmal wirklich fragen, ob du tatsächlich aus dem Süden kommst! Du brauchst einen Barbaren aus dem Norden, einen stillen, wie Jean.»

Einen stillen! Wie blöd er ist, wie blöd! Und außerdem, was soll diese Anspielung bedeuten?

Monique kam unter Hurrarufen zurück. Sie trug einen riesigen Korb, gefüllt mit pudergezuckertem Gebäck.

Die Kinder standen als erste auf, das Glas in der Hand: «*Prouvencau, veici la coupo . . .*»

Fanny staunte mit großen Augen und hängte sich bei Jean ein, um nicht hinzufallen.

«Was singen sie?»

«*La coupo santo.*»

«Oh, wie hübsch!» sagte sie.

Es war sehr hübsch. Wir sangen alle, in die Nacht, die unsere Haut streichelte, in den Wind, der die Schwere der Luft vertrieb, wir sangen es aus vollem Herzen, dieses «reiner Wein von unseren Reben». Wie lange noch, o mein Gott, meine Götter, werdet ihr ihn in unsere Becher fließen lassen? Und Fanny, sehr schnell ernüchtert und musikalisch so begabt, skandierte den Rhythmus. Und als wir sangen «. . . der uns von Katalonien kommt», grüßten wir alle Ignacio mit einer Verbeugung, der an diesem Abend König von Katalonien und ein spanischer Grande war.

Schweigend setzten wir uns wieder. Leises Schluchzen drang zu uns herab. Die *Coupo Santo* hatte Vivette geweckt. Mein kleiner Schatz. Sie wurde geholt und machte auf unseren Knien die Runde um den Tisch.

«Sie muß wieder auf fünf Mahlzeiten gesetzt werden», sagte die schulmeisterliche Stimme des Mannes vom Fach. «Sie hat in Bastogne-sur-Mer zuviel Wasser verloren. Dieser Strand ist ausgesprochen schädlich für Kinder, Viviane. Hättest du mich bloß um Rat gefragt . . . Aber du wirst sie wieder ins Gleichgewicht bringen, wenn du die Abendmahlzeit etwas kleiner machst und ihr gegen 2 oder 3 Uhr noch ein Fläschchen gibst.»

«Nachts?» sagte Viviane erschrocken.

Macht nichts. Ich werde es ihr geben. Arme kleine Vivette. Drollige, niedliche Vivette. Genau wie Viviane als Baby. Aber es ist nicht Viviane. Es ist Vivette. Viviane, das ist die hübsche junge Frau mit dem Sopran *lirico spinto*, deren Ehemann ihr gerade den nackten, braungebrannten Rücken streichelt. Ich habe Viviane gemacht. Und Viviane hat Vivette gemacht. Wunderbar. Und trotz allem bin ich noch nicht alt . . .

«Also wirst du in zwei Tagen ein Jahr mehr auf dem Rücken haben?» fragte mich der Doktor.

Das kann ich Ihnen versichern, der weiß, wie man ins Fettnäpfchen treten kann!

«In zwei Tagen?» fragte Fanny, «aber das ist doch nicht möglich. In zwei Tagen ist der 14. Juli!»

«Eine sehr republikanisch gesinnte Familie», erklärte Jean.

«Und wie alt bist du dann genau?» beharrte Pierrot.

«Ich bitte dich!» rief Monique wütend.

«Ich frage es nur, weil ich darüber nachsinne, ob du ein Jahr älter oder jünger bist als deine Cousine . . .» sagte er gutgelaunt.

«Aber das ist doch egal!» blitzte Monique ihn an.

Ich sagte sanft:

«Wenn es dir Freude macht, ich werde genau hundertzwei Jahre alt sein.»

Die Kinder wieherten vor Vergnügen. Albin lief los, um «ein Porträt von Mama» zu suchen.

«Kommt ihr am 14. zu uns?» fragte Jean.

«Leider nein, wir fahren drei Tage nach l'Aigoual zu den Claparède. Pierrot hat einen Vertreter finden können . . .»

Enttäuschung wurde laut. Es schien mir, als ob weit entfernt in den Bergen Donner antwortete. Aber da kam Albin zurück mit einem Exemplar des *Magazin Pittoresque* von 1887. Er schlug eine Seite auf, auf der eine zahnlose Matrone mit einer röhrenförmigen Haube abgebildet war, die, verschrumpelt, zerknittert, verwelkt, mit triefenden Augen und einem Mund, der aussah wie der Schlitz einer Sparbüchse, einem mit Bändern geschmückten Baby auf ihrem Arm zulächelte. Der Schöpfer des Kunstwerks hatte es *Großmutter* betitelt.

Sie lachten. Sie brüllten vor Lachen. Sogar Monique hatte Tränen in den Augen. Dazu muß ich sagen, daß sie noch nicht *Großmutter* ist. Ich habe es gar nicht lustig gefunden. Überhaupt nicht.

Das Gewitter brach ganz plötzlich los, herangetrieben von einem wahnsinnigen Wind, der die Tischtücher hochwehte, in die Haare fuhr, die Kerzen in Schrecken versetzte. Ein gewaltiger Donnerschlag ließ das Haus erzittern. Es begann in großen lauwarmen Tropfen zu regnen. Dann brach plötzlich die Sintflut über uns herein. Es blitzte und stürmte und donnerte. Es war herrlich! Im Nu war der Tisch abgedeckt, alles rannte durcheinander, schrie, brüllte, lachte . . .

«Das tut dem Wein gut!» rief der Doktor.

«Desto besser!» kiekste Fanny, die den Schluckauf hatte. Das regennasse Kleid klebte ihr am Körper.

Kerzen und Lampen waren verloschen, aber manchmal tauchte ein langanhaltender Blitz die Fassade des Hauses in blaues Licht, was mich an das Jüngste Gericht denken ließ.

«Ah, Angst!» schrie Ignacio begeistert.

Du schönes Gewitter vom Languedoc, du reinigendes Wasser, Geschenk des Himmels und des Sommers!

«Ich werde die *Dirty Corpses* auflegen!» sagte Albin.

«Kommt nicht in Frage!» Monique übernahm das Kommando. «Alle an den Spültisch! Die Musik kommt nachher. Jetzt gehen wir alle in die Küche! Auch die medizinische Fakultät und die Oper!» fügte sie hinzu, mit einem Blick auf ihren und meinen Mann, die dreinblickten wie hochgestellte, nicht betroffene Persönlichkeiten, die irrtümlich in eine Razzia geraten sind.

Ach, wenn ich es bloß auch verstände, solche Truppenbewegungen in Gang zu setzen!

Sie haben uns nicht viel geholfen, aber es war weniger eintönig. Der Doktor rauchte in einer Ecke der Küche seine Pfeife, Jean kämpfte mit den Kindern, Viviane und Thomas waren zum Wagen gegangen, um die Fenster zu schließen. Wir sahen sie nicht zurückkommen, wahrscheinlich küßten sie sich draußen im Regen. Man hörte das Trommeln der Regentropfen in den hundertjährigen Dachrinnen. Patricia und Laurette hatten das Baby wieder ins Bett gebracht, und als sie wiederkamen und sahen, wie Jean sich mit den Jungen balgte, fielen sie, mit den Schreien von Squaws, über ihn her.

Er tat so, als ob er besiegt sei, und kugelte sie dann quer durch den Raum.

«Du schlägst dich gern mit Mädchen herum, nicht wahr, Papa?» fragte Paul freundlich.

«Ja», sagte Jean, «du nicht?»

«O ja, es fängt an, mir Spaß zu machen, aber das da sind doch Bestien.»

Und als die Mädchen sich wütend auf ihn stürzten, machte er eine Gebärde, die man in Bronze hätte gießen mögen.

«Die Männer zu mir. Das da sind Feindinnen.»

Es kam zu einem Handgemenge.

«Komm, Papa! Komm, kämpf mit uns!» schrien die Cousins ihrem Vater zu. Aber er lehnte mit einer Kopfbewegung ab, um sich sein schickes Arztgewand nicht verschandeln zu lassen. Aber als Fanny sich mit dem Ruf «Gerechtigkeit!» in den Kampf warf, stürzte er sich auf sie wie auf einen Volleyball.

Octave bellte, Ignacio war auf den Tisch gestiegen und rief: «Die Männer zu mir!» Jeans platzten, Knöpfe flogen, Schädel prallten auf den Boden. Albin wieherte so laut, daß die Cousins sich vor Lachen nicht halten konnten und von ihren Gegnern abließen. «Ich mach noch in die Hose!» schrie Paul. Ich sah, wie Jean der Länge nach auf Fanny lag, wie Fanny ihn abrollen ließ und auf ihn kletterte, mit einer Entschiedenheit, deren ich sie nicht für fähig gehalten hätte. Der Doktor versuchte, sich auf sie zu setzen, aber seine Töchter kippten ihn unter den Tisch.

Nur Monique und ich, wir beiden Hundertjährigen, nahmen nicht an dieser Toberei teil.

«Hilfe!» schrie Jean.

«Verteidige dich!» rief Monique, und als er nicht reagierte, ergriff sie einen Krug mit Wasser und leerte ihn über den Kämpfenden aus.

Das war das Ende des Spiels. Die Krieger hockten keuchend auf dem Küchenboden. Wir betrachteten sie, erregt von einem seltsamen, verwirrenden Gefühl . . .

«Wir haben uns gut amüsiert», sagte der Doktor, der sich in den Hundekorb gesetzt hatte.

«Saumäßig gut!» sagte Paul und zog seine Hose aus.

Ich fragte: «Warum ziehst du deine Hose aus?»

«Meine Hose zieht mich aus, sie ist geplatzt!» antwortete er, und diese Schlagfertigkeit trug ihm für den ganzen Sommer den Ruf eines hellen Kopfes bei seinen Cousinen ein.

Sie konnten nicht mehr. Die Küche war dunstig wie eine Waschküche.

«Schade, daß wir uns trennen müssen», seufzte Laurette.

«Wir sollten immer zusammen bleiben!» schrie Patricia.

«So viel Spaß gibt es nur in Foncaude», sagte Olivier.

«Ach, Foncaude», begann der Doktor, der immer noch im Hundekorb saß. Er machte eine Geste, die Bände sprach: «Foncaude! . . . Man sieht dich mit Vergnügen wieder und verläßt dich mit Schmerzen . . .»

«Also gut», sagte Jean, «das ist kein Problem, ihr schlaft heute abend alle hier.»

Ich glaubte, nicht recht gehört zu haben.

Nein!

Pierrot war schon auf den Beinen. Er war begeistert.

«Guter Gedanke!» sagte er, und die Kinder hüpften vor Freude.

«Das kommt nicht in Frage!» sagte Monique.

«Und hier», sagte ihr Mann, «stelle ich euch die Spielverderberin vor!»

«Findest du, wir sollten Ludovique noch mehr Arbeit machen?»

«Wir werden sie ganz in Ruhe lassen, unsere kleine Cousine», sagte er und faßte mich um die Taille. «Es macht doch Spaß, zusammen zu sein. Wir machen keine großen Umstände, die Kinder werden ihre Betten selber machen!»

«Wir werden im Stroh schlafen!»

In was für Stroh?

«Im Krieg, wie im Krieg! Natürlich erwarte ich nicht, daß Firmin mir morgen früh die Schokolade auf einem silbernen Tablett ans Bett bringt!»

«Ich freue mich wirklich, daß ihr hierbleibt», sagte ich mit Anstrengung, weil man mich gelehrt hat, eher das zu sagen, was gern gehört wird, als das, was wahr ist.

«Siehst du!» frohlockte der Doktor.

«Nein!» sagte Monique.

In diesem Augenblick ging das Licht aus, der Blitz hatte ganz in der Nähe eingeschlagen.

«Ihr seht selbst, daß ihr jetzt nicht gehen könnt!» sagte Jeans Stimme im Dunkel.

Der Strom war schnell wieder da, zur großen Enttäuschung der Kinder. Gut, ich machte mich auf die Suche nach sieben Paar Bettüchern. Eine großartige Idee von Jean, diese Einladung! Und trotzdem war es wunderbar, dieses Haus voller Lachen und Durcheinanderlaufen . . . Unsere Köpfe dröhnten vom Lärm der elektrischen Gitarren der *Dirty Corpses* und von ihren Schreien, die nichts Menschliches mehr hatten. Ich fragte mich, ob meine Enkelin vielleicht taub sei, weil sie in diesem Krach schlafen konnte.

«Mama, hast du die Bettücher gesehen, die du uns gegeben hast? Man kann die Finger durchstecken!»

«Mit Löchern oder nicht, ihr habt Glück, daß ihr überhaupt Bettücher bekommt», sagte Monique. «Ich hätte euch in Zeitungspapier schlafen lassen!»

«O ja, im *Playboy*!» schrie Albin.

«Playboy! Playboy! Playboy!»

«Eingewickelt in nackte Mädchen!»

Was soll man dazu sagen? Man lacht eben mit! Wir

sahen, wie sie ins Badezimmer spazierten, sich oberflächlich wuschen, sich gute Nacht sagten, in ihre Zimmer gingen, sich schlafen legten, wieder aufstanden, im Flur herumliefen, sich Streiche spielten, Faxen machten, sich kitzelten. Man sagt sich, daß man auch mal in dem Alter war und daß es schade ist, daß diese Zeit vorbei ist.

Wir waren so müde, daß wir uns, als sich endlich die letzte Tür hinter ihnen geschlossen hatte, da hinsetzten, wo wir gerade waren, auf eine Treppenstufe.

«Du mußt doch zugeben, man könnte ihn umbringen, meinen Mann!» sagte Monique.

«Aber nein, ich bin froh, daß ihr hier seid!»

«Lügnerin, mir brauchst du doch nichts vorzumachen. Ich wiederhole, mein Mann ist zum Umbringen! Deiner übrigens aus. Und jetzt sitzen sie mit Einauge im Salon und machen Konservation. Das ist wirklich die Höhe.»

Paul kam aus seinem Zimmer und sagte, als er an uns vorbeiging, mit feierlicher Stimme: «Wir sind genau zwanzig Mitglieder der menschlichen und ein Mitglied der hündischen Rasse heute nacht hier im Haus. Ich habe nachgezählt!»

Wie hätte man ihnen dieses Vergnügen vorenthalten können?

Die Erwachsenen kamen vom Salon her die Treppe herauf. Fanny schien nicht mehr ganz sicher auf den Beinen zu sein . . .

«Fanny ist ein bißchen müde», erklärte der Doktor mit gewichtiger Miene, «ich glaube, ich werde sie untersuchen müssen . . .»

«Das ist nicht nötig», sagte Fanny. «Ich habe zuviel getrunken. Das ist alles.» Sie lachte laut auf und hängte sich bei Jean ein. «Wollen Sie mich nicht in mein Zimmer führen, Meister? Ich erinnere mich nicht mehr so genau, wo es ist.»

«Hier entlang», sagte Jean und packte sie fest an.

Pierrot war betrübt, daß er ihnen nicht folgen konnte.

«Ich hätte sie doch besser untersucht . . .»

«Keine Sorge, sie wird es überleben», sagte Monique.

«Oh, ich bitte dich! Du bist wirklich nicht komisch», brauste er auf.

«Und du, du bist zum Kugeln komisch!»

«Siehst du – wie immer! *Einmal* könntest du wirklich gute Miene dazu machen, wenn ich mal einen Abend entspannt bin. Aber nein! Du mußt ein Gesicht ziehen. Wie zu Hause! Bitte, verzeih, liebe Ludovique, daß wir dir so ein klägliches Schauspiel bieten! Ich frage mich trotzdem, ob ich nicht besser nach der Kleinen sehen sollte. Jean kommt gar nicht zurück und . . .»

Aber Jean kam zurück, ein Lächeln auf den Lippen, und rief uns zu:

«Ich glaube, es braucht sie niemand in den Schlaf zu wiegen!»

«Da haben wir ja noch mal Glück gehabt», sagte Monique, was Pierrot zum Platzen brachte:

«Da habt ihr's! Das ist Monique! Ihr seht, daß ich nichts erfinde. Man braucht wahrhaftig eine Engelsgeduld, um mit dir zu leben!»

Ein fürchterlicher Donnerschlag gab der Unterhaltung eine andere Richtung. Wir umarmten uns auf dem Treppenflur, bevor wir in unsere Zimmer gingen, und Jean sagte, es sei wirklich kein Wetter, um einen Vetter vor die Tür zu jagen.

Abgekämpft wie ich war, setzte ich mich aufs Bett.

«Sie machen mir Spaß», sagte Jean. «Sie brüllen sich die

ganze Zeit an! Ach, was für ein schöner Abend! Nicht wahr, Liebling?»

«Sieben Paar Bettücher . . .» sagte ich verzweifelt.

Jean war traurig. Er hatte nicht an Bettücher gedacht. Er hatte geglaubt, ich würde sie im Stroh schlafen lassen.

«Was ist das für Stroh, von dem ihr alle sprecht? Ich habe hier nie Stroh gesehen!»

«Ich dachte, es gäbe hier Stroh . . .» sagte er betrübt.

«Stroh . . . Vielleicht in der Römerzeit!» und plötzlich brach ich in Tränen aus.

«Aber, was ist passiert? Das ist ja schrecklich! Hör doch auf zu weinen!» sagte Jean verwirrt und drückte mich an sich. «Oh! Ich schwöre dir, sobald Concepcion wieder da ist, oder nein, sobald Tata Carmen kommt, nehme ich dich und brenne mit dir durch!»

«Nie! Niemals!» schluchzte ich. «Concepcion wird nicht wiederkommen! Und Tata Carmen . . .» ich rang nach Atem, «auch nicht! Wir werden nie allein sein. Wir werden nie verreisen!»

Ein Blitz beleuchtete diese düstere Szene. Allmählich kam ich wieder zu Atem und sagte: «Und überhaupt, warum wollen wir in die Flitterwochen fahren? Wir sind alt!»

Mein Gott, in diesem Augenblick glaubte ich es wirklich!

Ich öffnete die Augen ohne Ignacios Hilfe und stieß einen Schrei aus: Es war fast 10 Uhr!

Ich stürzte in die Küche, wo ich Monique vorfand. Sie war bereits angezogen, sah frisch aus, gut frisiert, und hackte inmitten einer peinlich sauberen Umgebung Zwiebeln.

Sie schaute mich mit tränenden Augen an und lächelte: «Sie brennen so!»

«Um wieviel Uhr bist du denn aufgestanden?»

«Ich hatte eine Vereinbarung mit Ignacio», sagte sie. «Er hat mir versprochen, dich nicht zu wecken. Und dann habe ich das erste Fläschchen gegeben. Das ist alles!»

Das ist alles! Eine riesengroße Träne rollte an ihrer Nase entlang. Ich griff nach dem Hackmesser und nahm ihren Platz bei den Zwiebeln ein. Sie hatte mir ein herrliches Geschenk gemacht: vier Stunden Schlaf! Ich zog die Nase hoch, die Zwiebeln waren grausam.

«Ich habe dir ein Ratatouille gemacht . . . und alles ein bißchen in Ordnung gebracht . . . und die Küche gekehrt . . .»

Ich trocknete mir die erste Träne, was ganz falsch war: Ich glaubte, blind zu werden! Monique nahm wieder das Messer. Sie sah nachdenklich aus.

«Das sind mörderische Dinger», sagte sie.

Dann fragte sie mich: «Weißt *du* noch, was ‹Zwiebel› auf griechisch heißt?»

Nein, ich wußte es nicht.

«Es gibt da etwas, was ich nicht verstehe, Ludovique», fuhr sie fort. «Kannst du mir sagen, warum man uns Griechisch beigebracht hat? Um Zwiebeln zu hacken und uns nicht einmal mehr daran erinnern zu können, wie sie heißen? Weißt du noch, wie wir die Stelle rezitiert haben, wo Nausikaa ihren Vater um die Erlaubnis bittet, an das Gestade des Meeres zu gehen? Könntest du noch einen einzigen Vers aufsagen? Nur einen Vers?»

«Π'απαφὶλ'. . .» begann ich, aber weiter kam ich nicht.

«Siehst du», sagte sie. «Und ich konnte mich nicht einmal an Π'απαφὶλ' erinnern. Obwohl ich gerade diese Stelle besonders gern gemocht habe. Aber warum haben sie uns Griechisch lernen lassen?» sagte sie voller Verzweiflung. Was für ein Schlamassel!

Zwiebel? Was hieß «Zwiebel» auf griechisch? Diese Gedächtnislücke verursachte mir plötzlich maßlosen Kummer.

«Ich finde das Leben beschissen», sagte Monique, und ich wußte nicht, ob die Tränen, die ihr aus den Augen stürzten, von den Zwiebeln kamen oder aus dem Herzen.

Ich nahm sie in die Arme und küßte sie, und jetzt weinten wir beide.

«Ich will nicht, daß du die Nerven verlierst, mein Liebling», schluchzte sie und sah mit tränennassem Blick in meine geröteten Augen.

«Warum sollte ich die Nerven verlieren?» schluchzte ich.

Sie sah mich lange schweigend an, bevor sie mit ernster Miene flüsterte: «Ich habe einen Geliebten!»

Monique. Monique hatte einen Geliebten. Sie hatte mich schon immer verblüfft. Sie hatte vor mir einen Büstenhalter gehabt, Nylonstrümpfe, eine Dauerwelle, alles vor mir . . . und jetzt, einen Geliebten!

«Kenne ich ihn?»

Nein, ich kannte ihn nicht. Er hatte sich erst im Oktober in der Gegend niedergelassen. Sie hatten nicht lange gewartet. Es war Liebe auf den ersten Blick!

«Ich weiß nicht, ob du dich noch an die letzten Ferien erinnerst? Ich hatte jeden Tag sechzehn Personen zu Tisch, Patricia kam mir am 15. August mit einer Blinddarmentzündung, Olivier hatte sich das Bein gebrochen, als er vom Baum fiel, und um das Maß vollzumachen, kam meine Schwiegermutter, um mir zu helfen. Du kennst das! Pierrot, der von nichts eine Ahnung hat, lud alle Welt ein . . . kurz, es war die Hölle! . . . Also bin ich zusammengeklappt! In die Arme von Renaud.»

Aha! Er heißt Renaud.

«Im Anfang war es wunderbar! Ich lebte wieder auf! Ich war in bester Stimmung! Ausgeglichen! Fröhlich! Aber dann wurde es anstrengend. Renaud ist eifersüchtig auf Pierrot, auf die Kinder . . . Er macht mir Szenen! Er kommt ins Haus! Er geht mir nicht von der Pelle! Er verfolgt mich bis in mein Zimmer. Ich kann dir nicht erzählen, was er alles angestellt hat. Du würdest es nicht glauben!»

Wenn ich richtig verstanden hatte, war der Geliebte auch keine Lösung.

«Im Augenblick», fuhr Monique fort, «komme ich ein bißchen zu Atem. Er ist in der Bretagne in den Ferien mit seiner Frau und den Kindern.»

«Ach, er hat also . . .»

«Fünf Kinder, ja. Außerdem behandelt Pierrot seine Frau, die nicht sehr stabil ist. Ein nettes Mädchen, aber immer in Tränen aufgelöst», fügte sie hinzu, indem sie sich die Nase putzte.

Monique wandte sich um, zündete das Gas an, schüttete Olivenöl in die Pfanne und betrachtete sie, als ob sie aus ihr weissagen könne.

«Du kannst nicht immer allein sein», sagte sie.

Also gut! Mir sagte das alles gar nichts. Nach Moniques Bericht zu urteilen, schien Ehebruch, weit entfernt davon, die Probleme im Leben einer Frau zu verringern, nur neue Probleme aufzuwerfen! Was würde aus mir werden, wenn ich, außer allen Mitgliedern meiner Familie, in meinen Arbeitsplan noch einen Geliebten, seine Frau und seine Kinder unterbringen müßte? Vielleicht noch seine Enkelkinder? Oder zänkische Verwandte? Was weiß ich? Man muß auf alles gefaßt sein! Ich, die nicht einmal Zeit fand, um mit meinem Mann zu schlafen! Wie sollte ich mit einem andern mehr Glück haben? Und dann, immerhin, es gab ja Jean! Ich liebte ihn. Ah, wenn ich *ihn* als Geliebten nehmen könnte, *ihn* . . .

«Denk gut nach», sagte sie.

«Ich habe nachgedacht: ich will mir keinen Geliebten nehmen!»

Monique sah plötzlich stumpf aus. Dann brach sie in Lachen aus, in ein Schülerinnenlachen, und ließ sich neben mir auf einen Stuhl fallen.

«Ludovique! Was stellst du dir eigentlich vor? Ein Geliebter! Das fehlte noch! Du, die personifizierte Rechtschaffenheit!»

«Aber ich hab überhaupt keine Lust dazu!» sagte ich verletzt.

«Das will ich hoffen! Ein Geliebter! Stell lieber ein neues Hausmädchen ein, sie wird dir bessere Dienste leisten als ein Geliebter. Glaube mir, ich habe bezahlt für die Familie! Ein Geliebter! Aber du solltest die Augen offenhalten.»

«Die Augen offenhalten?»

«Auf Jean.»

In der Küche wurde es still. Nur das südländische Brutzeln der Zwiebeln im Öl war zu hören.

«Ich weiß nicht, ob du dir über die Situation im klaren bist . . .»

Was für eine Situation? Was geht hier überhaupt vor?

«Er hat Erfolg wie verrückt, dein Mann! Die Kleinen haben mir von dem Abend auf Schloß Castries erzählt. Jean war der Star des Abends! Die Frauen küssen ihm die Hand . . .»

«Oh!»

«Aber ja, mein Liebling, du bist hier in aller Ruhe damit beschäftigt, deine Soßen zu binden, nichts und niemandem zu mißtrauen, alles auf dich zu nehmen, alles zu ertragen . . . Denk nur an Concepcion! Ich will Mutter Lasblaise nicht in Schutz nehmen, aber es hört sich tatsächlich komisch an, daß Ignacio zu Jean ‹Papa› sagt.»

«Monique! Hör zu! Du warst doch dabei, als wir Concepcion an der Bushaltestelle in Perpignan in Empfang genommen haben! Du weißt genau . . .»

«Ich weiß genau, daß Jean nicht der Vater von Ignacio ist und daß er wahrscheinlich nie mit Concepcion geschlafen hat . . .»

Wahrscheinlich!

«. . . das ändert aber nichts daran, daß die Leute reden und daß es mich in Verlegenheit bringt . . . Meine Schwiegermutter war entsetzt im letzten Sommer, als du einen Tee gabst und Concepcion, nackt unter der Bluse, servierte . . .»

Diese Tante Jojo! Sie soll nur nicht glauben, daß sie so bald wieder meinen Lapsang Souchon zu kosten bekommt!

Monique gab mir einen leichten Rippenstoß: «Ich will dir nicht meine Schwiegermutter verkaufen. Wir wissen beide, daß sie ein Monstrum ist. Aber ich hab dich gern, du Schaf!»

Sieh an, es regnet nicht mehr . . . Es ist sogar sehr schön. Ich hatte es nicht bemerkt. Es ist schönes Wetter . . .

«Was das Mädchen mit der Strähne angeht – diese Schülerin, die Einäugige –, die hätte ich keine zehn Minuten im Hause behalten! Unverschämt, hüftewakkelnd, gurrend, einschmeichelnd, keß, kokett, wie sie ist . . .»

«Du glaubst wirklich, daß sie all das ist?»

«Ah, da haben wir ja die kleine Fanny! Noch nicht ganz ausgeschlafen, was?» sagte Monique in verändertem Tonfall.

Ein wenig taumelnd in ihrem marineblauen Kimono,

die Strähne noch weiter ins Gesicht gefallen als sonst, stand Fanny auf der Schwelle.

Sie gähnte: «Ich habe ein bißchen Kopfweh . . . ich glaube, ich trinke mal ein bißchen Quellwasser . . .»

Ich sah ihr zu, wie sie durch die Küche ging. Es stimmte, daß sie mit den Hüften wackelte. Ich sah, wie sie trank und vor Behagen aufseufzte. Es stimmte, daß sie gurrte.

Sie lächelte uns an: «Und wie geht's Ihnen?»

«Sehr gut! Sehr gut!» antworteten wir einstimmig.

«Sie vertragen den Wein besser als ich!»

Monique ließ durchblicken, daß wir vielleicht ein bißchen weniger getrunken hatten.

«Das kommt davon, daß ich erst anfange. Ich habe über die Stränge geschlagen!»

«Das wird es sein», sagte Monique, «das jugendliche Ungestüm!»

Fanny stimmte freundlich zu, entschloß sich aber, als sie sah, daß alles gespült war, wieder ins Bett zu gehen.

«Ich erfinde nichts», triumphierte Monique, als die Tür wieder geschlossen war. «Glaub mir, sie ist nicht zu durchschauen. Allerdings, was sie betrifft, das hat nicht viel zu sagen. Ein kleines Mädchen ohne Bedeutung. Aber gestern, als von der Sangria gesprochen wurde, habe ich gezittert!»

Ich brach in Lachen aus: »Die Sangria! Jetzt spinnst du! Zunächst einmal kennen wir sie nicht! Sie ist unnahbar, die Sangria! Für sie existieren nur die größten Dirigenten . . .»

«Und sie führt sie sich zu Gemüte!»

«Das ist ihre Sache! Nicht meine! Hör zu, Monique, ich will mir nicht wegen einer Frau Sorgen machen, die Jean noch nie getroffen hat und vielleicht nie treffen wird.»

«Erinnere dich an Mariette de Stoop», sagte Monique,

und ich spürte, daß wir vielleicht doch von etwas Ernstem sprachen.

Mariette de Stoop. Der Star unter den Sängerinnen für Jean. Für mich übrigens auch. Eine hervorragende Stimme! Sie hatte unter seiner Leitung die Lucia de Lammermoor gesungen. Sie haben viel gemeinsam gemacht. Ich hatte große Angst ihretwegen . . . Und dann geschah dieses schreckliche Flugzeugunglück, auf dem Weg nach Boston, wo sie singen wollte . . .

«Damals warst du noch jung», sagte Monique, «aber jetzt . . . Also, ich habe dich gewarnt. Du kannst mir glauben, du mußt die Augen offenhalten! Dein Mann ist dabei, ein bedeutender Dirigent zu werden, und er hat keinen Bauch. Pfleg dein Haar, gib acht auf deine Figur, lackiere dir die Nägel, auch die an den Füßen. Sei schön und wachsam. Sonst wirst du dich in den Armen des erstbesten Dummkopfs wiederfinden, der dir über den Weg läuft und mit dir schläft, wobei er dir die Ohren voll heult, weil seine Tochter beim Examen durchgefallen ist oder weil sein Sohn das Mofa kaputtgemacht hat.»

Die Uhr in der Diele schlug langsam, als wollte sie dieser düsteren Prophezeiung mehr Gewicht verleihen. Monique stieß einen Schrei aus, als sie auf die Uhr sah, umarmte mich und machte sich im Laufschritt davon, eine Wolke von Lavendel und Eisenkraut hinter sich zurücklassend.

Nur eine eiskalte Dusche konnte mich wieder ins Leben zurückrufen. Ich schleppte mich zum Badezimmer, machte die Tür auf und blieb wie erstarrt stehen.

«Pardon!»

Wir riefen es beide zur gleichen Zeit, Fanny und ich. Sie war nackt, stand aufrecht in der Badewanne, ein Stück Seife in der Hand, reglos, erstarrt. Ich sah sie an und war unfähig, wegzugehen, mit ihr zu sprechen, mich zu bewegen, so wie sie unfähig war, ihre statuenhafte Reglosigkeit aufzugeben.

Diese Begegnung hatte sicher nicht länger als einige Sekunden gedauert, aber lange genug, um einen unvergeßlichen Eindruck zu bekommen: Der flache Bauch, das Dreieck ein wenig dunkler als die Haarsträhne, die hochstehenden, fast kindlichen Brüste, die langen Beine und dieser Schönheitsfleck auf der Hüfte . . .

Ich entschuldigte mich nochmals und verließ den Raum. Der mörderische Lärm der Dusche begleitete meinen Abgang. Ich mußte allein sein, nachdenken, den Kopf in die Hände stützen, vielleicht ein wenig laufen . . .

Mein Gott, wie war es schön draußen! Der nächtliche Regen hatte die Landschaft gewaschen und die Farben vom Staub des Sommers befreit. Der schlammige Weg unter meinen Füßen war schon getrocknet. Auf geheimen Kanälen war das Wasser in die Tiefen der Erde eingedrungen.

Langsam und leise ging ich auf Papas Grab zu.

Die Fremden, die durch unsere Gegend kommen, wundern sich immer, wenn sie am Rande der Obstgärten oder mitten in den Weingärten, so nahe am Haus Zypressen und Gräber sehen. Das ist ein Erbe aus der Zeit, als das Blut derer, die für ihren Glauben starben, in unserer Erde versickerte. Für uns hat das nichts Trauriges. Der Tod gewinnt dadurch eher etwas Häusliches, Familiäres . . .

Théodore Campredon
1903 † 1945

Pflanzen wuchern über die Granitplatte. Jetzt waren wir schon vier Tage in Foncaude, und ich war noch nicht hiergewesen. Aber ich wußte, daß Théodore mir deswegen nicht böse war. Ein Gefühl des Friedens stieg in mir auf, wie immer, wenn ich an ihn dachte. Und doch . . . ich hätte schmerzliche Erinnerungen haben sollen, Tränen . . .

Eines Abends im Mai 1943 hatte Mama zu ihm gesagt:

«Théodore, ich weiß, daß ich Ihnen vertrauen kann . . . ich muß Sie davon in Kenntnis setzen, daß mir etwas passieren könnte . . . das wollte ich Ihnen sagen . . .»

Es war einfach. Seit mehreren Monaten arbeitete sie für eine Untergrundorganisation.

Er hatte ihr wortlos zugehört, dann hatte er den Kopf geschüttelt und eine Hand auf ihre Schulter gelegt: «Seien Sie vorsichtig, *chérie*, diese Dinge können gefährlich werden.»

Vierzehn Tage später war er festgenommen worden, und sie erfuhr, daß er der Leiter der Widerstandsbewegung der ganzen Region gewesen war.

Kein Aufwiedersehn, kein Adieu. Trennung bei Nacht und Nebel. Und zum Schluß, nach endlosem Warten, die Rückkehr.

Wie schön ist eine Rückkehr! Die Rückkehr von einem Ort, von dem man normalerweise nicht zurückkommt.

Er kam zurück, den Kopf geschoren, leicht wie ein Schatten, nur sein Lächeln war das gleiche.

Er blieb nur eine Woche. Eine kurze gesegnete Woche, in der das Fenster seines Zimmers offenstand, zu unserem Besitz, zum Glanz des Frühlings. Das Bett war in die Ecke des Zimmers gestellt worden, von der man alles übersah: ein wenig Heide, ein wenig Stein, den Pinienwald und den Weingarten und die Blumen im Garten. Sein Geist entflog durch das Fenster. Einfach so. Ich hatte keine Angst. Ich begriff nichts. Erst als ich den Kopf hob und meinen Patenonkel ansah, der weinte, und Mama, die wie erstarrt war und reglos am Kopfende des Bettes stand, toter als der Tote, begriff ich. Er war zurückgekommen, wenn auch nur für so kurze Zeit, weil er uns etwas Wichtiges zu sagen hatte. Uns dreien, die er liebte. Seiner Frau. Seiner Tochter. Seinem Freund. Er mußte uns erklären, daß das Leben weiterging, daß es weitergehen *mußte* auch ohne ihn und daß er darüber glücklich war. Mit sechzehn Jahren hatte er in sein Heft geschrieben: «Am Abend meines Lebens verlange ich von den Göttern nichts anderes, als daß ich die Augen in dieser friedlichen Umgebung schließen kann.»

Der Abend ist schnell gekommen. Das ist alles.

Über die Granitplatte eilte eine Ameise auf meinen nackten Fuß zu, hielt an, zögerte und lief dann in eine andere Richtung. Es hat römische Ameisen hier gegeben . . . An was mag eine Ameise denken? Ich selber denke an Théodore, der den Wein liebte, die Poesie, die Bäume im Abendwind, Pferde, die die Farbe des Salzes vom nahen Delta hatten, Ameisen . . . alle diese einfachen Fäden, aus denen das Glück gewebt ist.

Warum hat Monique von Mariette gesprochen? Warum hat sie Angst um mich? Jetzt habe ich nicht mehr die Kraft, mein bescheidenes Leben zu leben . . .

Vater, ich bitte dich um Verzeihung, dich, der du ein Held warst. Aber es ist so schwierig, eine Frau zu sein! Ich bin glücklich, ich werde geliebt . . . aber ich habe nicht mehr die Kraft zu leben. Es gibt so viel Suppen, Scheuertücher, Betten, Fläschchen, Abwasch, Zwiebeln . . . Stell dir vor, Monique und ich wissen nicht einmal mehr, wie Zwiebel auf griechisch heißt! Dumm, nicht? . . . Es gibt auch zu viele Mädchen. Sie sind sehr schön, sehr nackt, sehr jung . . . und ich werde morgen fünfundvierzig Jahre . . .

Und plötzlich wird mir bewußt: ich bin älter als Papa!

Wie er gelacht hätte!

Und wenn er den Admiral gesehen hätte, ein alter Herr! Seinen Aurélien vom Gymnasium in Nîmes. Ja, wir haben uns alle sehr verändert. Außer Mama. Sie ist immer gleich schön. Noch schöner sogar. Ich würde gern wissen, wie sie das schafft. Aber ich glaube, ich weiß es. Es ist eine bestimmte Art, mit dem Schmerz umzugehen. Mit fünfzehn Jahren hatte ich schon eine so hohe Meinung von der Liebe, daß ich begriff: ich konnte Mama nicht helfen. Ich nahm mein Fahrrad und fuhr mit Monique los. «Seht mal, da kommen die Cousinen», sagten die Leute, wenn sie uns vorbeikommen sahen. Ich glaube, wir waren viel reizender, als wir ahnten. Es war ein schöner Sommer, ein trauriger. Schließlich lebte Mama wieder auf, und es begann ihr unaufhaltsamer Aufstieg . . .

Das Wetter ist schön. Ich sitze im Morgenrock auf dem Grab meines jungen Papas, und da es Zeit zum Mittagessen ist, wird die ganze Familie sich in der Küche versammelt haben, wo die Ratatouille kocht. Sie werden auf mich warten. Mir geht es gut. Ich bleibe noch eine Minute bei dir. Ich habe noch Zeit genug, über andern Zwiebeln zu weinen . . .

Τὸ Κρόμμυον.

Das Wort ist mir wieder eingefallen!

Ich stehe auf, aber ich pflücke weder Geißblatt noch Affodill, um deine Schlafstätte zu schmücken, denn ich weiß, daß sie dir lebendig lieber sind als tot.

Und ich schritt auf die ockerfarbene Fassade zu, vor der Frédéric Bazille eines Tages seine Staffelei aufgestellt hatte, bevor er zum Sterben nach Beaune-la-Rolande ging.

Fanny war abgereist!

Einfach so. Ganz plötzlich. Sie hatte telefoniert und dann gesagt, sie müsse weg.

«Wir haben dich überall gesucht», sagte Jean, «aber du warst unauffindbar. Sie konnte nicht warten. Sie dankt dir für alles.»

Warum war sie so schnell abgereist?

Ich war fast traurig.

Allerdings nicht sehr.

Ich sagte: «Ich möchte nur mal wissen, warum sie so plötzlich abgereist ist . . .»

«Ach», sagte Jean schwärmerisch, «was mag wohl so alles im Kopf eines jungen Mädchens vor sich gehen!»

«Nichts Vernünftiges», wieherte Albin. «Also, essen wir jetzt?»

Die Familie machte nicht den Eindruck, etwas anderes zu spüren als tüchtigen Hunger.

«Ich habe gesehen, daß irgend etwas kochte, aber ich wußte nicht, ob es für mittags war», sagte Viviane.

Viviane hat ein Riesenglück im Leben: sie hat nicht das mindeste Talent für Küche und Haushalt. Wenn Sie Lust haben, der Feuerwehr eine Sondervergütung zukommen zu lassen, dann bitten Sie Viviane, etwas Brot zu toasten.

Bevor Sie noch die Butter geholt haben, hören Sie schon die Sirenen losheulen. Viviane weiß das. Deshalb hat sie auch die Gewohnheit angenommen, freundlich zu sagen: «Ich biete Ihnen gar nicht erst an, die Mayonnaise zu machen, sie mißlingt mir immer.».

Und es stimmt.

Sie sagte auch: «Ich habe es aufgegeben, die Herrenhemden zu bügeln, das Geflügel zu zerlegen, einen Auflauf zu machen, Fische auszunehmen, zu nähen, zu stricken, zu flicken . . .»

Wie recht sie hat! Die Erde dreht sich weiter, und weder ihr Mann noch ihre Tochter sind deswegen schmutziger, magerer oder unglücklicher. Allerdings steht dieser häuslichen Unfähigkeit das Wunder ihrer herrlichen Stimme gegenüber! Wenn ich sie singen höre, verneige ich mich. Sie ist da! Auch die Senatorin ist da! Während ich noch dabei bin, mich zu fragen, was ich später einmal machen werde, wenn ich groß bin. Schlimm für mich. Ich bin zu blöd. Ich lasse mich immer ausnützen. Ich kann mich nicht gegen die Forderungen der irdischen Ernährung behaupten. Statt mich wieder mit Griechisch zu befassen, wieder Unterricht zu nehmen oder naive Bilder zu malen, verbringe ich die meiste Zeit damit, Miesmuscheln auszunehmen, Spinat zu putzen, Langusten auszuschälen – und das in einer Zeit, in der es Dosen gibt, Tiefgekühltes, Vorgekochtes, und in der überhaupt niemand irgend etwas bemerkt.

Ach! Genie haben – was für eine wunderschöne Ausrede für eine Frau! Wenn *ich* Genie hätte, selbst wenn man mir den Nobelpreis verleihen würde «für die Gesamtheit meiner Vorzüge», ich bin sicher, daß ich mich halb tot arbeiten würde, um das Bankett herzurichten, und daß ich dann zu spät und unfrisiert dazu erscheinen würde.

«Du träumst, Ludovique?»

«Ich denke an Fanny . . .»

«Diese dumme Kuh! Muß sie gerade dann abreisen, wenn man angefangen hat, sich an sie zu gewöhnen!» sagte Albin mit vollem Mund.

«Ich kann doch annehmen, daß das eine freundliche Bemerkung sein soll?» fragte sein Vater.

«Sie ist sehr nett», sagte Thomas, «aber es stimmt, daß sie ein bißchen verdreht ist.»

«Sie ist vor allem verliebt in Papa», stellte Paul fest und lud die Hälfte von dem, was auf der Platte lag, auf seinen Teller.

«Aber nein!» sagte Jean. «Es ist einfach die Anhänglichkeit einer Schülerin, das ist alles!»

Hatte Monique vielleicht doch recht? Es stimmt, daß er keinen Bauch hat, es stimmt, daß er charmant ist . . .

«Sie sind aber zärtlich, deine Schülerinnen!»

«Küssen sie dich immer, wenn du in die Klasse kommst?»

«Wenn sie mal Dirigentin ist, wird sie nur die Hälfte des Orchesters dirigieren können», sagte Paul. «Mit der Strähne kann sie die andere ja überhaupt nicht sehen!»

Jean wurde ein bißchen ärgerlich: «Und Celibidache, mein lieber Junge, dirigiert der vielleicht auch nur die Hälfte?»

«Wenn man ins Badezimmer kommt, sieht sie jedenfalls nichts. Aber ich habe sie gesehen! Nun, Papa? 15 für mich!»

Jean lachte, er ist kein Spielverderber: «Anstatt euch über euren Vater lustig zu machen, solltet ihr lieber Mamas Geburtstag vorbereiten!»

Alle sahen mich verständnisvoll an. Mein Geburtstag war *das* große Festgelage des Sommers. Und jedes Jahr nahm er, wegen des Datums, die Dimension eines Nationalfeiertags an.

«Ich kann euch weiße Bohnen mit Schweinefleisch aus der Dose machen», sagte Albin in erschrecktes Gelächter hinein.

«Wenn wir genug Krebse fangen könnten . . .»

«Und wenn es wieder wie letztes Jahr ist, wo wir zwei gefangen hatten, von denen der eine so klein war, daß wir ihn ins Wasser zurückwerfen mußten?»

«Wir würden siebenunddreißig Jahre brauchen, um eine Platte mit Krebsen auf den Tisch stellen zu können.»

«Was haben wir eigentlich beim letzten Geburtstag gegessen?»

«Eine Paella.»

Ein Engel ging durch den Raum. Er war nackt unter der Bluse wie Concepcion.

Eine Paella würde es nicht geben . . .

«Wir werden schon was anderes finden . . .»

«Auf jeden Fall darf Mama sich um nichts kümmern!»

Mama wird sich um nichts kümmern!

Sie glaubten es. Alle. Und ich auch.

Also gut, ja, das Geburtstagsessen, um das ich mich nicht kümmern durfte, obwohl ich wußte, daß sie mit Begeisterung hinter meinem Rücken darüber tuschelten, das Festessen, das ihre Augen glänzen machte und mich mit Vorfreude erfüllt, das Festessen – ich mußte mich allmählich damit befassen!

Es war nicht ihr Fehler, die armen Kleinen hatten einfach kein Glück gehabt.

«Du kannst dir gar nicht vorstellen, wie uns zumute war», sagte Viviane aufgebracht, «als die Jungen und ich mit Thomas zu Mercoiran fuhren und wir das Schild sahen: ‹Wegen Betriebsferien bis zum 15. Juli geschlossen.› Wir hatten alles so schön vorbereitet.»

«Alles vorbereitet?»

«Ja, die Liste! Wir wollten eine Pastete aus Meeresfrüchten, überbackenen Schinken mit Spinat, Haselnußeis . . .»

Ich war fast froh, daß der Wirt, der seit mehr als einem Jahrhundert die gute Gesellschaft belieferte, das Datum für die Ferien seines Personals geändert hatte. Das Menü kam mir ein bißchen zu alltäglich vor.

«Was sollen wir jetzt machen?» jammerte Viviane.

Ich sagte leichtfertig: «Macht euch keine Sorgen, meine Lieben!» Und sie hörten auf, sich Sorgen zu machen.

Ich saß in der Falle.

Ich stürzte mich in die Festvorbereitungen.

Das Fest!

Es macht so unerhörten Spaß, ein Fest vorzubereiten. Ich frage mich manchmal, ob die Vorbereitungen nicht schöner, aufregender sind als das Fest selbst. Wenn das Fest im Gange ist, ist alles so, wie es ist; aber wenn der Vorhang noch nicht ganz gelüftet ist, schwebt noch um alles das wunderbare Licht der Hoffnung. Und außerdem: ein Fest vorzubereiten ist eine Art zu sagen: Ich liebe dich! Man sagt es durch die Sprache der Kerzen, der Tischläufer, der Sektkorken, der Brötchen, die in bestickte Servietten eingerollt sind, der schön geformten Buttermuscheln, der Blumen auf dem Tisch, der vortrefflichen Soßen, der süßen Cremespeisen – mit dem ganzen berauschenden Zeremoniell des Ungewöhnlichen.

Kurz: ich saß in der Falle.

Ich wußte noch nicht genau, was ich ihnen vorsetzen sollte. Auf gut Glück schlenderte ich zum Supermarkt, in einer Gluthitze, in der andere Menschen ihr Frikassee oder ihren Rinderbraten verdauen. Das Roudoudou-Boot war verschwunden, diese Woche stand im Zeichen der Wurst. Drinnen war es kühl. Die Kassiererinnen trugen Strickjakken und hatten Schnupfen. Wie konnte man sich in diesem amerikanischen Supermarkt vorstellen, daß es draußen Süden war und Sommer? Daß vernünftige Leute unter einer leichten Decke ihre Siesta hielten? Daß die Hitze die Hunde in den Schatten der Platanen trieb? Daß übermütige, glückliche Kinder durch Weingärten liefen, die von der Sonne ausgedörrt waren, und säuerlichen, erfrischenden Sauerampfer kauten? Daß das Land unter dem Flug schwerfälliger, gepanzerter, samtiger Insekten summte?

Hier badete man in der Luft der Klimaanlage. Ich nieste, und eine Kassiererin tat es mir gleich. In einer Ecke der Frischfischabteilung zog ein großer Korb, in dem es von kleinen Tieren wimmelte, meine Aufmerksamkeit auf sich.

«Sie sind schön, meine Krebse», sagte mir der Verkäufer. «Gefallen sie Ihnen?»

Ob sie mir gefielen? Ich sah sie schon in der Sahnesauce um ein Hähnchen liegen . . .

«Ich könnte Ihnen sagen, daß sie in den Cevennen gefangen worden sind, aber ich will ehrlich sein: sie kommen aus Jugoslawien!»

«Wissen Sie, ich habe keine Rassenvorurteile.»

«Sie sind im Flugzeug gekommen», sagte der Verkäufer höflich. «Ich bin noch nie geflogen, aber sie schon.»

Ich verlangte vier Dutzend, er riet mir, fünf zu nehmen, aus einem Grund, der mir nicht einleuchtete, aber ich hielt es nicht für sinnvoll, darüber zu diskutieren.

«Setzen Sie sie in eine Wanne, wenn Sie nach Hause kommen, das haben sie gern.»

Die unglücklichen Tiere blubberten während der Rückfahrt und krabbelten durcheinander. Im frischen Wasser des Beckens lebten sie dann aber sichtlich wieder auf.

«Hast du sie gefangen?» fragte mich Paul.

Octave ließ sich in die Nasenspitze zwicken, und Ignacio bekam einen Wutanfall, weil man ihm nicht erlauben wollte, einen in Vivettes Wiege zu legen.

«Sie will es aber! Sie will es!» schrie er.

«Und jetzt», sagte Jean zu mir, «weißt du, was du jetzt tun wirst? Du gehst in dein Zimmer! Du hast genug getan, Liebste. Ruh dich aus.»

Ruh dich aus. Ein bedrückender Vorschlag!

Ich bin viel zu müde, um mich auszuruhen.

Ich wehrte mich schwach, aber er war unerbittlich: «Ruh dich aus.»

Wie soll man sich ausruhen, wenn man so viel zu tun hat? Legte ich mich hin, dann würde alles auf mich einstürmen: die Wäsche, der Abwasch, das Saubermachen, das Feuermachen, das Pumpen und Putzen und der ganze Katzenjammer!

«Geh dich ausruhen!»

Ich gehorchte. Ich warf mich auf mein Bett. Aber ich lag nicht gut. Das Bett war zerdrückt und voller trockener Brotkrümel. Eine Schande. Es müßte gemacht werden. Ich tat es. Und da ich schon mal dabei war, kehrte ich noch den Fußboden und wischte Staub. Das erinnerte mich daran, daß ich seit Fannys Abreise noch keinen Fuß in ihr Zimmer gesetzt hatte. Ich ging hinüber. Abgesehen von dem aufgedeckten Bett, das aussah, als habe sie es gerade verlassen (der Duft ihres Parfums schwebte noch im Raum), war alles in tadelloser Ordnung. Fanny . . . Sie war abgereist . . . Ich faltete die Decken, bezog die Matratze, öffnete das Fenster. Da ich gerade in Schwung war, machte ich Ignacios Zimmer gründlich sauber. Dann das Zimmer, wo

Monique und Pierrot geschlafen hatten. Dann hatte ich das Pech, an dem Zimmer der Jungen vorbeizukommen. Die Tür stand halb offen, und eine Schreckensvision traf mich wie ein Pfeil. Ich erstarrte, machte einen Schritt zurück und betrat das Zimmer.

Ein Experiment aus dem *Kleinen Chemiker des 20. Jahrhunderts* qualmte ekelerregend unter den erschreckenden Postern der *Dirty Corpses.* Die Betten waren zerwühlt, als hätte ein Wirbelsturm darin gehaust. Ich fand einen Topf mit Honig, der von Ameisen wimmelte, siebzehn leere Colaflaschen, einen angebissenen Apfel, eine schimmelige Schnitte Brot, zerknitterte Kleenex, Gläser mit Sprüngen . . . *meine* Pinzette, die ich seit unserer Ankunft suchte! Aber natürlich kaputt! Und ganz mit Kleister verklebt, nur noch zum Wegwerfen. Die kleinen Luder!

Ich stieß einen langen Seufzer aus und schloß verstört die Augen. Aber als ich sie wieder aufmachte, bot sich mir immer noch der gleiche Anblick. Wie fingen sie es nur an, ein solches Durcheinander zustande zu bringen? Überall Kleidungsstücke, einzelne Schuhe, schmutzige Jeans, Bücher, Illustrierte . . . Es gab nur eins: rangehen!

Und ich ging ran! Und ich muß sagen, mein Arbeitseifer beseitigte das Chaos im Handumdrehen. Ich hatte meinen Morgenrock unten hochgeschlagen und die Ecken unter den Gürtel der Arbeitsschürze gesteckt und das karierte Taschentuch von Opa vorgeholt, um mein Haar zu schützen. Meine Füße waren schwarz vor Schmutz. Und meine Hände würde ich auskochen müssen, bevor ich sie wieder sehen lassen konnte, aber ich war mit mir zufrieden. Es hatte sich gelohnt.

«Mama! Mama!» Der Aufschrei der Jungen ließ mir das Blut in den Adern gefrieren. «Mama! Mama! Schnell!» Was war passiert? Warum schrien sie so? Sollte etwa Ignacio . . . oder Vivette . . . Vor Aufregung stieß ich den *Kleinen Chemiker* um, schlitterte durch die Eisencyanid-Kalium-Verbindung und fand mich, wie eine Verrückte, unten an der Treppe wieder, ohne den Eimer und den Besen losgelassen zu haben, um nun meinerseits aufzuschreien: ich stand mitten in einer vornehmen Gesellschaft.

Mama war gekommen.

In meinem Augiasstall hatte ich sie nicht kommen hören. Obwohl eine wahre Armada vor dem Haus stand! Die schwarze DS mit der dreifarbigen Plakette des Senats – Mamas Wagen –, der Wagen von *Midi-Libre*, der Wagen von Radio Monte Carlo. Fotografen waren da, junge Leute in Jeans, die unter dem Judasbaum ein Mikrophon installierten, und Ravier, Mamas Chauffeur, klein, stämmig, in republikanisches Blau gekleidet, der ewig an einem Streichholz lutschte und nur damit aufhörte, wenn die Marseillaise erklang oder bei einer Schweigeminute oder beim Fahnengruß.

Ich registrierte das alles mit einem erschrockenen Blick und hörte, wie Mama und Jean aufschrien.

«Was ist denn mit dir passiert, mein Liebling? Hat es bei euch gebrannt?» rief Mama.

Ich spürte, daß Jean wütend war.

«Bravo», knurrte er mir zwischen den Zähnen hindurch zu.

«Fotografieren Sie meine Tochter nicht», rief Mama den erstaunten Journalisten vorsichtshalber zu. «Sie muß sich noch umziehen.»

Niemand wagte es, mir die Hand zu schütteln. Ich verstand sie. Ich starrte vor Schmutz.

Mama zog mich ins Haus, ohne mich anzurühren. Zuerst eine Dusche . . . Sie folgte mir ins Badezimmer, und plötzlich sah ich, daß ihre Augen voller Tränen standen.

«Mama! Was hast du?»

Sie lächelte. Nichts. Sie trocknete, vorsichtig, die Tränen. Es blieben keine Spuren . . .

«Was hast du, Mama?»

«Weißt du, immer wenn ich hierher zurückkehre, kommen wieder all die Erinnerungen auf mich zu . . . und dann hatte ich Albin so lange nicht gesehen . . . Als er eben aus dem Haus kam, dachte ich . . .»

Ihre Stimme brach. Sie steckte sich eine Zigarette an. Sie rauchte viel, Mama.

Ich ziehe meinen Plunder aus und bleibe einen Augenblick reglos stehen, nackt und nachdenklich. Es stimmt, daß Albin seinem Großvater gleicht . . . Man sagte es schon, als er noch ein Baby war, und auch, als er ein kleiner Junge war. Aber jetzt hat Mama zum erstenmal diesen jungen Mann angetroffen, der die Züge des jungen Mannes hat, den sie liebte.

«Mein Liebling . . .» sagte Mama. Sie durchschaute mich bis auf den Grund meiner Seele. «Mein Liebling», fuhr sie fort, «du bist todmüde . . . Alle sind schon braungebrannt. Nur du nicht. Du siehst ganz erschöpft aus. Und was noch schlimmer ist: du hast einen grauen Körper. Du warst so schwarz am Strand von Grau-du-Roi, kleines Mädchen, mein kleines Mädchen.»

Ich duschte, ohne mich umzudrehen, sie sah mir zu.

«Gib acht.»

Jetzt drehte ich mich zu ihr um.

«Worauf?»

«Auf dein Glück. Dein Mann ist auf dem besten Wege, ein großer Dirigent zu werden . . .»

«. . . und er hat keinen Bauch.»

«Und er hat keinen Bauch. Das stimmt. Kannst du dich nicht ein bißchen hübscher frisieren?»

Nein, ich kann nicht. Meine Haare sind schmutzig. Sie sehen fürchterlich aus. Ich habe einen grauen Körper. Ich habe ein graues Herz. Ich rette mich in mein Zimmer und ziehe ein geblümtes Kleid an. Durchs Fenster sehe ich den Admiral, der immer zu Fuß kommt. Das ist ein Ritual. Er läßt sich stets am Eingang von Foncaude absetzen und geht das letzte Stück durch die «uralten Weingärten» zu Fuß, wie damals mit Théodore, am Morgen ihres Lebens . . . Jetzt stützt er sich auf einen Stock. Mit der eisernen Spitze berührt er den Stamm einer Platane, pickt ein Blatt auf und entdeckt darunter einen Champignon, jung und weiß, rollt einen Kieselstein beiseite. Er atmet den Duft der Erde ein und lauscht einem Frosch . . .

«Der Admiral wird alt», sagt die Senatorin und atmet den Rauch durch die Nase aus. «Er macht mir Sorgen . . .»

Die Jungen laufen auf ihn zu und umarmen ihn. Sie sind lieb. Er hat nur uns, mein guter Patenonkel, dieser ritterliche Beschützer meiner Mutter, dieser Schutzengel aus der Vergangenheit. Ich sehe, daß er seine Brieftasche herausnimmt . . . ein kleiner Schein für Paul. Er steckt seine Brieftasche wieder ein . . . Albin neigt sich seinem Ohr zu . . . es gibt auch einen Schein für Albin. Wir stehen am Fenster und lächeln. Der Patenonkel hat nie einem lateinischen Vers widerstehen können, und die Jungen wissen das. Aber wenn sie Horaz, Vergil und Ovid auswendig lernen, dann tun sie es mehr, um ihm eine Freude zu machen als um Sous einzuheimsen.

Mama sieht mich an und streicht meine scheußlichen Haare glatt.

«Ich hab dich lieb», sagt sie scheu. Dann, ohne Übergang, bittet sie mich, Ravier zu fragen, wie es seiner Frau geht.

«Dafür wird er dankbar sein. Ihr werden nämlich die Eierstöcke rausgenommen. . . »

«Schon wieder!»

Ich kenne keine Frau in der ganzen Welt, die so viele Eierstöcke hat wie Madame Ravier.

Mama ist schon auf der Treppe, die paar vertrauten Augenblicke sind vorüber. Es bleibt mir nichts übrig, als ihr zu folgen und zu versuchen, einen guten Eindruck im Kreise einer Familie zu machen, die genauso entspannt, hierher gehörig und gut französisch ist, wie die Familie der Senatorin im Interview erscheinen soll.

Ich leide. Ich fühle mich miserabel.

Dieses Mal schütteln die Journalisten mir die Hand. Der Fotograf macht Aufnahmen von Jean, klick! Vor der kleinen Diane bei der Gartenlaube, klick! Gestützt auf eine Bodenvase von Anduze, klick! Vor den Wannen mit den indischen Nelken.

«Du siehst müde aus», sagt der Admiral mit besorgter Stimme und umarmt mich. Dann nimmt er meine Hände: «Wenn du wüßtest, wie mich Jeans Erfolg freut! Alle Welt spricht von ihm!»

«Fama volat», konstatiert Paul feinsinnig und hält den Admiral zurück, der schon die Hand an der Brieftasche hat: «Nein, Admiral, doch nicht für zwei Wörter. Übertreiben Sie nicht!»

Midi-Libre macht das Foto von den vier Generationen, Mama, ich, Viviane und Vivette.

«Vier Generationen!» schreit der Journalist hingerissen und hebt das Glas, das Jean nicht müde wird, ihm mit Carthagener zu füllen.

Ravier stützt sich auf seine DS und trinkt, stocksteif und

schweigend, den Blick geheimnisvoll hinter seiner dunklen Brille verborgen, die ihn wie einen Gangster aussehen läßt. Ich nutze eine Gesprächspause aus, um ihn nach seiner Frau zu fragen.

«Diesmal wird es eine Totaloperation», verkündet er, als handelte es sich um ein Hindernisrennen, das die Organe seiner Frau zu bestehen hätten.

Er riecht nach Knoblauch, und dieser Geruch mischt sich mit dem Duft von Shalimar, das meine Mutter großzügig benutzt. Der Patenonkel legt den Zeigefinger auf seinen Mund, damit ich schweige: Mama spricht ins Mikrofon von RMC. Mit fester Hand hält sie Jean, Viviane und Thomas. Die Senatorin ist Frau genug, um den erfolgreichen Schwiegersohn nicht im Schatten zu lassen. Sie spricht gut. Jean spricht gut. Viviane und Thomas auch. Natürlich. Sie sind Profis.

«Und was ist das Erfolgsgeheimnis der Familie?» fragt der Interviewer.

«Die Arbeit», antwortet meine Mutter schlicht.

Das ist wahr! Ich kann ein Lied davon singen.

Die Jungen betrachteten ihre Großmutter mit Bewunderung. Sie beteten ihre schöne *Mater Conscripta* an. Sie wirkte frisch! Ein Labsal für die Augen bei dieser Hitze. Man meinte, ein schlichtes junges Mädchen mit weißem Haar vor sich zu haben, das aussah, als sei es in Vanilleeis gekleidet.

Die Aufnahme war beendet. Sie ruft die Jungen zu sich und legt die Arme um sie: «Meine Lieblinge! Ich würde so gern einen Schluck Wasser von der Quelle trinken . . .

Schon sind sie auf dem Weg . . .

«Meine liebe Freundin», sagt der Admiral und zieht eine flache Uhr aus der Tasche, auf der man den Mond und die

Sonne sehen kann, «meine liebe Freundin, ich will Sie nicht brüskieren, noch dieses so kurze Wiedersehen verkürzen, aber wenn Sie heute abend zum Essen in Marseille sein wollen . . .»

Wie? Sie bleiben nicht? Sie kommen nur vorbei? Sie sind nicht zu meinem Geburtstag gekommen?

«Ich dachte, ihr bleibt zum 14. Juli . . .»

«Am 14. Juli spreche ich in Aix!» sagt die Senatorin. «Warum? Gibt es hier was Besonderes am 14. Juli?»

Sie ist unverbesserlich, meine Mutter! Sie erinnert sich nicht mehr daran, daß sie an einem 14. Juli ein kleines Mädchen in die Welt gesetzt hat.

«Und wie alt bist du jetzt?» fragt sie.

Die Antwort läßt sie aufschreien.

«Fünfundvierzig Jahre? Wie schrecklich! Meine Tochter ist fünfundvierzig Jahre?»

«Das bedeutet gar nichts», sagt der Patenonkel galant, «man sieht es Ihnen nicht an.»

Midi-Libre und Radio Monte Carlo schaffen ihre Requisiten weg. Die Jungen kommen im Laufschritt von der Quelle zurück. Mama trinkt nachdenklich.

«In deinem Alter war ich schon allein – schon lange», sagt sie.

Sie wendet sich um, und ihr Blick bleibt an Jean hängen. Er steht wenige Schritte von uns entfernt und plaudert mit den Journalisten. Er lacht, entspannt und glücklich. Wir sehen ihn an. Es ist etwas so Geheimnisvolles, Erschrekkendes, so ein Mann . . .

«Du mußt lernen, egoistisch zu sein», sagt meine Mutter, ohne Jean aus den Augen zu lassen. Er kommt lächelnd auf uns zu, und sie erwidert sein Lächeln.

«Ach, dieses Haus!» sagt sie mit einer einladenden Geste. «Wie ich es liebe!»

«Sie kommen doch nie hierher!» entgegnet Jean vorwurfsvoll.

«Wenn ich nicht mehr Senatorin bin, werdet ihr schon sehen!»

«Wenn Sie nicht mehr Senatorin sind (er küßt ihr die Hand), werden Sie Präsidentin der Republik sein!»

Alle lachen begeistert. Und die Senatorin sagt, das sei schon möglich. Zu einer solchen Wahl könnte sich das Land nur gratulieren, meint der Admiral, und die Kinder sehen sich schon am Tisch des privaten Eßzimmers im Elyséepalast sitzen.

«Ich gehe ein Stück zu Fuß», sagt Mama zu Ravier, «Sie können uns hinter den Wirtschaftsgebäuden wieder auflesen.»

Ich kann sie doch nicht einfach so weggehen lassen! Ich habe ihr noch so viel zu sagen. Tibère ist krank, der Pächter bestiehlt uns, es regnet durchs Dach, die Vorhänge im blauen Zimmer sind ausgeblichen vom Alter, die Olivenbäume . . . aber sie gebietet mir mit einer Geste ihrer schönen, gepflegten Hand zu schweigen.

«Alles, was du machst, ist in Ordnung! Wenn Foncaude noch lebt, dann nur, weil du es lebendig erhältst. Also, danke schön und unbeschränkte Vollmacht!»

Gut. Sie entfernt sich mit Jean und den Kindern. Der Admiral hält mich mit der Hand zurück und sieht um sich, als fürchte er, belauscht zu werden:

«Sie ist verblüffend, die Ähnlichkeit zwischen Albin und seinem Großvater. Ich glaubte, Théodore vor mir zu sehen. Deine Mutter muß erschüttert gewesen sein, aber sie ist ja so tapfer! Trotzdem . . . (er senkt die Stimme) . . . sie scheint mir erschöpft. Ich mache mir Sorgen . . .»

Wir marschierten in kleinen Schritten auf die Wirtschaftsgebäude zu. Ravier hatte sich ans Steuer des DS gesetzt, stocherte in seinen Zähnen und wartete, daß alle verschwänden, damit er losfahren konnte. Der Admiral stützte sich auf meinen Arm, und ich spürte am Gewicht dieser Hand, daß er sehr alt und sehr müde war. Es war schwer, sich vorzustellen, daß er einmal auf Bäume geklettert und durch die Heide gerannt war, daß er und seine Spielkameraden den Boden mit dem Spaten umgegraben hatten . . . Er sagte: «Wie schön! Wie schön!» Er grüßte die Landschaft und weigerte sich, die Hochhäuser der Siedlung wahrzunehmen. «Sie sind nicht da», sagte er mit Würde.

Die Leute machten sich oft über ihn lustig. Er war so gepflegt, er sah aus, als ob er immer cremefarbene Handschuhe und Gamaschen trüge. Er war so ausgesucht höflich, daß es unserer natürlichen Derbheit Hohn sprach. Und so bescheiden, daß man sich nicht vorstellen konnte, daß er 1925 die Marineschule als Bester verlassen hatte. Man konnte kaum glauben, daß er jemals zur See gefahren war!

Vor einigen Jahren, nach einem Essen bei Bekannten, fragte mich ein Herr, der etwas zu viel getrunken hatte, über sein Himbeerdessert hinweg und vor zehn Personen, ob der Admiral der Geliebte meiner Mutter sei. Dies war das einzige Mal in meinem Leben, daß ich sah, wie Jean jemandem eine Ohrfeige gab, und er tat es mit einer so einzigartigen Gebärde, daß alle Beifall klatschen mußten. Man dachte: der Anfang der Fünften! Die Geste war so gelungen, daß der Abend dadurch nicht verpfuscht war.

«Ich bitte Sie, mich zu entschuldigen», sagte der Herr und verneigte sich.

Am nächsten Tag schickte er mir drei Dutzend wunderbarer Rosen, die ich der Concierge gab.

Paul kam im Laufschritt auf uns zu. Der Admiral sah

ihm entgegen, und als er nahe genug war, begann er die Passage aus Lukrez zu zitieren, als handelte es sich um eine ganz banale Unterhaltung:

Si nunc primum mortalibus adsint
Ex improviso, ceu sint objecta repente ...

Zu meiner Überraschung hörte ich meinen Sohn fortfahren:

... Nil magis his rebus poterat mirabile dici,
Aut minus ante quod auderent fore credere gentes.

«Gut», sagte der Admiral. Dann seufzte er: «Sie haben es gut, diese Kinder! Besser als wir es in ihrem Alter hatten. Wir mußten nur gehorchen. Sie können wählen!»

«Es ist schade, daß Sie nicht bei uns bleiben zu Mamas Geburtstag, Admiral! Sie hat uns ein Hähnchen mit Krebsen gemacht.»

Der Pate ergriff meine rauhe Hand und behielt sie in seiner:

«Ludovique, meine kleine Biene, du verausgabst dich, und deine Nägel sind abgebrochen! Gib acht ...»

Paul hörte uns mit großen Ohren und dem sicheren Instinkt von Kindern zu, die entdecken, daß Erwachsene ein Problem haben. Aber schon waren wir bei Mama, die Wagen kamen im Schrittempo heran, der Augenblick der Trennung war gekommen.

Mama neigte sich aus dem Schlag der DS und sagte leise zu mir:

«Ich werde dir eine kleine Dose Nährcreme schicken für die Augenpartie ... Sie ist fantastisch! Du wirst sehen. Sie wirkt wunderbar!»

«Danke, Mama.»

Jemand sagte: «Und Ignacio?»

Stimmt, das war beunruhigend! Seit dem Nachmittag

hatte ihn niemand mehr gesehen. Und jeder weiß, daß ein Kind, von dem man nichts hört, Dummheiten macht.

Sein kleines Bett war aufgedeckt, aber er befand sich nicht in seinem Zimmer. Wir gerieten in Unruhe. Alle schrien: «Ignacio! Ignacio!» Die Angst steigerte sich. Ich dachte schon daran, eine Suchaktion zu organisieren, als ich eine Stimme hörte, die etwas ängstlich klang und aus dem Badezimmer kam:

«Was?»

Ignacio war wieder da.

Er war dabei, ein ganzes Paket Talkumpuder in die Badewanne zu schütten und Wasser darauf laufen zu lassen.

«Ich mache Milch», sagte er mit seligem Lächeln.

Er verstand nicht, warum ich ihm einen Klaps auf sein Hinterteil gab.

«Warum machst du das?» fragte er mit schmerzlicher Würde.

Ich war um so wütender, als alle lachten. Nun, wenn es so war, sollten sie es zu spüren bekommen: Ich würde heute abend kein Essen machen!

Zu meiner großen Überraschung protestierte niemand. Sie sagten sogar, das sei eine sehr gute Idee. Sie würden einfach alle zum Ball und zum Fest gehen und dort Karamelbonbons und Erdnüsse essen. Ein Abendessen brauchten sie nicht.

«Aber du?» fragte ich Jean.

Er werde auch zum Fest gehen. Auch er! Alle gingen zum Fest, selbst die kleine Vivette, sogar der böse Ignacio, der Badewannen verstopfte. Und sogar ich!

Eine gute Idee!

Wir drängten uns alle in Jeans Wagen zusammen und erreichten die große Anlage, wo das fahrende Volk seine Zelte aufgeschlagen hatte. Es kam gar nicht in Frage, irgend etwas nicht mitzumachen, einerlei was. Es war ein lärmendes Stammesfest. Jeder zog einen Horoskopschein aus der bemalten Metallbüchse der Kartenlegerin. Paul erfuhr, daß er ein Abenteuer mit einer brünetten Frau von feurigem Temperament haben werde, und ich erfuhr, daß ich bald meinen Militärdienst ableisten müsse.

Und all das im Duft von Waffeln und Pfannkuchen, dem Lärm der Karabiner, die das Ei auf der Wasserfontäne anvisierten, und dem Knacken des Popcorns zwischen den Kinnbacken der Kinder. Ein schnauzbärtiger Riese machte aus einer Zuckermasse rosa und grüne Wollknäuel. Pommes frites wurden in einem riesigen Becken goldgelb, und unter einer Platane erwartete uns das Geschenk der Pieds-Noirs, der weißen Algerier, ans französische «Mutterland»: im Freien gegrillte Würstchen in Brot, mit einer scharfen Soße übergossen, die später in unsern Eingeweiden brennen wird. Wir hatten ein Kilo Zucker gewonnen. Toll! Dazu eine Flasche Sekt! Jubel! Alles schrie, war häßlich, mit Flitter besetzt, pervers und naiv. Es ging uns gut. Vivette betrachtete mit erstaunten Augen diese Wunder einer Nacht und lutschte an einer Waffel. Ich wurde unruhig, als ich das schmale Gesichtchen sah, aber Jean zog mich weg, um mit mir auf dem Lehmboden unter den Glühbirnen und Trikolore-Girlanden zu tanzen. Viviane und Thomas tanzten schon, eng aneinandergeschmiegt. Die Kinder kauften Konfetti, und ein vielfarbiger, sanfter Regen fiel unter uns nieder. Regen in den Haaren, Regen im Hals, Regen im Mund . . . Manchmal lasen ungezogene Kinder das Konfetti vom Boden auf. Ich weiß es. Ich habe es auch getan. Das Orchester «Toni Diavolo et ses boys» schlug drauflos wie ein Trupp Zimmerleute, schüttelte die Maracas, wie man Salat schwenkt . . . Ich hatte Ignacio für einen Moment aus den Augen verloren.

«Entspann dich doch!» sagte Jean gereizt.

Ja, ich mußte mich entspannen. Warum bin ich nicht entspannt? Es ist doch alles gut. Kein Geschirr spülen heute abend, und morgen der große Festtag. Alles ist gut.

«Schick, Oma ist schwanger!»

Das Orchester singt den letzten Erfolg von Pierre Perret, den anscheinend alle Welt auswendig kennt. Die Paare, die um uns herum tanzen, singen mit Toni Diavolo und seinen boys:

«Sie kriegt ein kleines Onkelchen,
das wirklich niedlich ist.»

Und wenn der Refrain wiederkommt, bricht ein Freudentaumel unter den Lampions aus.

«Schick! Oma ist schwanger!» singen die Feriengäste und springen herum, als ob diese Aussicht sie mit Freude erfüllte.

Jean sieht mich mit einem kleinen, schalkhaften Lächeln in den Augenwinkeln an.

«Sagt dir das was?» fragt er.

Er will meinen Tod, dieser Mann! Und dann frage ich mich, wie Oma überhaupt schwanger werden könnte. Bei dem Pech, das uns seit Beginn der Ferien verfolgt, müßte schon der Heilige Geist persönlich zu mir niedersteigen, und Gott sei Dank ist das nicht üblich.

Vom Rande der Tanzfläche sehen uns die Kinder zu. Albin hält Vivette in den Armen, und Paul hat Ignacio auf die Knie genommen.

«Du magst Kinder nicht?» sagt Jean, um mich zu nekken. «Sieh mich an! Ich finde Kinder gut – gut wie das Brot, rund wie ein Ei, rein wie das Salz und gerade wie ein Bleistift. Wirklich: Wenn ich die Mittel gehabt hätte, hätte ich jetzt eine ganze Zucht.»

«Eine Zucht?»

«Eine Kinderzucht! Es ist so schön, sie im Haus herumschwirren und krabbeln und hopsen zu hören.»

Ich muß nachdenklich ausgesehen haben, denn er küßte mein Haar und flüsterte: «Ich weiß, daß du es satt hast. Wir beide werden verreisen, ganz allein und egoistisch ... Ich denke ebensooft daran wie du ... vielleicht noch öfter ... Wir werden beide verreisen ... und ich werde dir Zwillinge machen!»

«Saukerl!» sagte ich zärtlich zu ihm, gerade in dem Augenblick, als die Musik aufhörte.

Toni und seine boys trocknen sich die Stirn. Es ist Pause. Die Paare trennen sich. Wir bleiben noch ein bißchen gegeneinandergelehnt stehen.

«Wir wollen nach Hause gehen», sagt Jean.

Das heißt zu Fuß durch die Nacht, denn den Wagen haben wir Thomas und Viviane überlassen. Ignacio marschiert fröhlich voraus, Vivette wandert von Arm zu Arm, ab und zu dringt noch das Geschrei vom Festplatz zu uns herüber. Wir hören, wie die kleinen Autos mit sprühenden Funken zusammenstoßen und eine Frauenstimme aus dem Lautsprecher befiehlt: «Also, bitte, meine Herren, stopp bei Rot, den Fuß auf die Bremse!» Dann verliert sich das alles nach und nach, löst sich auf in der Weite der Natur.

«Schade, daß eure Cousinen nicht dabei waren!»

«Kein Grund zur Klage für mich», antwortet mir Albin. «Hast du das Orchester gehört? Ganz große Scheiße!»

«Und außerdem sind sie doof», sagt Paul, dem sie wahrscheinlich sehr fehlen, «sie hätten ja nicht wegzufahren brauchen!»

«Geschieht ihnen ganz recht, daß es in Aigoual regnet!» fährt Albin fort. «Sie haben sich sicher den Bauch abgefroren, als sie losgingen, um sich den Sonnenaufgang anzusehen.»

«Die Sonne ist ja gar nicht aufgegangen!»

«Übrigens, habt ihr Madame Lasblaise gesehen?»

«Nein. War sie auf dem Festplatz?»

«Sie hat euch nicht aus den Augen gelassen! Wir haben uns schnell in Sicherheit gebracht! Seit wir wissen, daß sie auf Partnersuche ist, sehen wir uns vor. Nicht wahr, Ignacio?»

«Ich sehe mich vor», sagte Ignacio gähnend.

Ein kleiner Schatten galoppierte auf uns zu, Octave. Unsere Schritte hallen wider auf dem Weg nach Foncaude. Vivette schläft in Jeans Armen.

«Eine Zucht!» wiederholt er.

Ich lache, und ich spüre, daß dieses Lachen den anderen guttut. Albin übernimmt seine schlafende Nichte, und Jean, jetzt frei, umfaßt zärtlich meine Schultern. Ignacio marschiert mit geschlossenen Augen, seine kleine Hand fest in der meinen. Ich werde keine Mühe haben, ihn ins Bett zu bringen. Weder ihn noch Vivette. *Meine* «Zucht» . . .

Als ich in unser Zimmer komme, liegt Jean schon im Bett. Er pfeift die Melodie von Perret und sieht mich freundlich an. Ich streife langsam meine Armreifen ab . . . was nicht ohne Erotik ist. Da reckt sich Jean und sagt: «Solltest du noch mal in die Küche gehen . . .»

Das ist die Zauberformel, um etwas zu bekommen, nach dem man scheinbar nicht unbedingt verlangt.

Was er wünscht, ist ein Glas frisches Wasser. Als ich aus dem Zimmer gehe, höre ich, wie er mir nachruft: «Komm schnell wieder!»

Ich fliege.

Als ich in der Küche Licht mache, kann ich nur mit Mühe einen Schrei unterdrücken. Überall Krebse . . . an der Decke, an den Wänden, im Spülbecken, eine ganze

Krebsprozession auf den Fliesen . . . Ich habe das Becken wohl nicht gut genug zugedeckt, und die unglücklichen Jugoslawen haben die Freiheit gewählt. Ich hebe sie auf. Ich fange sie ein. Ich löse sie voneinander. Ich sammle sie. Ich zähle sie. Fünf Dutzend, das macht also sechzig Krebse. Aber ich kann zählen und zählen, ich finde nicht mehr als neunundfünfzig. Ich suche an den entlegensten Orten nach dem sechzigsten, hinten in den Wandschränken, unter dem Spülbecken . . . Ich finde ihn nicht! Dagegen sind die andern neunundfünfzig dabei, einen zweiten Ausbruch vorzubereiten. Ich begreife, daß es nur eine Lösung gibt: Ich muß sie kurz in etwas Bouillon aufkochen.

Ich bringe Jean, der mir vergeblich die Arme entgegenstreckt, das Glas mit frischem Wasser hinauf. Als ich wieder weggehe, sieht er aus, als ob er mir böse sei. Er ist eifersüchtig auf die Krebse. Ich mache schnell, ganz schnell, um ihn nicht zu betrüben und um so früh wie möglich wieder bei ihm zu sein. Ich schneide mich, als ich die Möhren schneide. Ich steche mich an der Gewürznelke, ich weine bei der Zwiebel, ich niese beim Pfeffer. Dann kocht das Wasser, und es ist traurig zu sehen, wie diese lebendigen Wesen rot werden und sich nicht mehr bewegen. Mein Fest beginnt mit einer maßlosen Grausamkeit. Ich beuge mich über diese kochende Ermordung. Es riecht gut. Es wird köstlich. Morgen wird es eine große Schlemmerei in unserm Kannibalenhaushalt geben. Es riecht nach frischem Fleisch. Ich kann ruhig ins Bett gehen. Die Krebse werden sich nicht mehr bewegen.

Die Strafe des lieben Gottes folgte auf dem Fuße: Jean war eingeschlafen.

Morgen des Festtags, wie schön bist du!

Jeder im Hause erwacht mit dem Gefühl, daß dies der

Tag ist, an dem man zusammen etwas feiern wird. Das Fest. Heute wird alles ungewöhnlich sein, einzigartig, gemeinsam erlebt. Es wird zerbrechliche Dinge geben, die zerbrochen werden, köstliche Dinge, die gegessen werden, Worte in Festtagskleidung, die gesagt werden. Und alle wissen schon, daß dieser Freude ein wenig Traurigkeit folgen wird. Aber wer würde auf das Fest verzichten wollen, auch wenn man weiß, daß es vergänglich ist?

Sie haben mir alle so kräftig geholfen, daß man hätte glauben können, Concepcion wäre da. Mit ihr werde ich noch ein Wörtchen zu reden haben, wenn sie wiederkommt . . . Zum Glück liebt sie ihren Sohn abgöttisch und ich weiß, daß selbst ihre verrücktesten Liebesaffären nichts daran ändern, daß sie Ignacio braucht, daß sie ihn sehen, umarmen, ohrfeigen muß, um ihm zu zeigen, wie sehr sie ihn liebt.

Alle halfen im Haushalt. Albin sang: «Es war die Mutter Lasblaise, die bot mir ihre Katz, jetzt kann ich sie bumsen, bumsen mit aller Kraft.» Und er wieherte vor Freude. Paul war beauftragt, sich um das Silber zu kümmern – also hatte sich auch die Putzzeremonie gelohnt. Wir wählten eine mit Spitzen gesäumte Tischdecke aus und deckten ein Geschirr auf, das einem russischen Großfürsten den Mund wäßrig gemacht hätte. Drei verschiedene Eierbecher für jeden, Kuchengabeln mit Perlmuttgriff, Untersetzer für die Gedecke mit den Initialen der ehemaligen Bäder von Foncaude, unterteilte Salzfäßchen aus blauem Glas . . . alles Dinge, die nicht zueinander paßten, die unnütz waren, die aber das Recht hatten, da zu sein, unscheinbare kleine Dinge, an denen unsere Erinnerungen und unsere Hoffnungen hingen. Sogar Octave war gebadet worden, mit dem Shampoon von Vivette, und er roch wie ein gepflegtes kleines Baby. Octave. Auch er wußte, daß heute ein Festtag war. Der Zufall hatte ihn als jungen Hund in unsere Familie verschlagen, und er hatte sich ihr ohne jede Aufsässigkeit angepaßt, eine Eigenschaft, die für Hunde typisch ist. Wie viele Jahre hatte er uns treu gedient! Mit welcher Geduld! Mit welcher Liebe! Ich hätte fast gesagt: Mit welcher Resignation. Aber Hunde resignieren nicht, wenn sie glücklich sind. Die Geburt unserer Kinder, die Besuche unserer Verwandten, unser schallendes Gelächter, unsere Freudenschreie, unsere Ausflüge in die Wälder – das waren nicht nur Augenblicke *unseres* Lebens, Hunde machen daraus Augenblicke ihres eigenen Lebens. Und wenn wir nicht mehr die Kraft haben, die Last dieses Lebens zu tragen, kommen sie und legen einem die Schnauze aufs Knie und, wie das in Herzensdingen so geht, die Bürde wird leichter. Das Ende der Welt würde nahe sein an dem Tag, an dem die Hunde ihre Unabhängigkeit forderten.

Thomas und Viviane waren am frühen Nachmittag verschwunden. Albin paßte auf Vivette auf. Paul und Ignacio halfen mir, den Dummkopfkuchen zu machen.

Eine Köstlichkeit! Seinen Namen verdankt er der Tatsache, daß seine Herstellung nur sehr mittelmäßige intellektuelle Fähigkeiten erfordert. Den ersten machte ich am Vorabend meines fünften Geburtstags, und jetzt ist sie die Krönung eines jeden wirklich gelungenen 14. Juli, diese dicke Mauer aus Butterkeksen, die in Kaffee getunkt und durch Creme, Sirup und verschiedene Marmeladen zusammengehalten werden.

«Das wird lecker!» sagte Paul mit einer Feinschmeckermiene, die ihn einige Jahre jünger machte und ihn wie den kleinen Jungen aussehen ließ, der er nicht mehr war und nie mehr sein wird. Ignacio antwortete ihm mit gewichtiger Miene: «Heute ist ja auch das Fest!»

Leider war, während ich das Haus schön machte, das Johannisbeergelee umrührte, den Käse auf Weinblättern anrichtete, die auf einer Platte aus Olivenholz lagen, die Zeit vergangen. Die Stunde des Festes kam näher, und ich hatte bei weitem noch nicht alles geschmückt.

Im Eiltempo badete ich, wusch mir die Haare, drehte sie auf ein paar Lockenwickler, um sie während der letzten Vorbereitungen trocknen zu lassen, und zog mich an. Leider nicht so, wie ich wollte, denn im letzten Augenblick konnte ich mein weißes Kleid nicht finden . . . Ich mußte es in Paris vergessen haben . . . auch mein Parfum fehlte . . . aber egal, Parfum ist Köchinnen ohnehin verboten, es schadet den Soßen. Ich zog mich also an und streifte eine Bluse über mein Kleid, die Concepcion gehören könnte.

«Also hör mal, mein Mädchen», sagte Jean verwundert vom Spiegel her, wo er seine Krawatte band. «Bist du böse? Seit wann zieht man jetzt unter der Bluse etwas an? Wo bleibt der Service?»

Ich lachte so albern, wie man es tut, wenn man sehr glücklich ist.

Ich hörte, wie Thomas' Wagen unter unseren Fenstern hielt. Jetzt waren alle da. Keiner war weg, keiner unterwegs, ich brauchte nicht mehr unruhig zu sein. Wir konnten damit beginnen, unsere Feier zu zelebrieren.

«Rate, was wir dir mitgebracht haben!» rief Viviane und schwenkte eine Konditorschachtel in der Hand.

Ich wußte es, als ich auf der Schachtel las: Pézenas. Die kleinen Pasteten von Molière!

«Wir sind fast im Verkehr steckengeblieben, es war gräßlich! Aber die kleinen Pasteten von Molière, das ist mehr als Pasteten, das ist Geistesnahrung!»

So ist sie, meine Tochter. Eine Künstlerin. Sie kann

Ihnen kein Ei kochen, aber sie bietet dem Verkehr an einem 14. Juli Trotz, um eine Pastete zu besorgen, und sie würde sich das Essen verkneifen, um einem aus Wien die berühmte Sachertorte mitzubringen.

Ich fütterte Vivette, während ihre Eltern sich schön machten, und legte sie schlafen. Dann setzte ich meine Kerzen, eine nach der andern, auf den Kuchen. Mein Gott! Wie viele es waren . . . 42, 43, 44, 45.

«Sind das alle?» fragte Ignacio.

«Findest du, daß ich noch nicht alt genug bin?»

«Was heißt das: alt?»

Albin erklärte es ihm: «Madame Lasblaise ist alt.»

«Madame Lasblaise ist leicht zu haben!» sagte Ignacio. Er hatte begriffen.

In die allgemeine Fröhlichkeit hinein wiederholte er: «Madame Lasblaise ist leicht zu haben!» Das versprach, eine schöne Bescherung zu werden, wenn sie wieder zum Silberputzen kommen sollte und uns die Atmosphäre vergiftete!

Unser Lachen hatte Jean und das junge Paar herbeigelockt: «Was gibt's? Ihr sollt nicht ohne uns lachen!»

Jean versuchte, mich mit sich zu ziehen, aber ich wollte erst meine Bluse ausziehen und mich kämmen.

«Komm doch und trink ein Glas Champagner!»

Warum eigentlich nicht? Die Flasche erwartete uns auf der Terrasse, in der untergehenden Sonne, die hinter dem Hügel verschwand und eine rote Zeichnung am Himmel hinterließ. Die Eisstückchen klirrten in dem Kübel, der schon lange nicht mehr so viel Feuer gesprüht hatte.

«Fängt das Fest jetzt an?» fragte Ignacio, der es nicht abwarten konnte.

Der Korken flog in hohem Bogen in den Wipfel einer Akazie.

Es hatte angefangen.

Ignacio nörgelt herum. Er findet, daß wir uns beim Trinken zu sehr zurückhalten. Wir werden auf ihn acht geben müssen. Er betrinkt sich leicht. Jean stößt mit mir an, und das gibt einen klingenden Ton, der zu dieser Stunde und zu dem Licht paßt, das von Purpur in Blau übergeht.

Über den Weingärten liegt tiefes Schweigen.

Plötzlich stößt Paul einen Schrei aus. Einen seltsamen Schrei. Einen Schrei der Verwunderung. Einen leicht erschreckten Schrei.

«Papa!» sagt er mit belegter Stimme. «Sieh, die Venus der Weingärten!»

Wir verharren reglos wie die pompejanischen Familien, die das Feuer vom Himmel für Jahrhunderte in der Asche erstarren ließ, ehe ein Hauch frischer Luft sie für immer auflöste.

Was da auf uns zukam, war unglaublich.

Die Göttin war erwacht. Mit ihrem unsterblichen Schritt durchquerte sie die Weingärten und wandte sich unserem Haus zu. Sie ist noch fern, aber wir wissen schon, daß sie schön ist. Ihr weites Gewand flattert im Abendwind. Sie schreitet über die Furchen, als seien sie die Brandung des Meeres. Und plötzlich entdeckt sie unsere erstarrte Gruppe und hebt einen vollendet geformten Arm über die kunstvollen Locken ihres Haars. Sie stößt einen melodischen Freudenschrei aus, und dieser Schrei reißt uns aus unserer Erstarrung. Die Göttin ist lebendig, und Jean murmelt verstört: «Das ist nicht die Venus der Weingärten, das ist die Sangria!»

Die Sangria! Die größte Sängerin dieses Jahrhunderts in unserem Garten! Séraphina-Cosetta Sangria, von den

Journalisten aus aller Welt die «Inaccessibile Donna» genannt! Sie steigt die Stufen der Terrasse herauf, ganz leicht trotz ihrer stattlichen Figur, und schreitet auf Jean zu wie die Jungfrau auf den König von Frankreich. Sie küßt ihm die Hand.

«Ich küsse die Musik», sagt sie zu Jean, der erschreckt abwehrt.

Diese Stimme, die im Schmerz weinen und in der Freude jubilieren kann! So unermeßlich, daß sie zugleich Fels und Quelle ist, Himmel und Vogel. Wenn man diese berühmte Stimme hört, fragt man sich unwillkürlich, ob man auch genug für seinen Platz bezahlt hat . . .

«Wenn du wüßtest, was wir noch alles zusammen machen werden», sagt sie zu meinem Mann.

Die verdutzte Familie ist immer noch wie erstarrt. Die Sangria wendet sich an uns und betrachtet uns, so fröhlich, so heiter, daß sie aussieht, als wäre sie zwanzig Jahre jünger. Wie alt ist sie eigentlich? Vierzig, hundertdreißig, fünfundzwanzig?

«Ich weiß alles», sagt sie, «alles!»

Sie geht auf Viviane und Thomas zu und umarmt sie: «Ich weiß, daß du singst, du, o diletta! Ich weiß, daß er seine einzige Tochter der Musik und einem Musiker gegeben hat! Ich habe geweint, als man es mir erzählte.» Sie wendet sich den Jungen zu: «Ich weiß auch, daß er zwei kleine Jungen hat . . . O peccato! Das wird viele unglückliche Mädchen geben!» schwärmt sie. «Da werden Tränen fließen aus schönen Augen!»

Sie beendet ihre Inspektion mit mir und breitet die Arme aus: «Und das, das ist la Mamma!»

Wogen der Verzweiflung überschwemmen mich.

«Die Fleißige, die Lobenswerte, la buona Mamma», wiederholt sie mit pathetischer Stimme und mustert mich mit einem Blick, als betrachte sie mich durchs Mikroskop.

Mein Gott! Meine Lockenwickler, meine Bluse . . .

Ich habe wirklich Talent, mich vorteilhaft vor den Bewunderern meines Mannes zu zeigen.

«Buona, buona . . . du gibst alles, du . . . Armer Liebling, sie fressen dir noch das Herz auf.»

Dann fragt sie uns schüchtern: «Kann ich hierbleiben?»

«Oh, Madame», seufzt Jean und küßt ihr die Hand.

«Madame? Du willst mich Madame nennen? Du wirst mich duzen und mich Séraphina nennen!»

Séraphina? So weit sind sie also schon! Jean ringt mit sich, rot vor Erregung. Es gibt vielleicht zehn Leute auf der Welt, die die Sangria mit ihrem Vornamen anreden.

«Du wirst es schon schaffen!» sagt sie gutgelaunt und schiebt ihren Arm unter seinen: «Wenn du wüßtest! Ich war im Bad und hörte Schubert . . . großartig! Da habe ich mir gesagt: ‹Warum kenne ich den eigentlich nicht? Das ist der Richtige für mich!› Danach habe ich bei Point gesessen, und Mado (sie ist verrückt nach dir!) hat mir gesagt, daß du dort warst und wo du wohnst und wer zu deiner Familie gehört. Alles. Also bin ich hergekommen. Ist das nicht schön?»

«Es ist wunderbar», sagte Jean. «Aber da fällt mir ein, daß Sie noch nichts zu trinken bekommen haben.»

«Das stimmt, und ich habe Durst!»

Sie brach in ein Wagnerisches Lachen aus und leerte mit unglaublicher Geschwindigkeit ein Glas Champagner.

«Gut!» lobte sie. «Er ist gut. Gib mir noch eins davon.»

Ich flitzte in die Küche, riß mir in aller Eile die Lockenwickler vom Kopf, zog die Bluse aus und versuchte, mich vor dem Spiegel über dem Spülbecken zu kämmen.

Paul war mir gefolgt: «Sie ist ulkig! Wie alt ist sie wohl?»

Das erinnerte mich an die Kerzen auf dem Dummkopfkuchen, und ich beeilte mich, sie in den Müll zu werfen.

«Oh», sagte Paul, «das war so hübsch!»

«Ich weiß nicht, wie alt sie ist», erklärte ich ihm, «aber warum soll sie unbedingt erfahren, wie alt ich bin? Geh schnell und hol noch einen Teller!»

Die kleinen Pasteten waren warm, und ich brachte sie auf die Terrasse.

«Wer ist denn die da?» fragte die Sangria, als sie mich sah.

«La Mamma», sagte ich und reichte ihr die kleinen Pasteten.

Wieder brach sie in Lachen aus und zwinkerte mir zu wie einem alten Kumpel.

Dann bringt sie mit vollem Mund kauend den Satz hervor: «Bas esche ich?»

«Das sind kleine Pasteten mit Marmelade und Fleisch», sagt Viviane. «Die macht nur Pézenas, Madame, ‹die kleinen Pasteten . . .›»

«. . . von Molière?» schrie die Sangria, die ihren Bissen verschlungen hatte. «Die kleinen Pasteten von Molière! Die muß man auf Knien essen, ihr Elenden! Auf die Knie!»

Sie nahm zwei Pasteten in die Hand und fiel, zu unserer Bestürzung, tatsächlich auf die Knie. Denn sie ist eine Frau, die nie etwas erzählt, was nicht stimmt, die wirklich das lebt, was sie sagt. Wenn sie sagt: «Es ist schön, in Ohnmacht zu fallen!», dann fällt sie wie tot zu Boden. Wenn sie sagt: «Das ist zum Weinen traurig», kommen ihr die Tränen. Und wenn sie sagt: «Ich bin verrückt vor Glück!», dann reißt sie sich mit hysterischem Gelächter die Haare aus.

Jean stürzte auf sie zu und half ihr auf, und die melodiöse Stimme verlangte wieder nach Champagner.

Jean gab seinem Schwiegersohn diskret ein Zeichen, der sogleich verschwand, um noch ein paar Flaschen kalt zu stellen. Ich ging, weil ich mich um meine Trüffel kümmern mußte. Die Jungen kamen hinter mir her.

«Sagenhaft! Sagenhaft! Sagenhaft!» sagte Thomas, bevor er im Keller verschwand.

«Ist sie sehr berühmt?» fragte Albin.

«*Sehr*», sagte ich.

«Und singt sie sehr gut?» fragte Paul.

«*Sehr.*»

«Ist dieser Besuch eine Ehre für Papa?»

«Eine sehr große Ehre!»

«Also bist du zufrieden?»

Sicher war ich zufrieden! Was die Kinder immer für alberne Fragen stellten!

Natürlich war ich zufrieden . . .

Gut, sie konnten alle zu Tisch kommen. Die Kerzen in den Kandelabern waren angezündet, frisches Brot und getoastetes Brot lag in kleinen Körben, der Sainte-croix-du-mont war entkorkt . . .

Ich rief Ignacio und sagte ihm etwas ins Ohr. Er lief über die Terrasse, wo die Sangria jetzt zwischen meinem Mann und meiner Tochter auf der Schaukel saß und ihre Arme um die beiden gelegt hatte. Diese drei Menschen waren so schön, daß man gewünscht hätte, sie würden anfangen zu singen.

Viviane verschlang die Sängerin mit den Augen. Und was Jean betraf, so kam es mir vor, als ob ich ihn seit Monaten, seit Jahren nicht mehr so gesehen hätte. Er strahlte. Er war lebendiger als je.

Ich sah das alles von der Schwelle des Hauses aus, während Ignacio vor der Göttin stehenblieb und sagte: «Es ist serviert, Madame!»

«Amore! Amore mio!» schrie sie, wobei sie ihn in die Arme nahm und mit Küssen bedeckte, so daß er den ganzen Abend mit Lippenstift im Gesicht herumlief.

Sie nahm seine Hand, um ins Eßzimmer zu gehen, und schrie laut auf, als sie den Tisch sah.

«Ist das jeden Abend so?»

«Heute ist Iques Fest», erklärte Ignacio.

«Mein kleiner Liebling! Iques Fest. Der 14. Juli! Das Fest der Republik! *Es lebe die Republik!*» Und da sie unsere Überraschung für Verlegenheit hielt, ermutigte sie uns: «Los! Schreit! Schreit! Geniert euch nicht vor der Ausländerin! Frankreich ist das Land meines Herzens! Los! *Es lebe die Republik!*»

«Es lebe die Republik!»

Unsere Hochrufe waren ziemlich matt, aber das machte ihr nichts aus. Sie hatte sich bereits hingesetzt und, während ihre Blicke über das Geschirr des russischen Großfürsten wanderten, schien sie sich buchstäblich die Finger danach zu lecken.

«Ich weiß nicht, ob Sie das mögen», sagte ich und stellte den Trüffelsalat vor sie hin.

«Was ist das?»

«Scheiben von heißen Trüffeln mit Nußöl und Zirbelnuß.»

Sie kostete, schloß die Augen, machte eine Handbewegung, die ihre Begeisterung ausdrückte, und bediente sich.

«Mögen Sie das?» fragte Jean.

«Ich mag alles hier», sagte sie einfach.

Dann forderte sie Schweigen, und man hörte bis zum letzten Trüffelkrümel nur noch das Summen der Fliegen.

«Es gibt nie genug davon», sagte Paul kummervoll, als er aufgegessen hatte.

Die Sangria wandte sich ihm zu: «Wenn du mich in

Rom besuchen kommst, dann kannst du weiße Trüffel essen.»

Paul riß die Augen auf. «Wenn du mich in Rom besuchen kommst . . .» Er war kein kleiner Junge mehr, der mit seinen Eltern in die Ferien gefahren war, sondern ein Mann, den eine der gefeiertsten Frauen der Welt soeben zum Essen eingeladen hatte, zu sich nach Hause . . . In Rom . . . Er war glücklich. Jetzt glich er seinem Vater. Weil auch er jetzt lebendiger war denn je. Er gehörte ihr.

Was Albin betraf, so war ich überrascht, in dem Blick, den er seinem Bruder zuwarf, das gleiche mörderische Leuchten zu sehen, das in Kains Blick geleuchtet haben mochte, als er den Unterschied zwischen dem Rauch seines Opfers und dem seines Bruders Abel entdeckte. Aber diese Zauberin fühlte die Dinge tausendmal besser als ich. Sie lächelte Albin dreimal zu, und schon hatte sie ihn für sich gewonnen. Sie wußte, wie man es anstellt, geliebt zu werden. Sie brauchte die Bewunderung, wie sie etwas Ordentliches zu essen auf ihrem Teller brauchte. Sie leckte sich die Lippen von dem Hähnchen mit den Krebsen sauber und neigte sich zu Jean:

«Ich bin wie ein Kolibri. Ich esse an einem Tag vierzehnmal so viel wie ich wiege!»

Ich habe selten jemanden gesehen, der sich beim Krebsessen so schmutzig machte. Die Ellenbogen auf dem Tisch, die Creme auf beiden Backen, sog sie an ihren Fingern und spuckte die Schalen aus – aus der Göttin der Weingärten war die Göttin der Fresserei geworden. Selbst Ignacio staunte.

«Ich kann alles essen», sagte sie. «Jederzeit! Sogar vorm Singen! Ah, die weißen Bohnen mit Schweinefleisch in Toulouse vor dem Capitol! Das Sauerkraut in Bayreuth.

Eines Tages sagte Dietrich mir in Salzburg: Séraphina (Aha, einer von den zehn!), Séraphina, du kannst nicht mehr singen nach all dem Bier! Wenn du wüßtest, Jean, *er* war es, dem schlecht wurde! Und ich? Die Leute weinten! Es war großartig!»

Ihr Aufstoßen war auch großartig. «Scusate», sagte sie vornehm und aß weiter.

«Ich mag auch gern Linsensalat», vertraute sie Jean an.

«Sieh an!» sagte er inbrünstig, als hätte sie ihm erzählt, daß sie jeden Abend Goethe lese.

«Albin», sagte sie zwischen zwei Bissen.

Welch ein Genie! Sie war erst eine Stunde da und kannte schon alle Vornamen. Und als sie «Albin!» sagte, sah sie wirklich Albin an und nicht Paul.

«Albin! Nimm einen Teller, mein Herzchen, wirf ein Stück vom Hähnchen drauf und einen Kanten Brot, nimm ein Glas Wein mit und geh zum Eingangstor, da findest du einen Rolls . . .»

«Einen Rolls?» fragte Albin fassungslos.

«Ja, einen Rolls. Meinen Rolls. Gib dem Chauffeur den Teller und sag ihm, daß er warten soll.»

Ich mischte mich ein, obwohl es mich nichts anging: «Aber nein, hören Sie! Er soll herkommen. Wir werden . . .»

«Was?» brüllte sie. «Ich bezahle ihn wie einen General, diesen Heuchler! Und außerdem, ich geniere mich nicht, es zu sagen, er ist mein Bruder!»

«Kann ich auch mitgehen?» fragte Paul, ganz außer sich, und stand auf.

«Kommt nicht in Frage!» sagte Albin, der immer noch mit den weißen Trüffeln im Rückstand war: «Der Rolls ist für mich!»

«Danke, Liebling», sagte Séraphina, als ob mein Sohn

eines der liebsten Kinder sei.

Zwischen zwei Bissen nahm sie die Hand meines Mannes zwischen die ihren: «Ah! Ich bin gern hier!»

Dann sagte sie mit ganz leiser Stimme zu uns: «Ihr werdet meine Familie sein.»

Ich war dabei, die Mamma der Sangria zu werden . . .

Ein schwaches Geräusch: Ignacio fiel mit dem Kopf vornüber auf den Tisch. Da ich mich zu sehr um unseren berühmten Gast gekümmert hatte, hatte ich ganz vergessen, auf ihn aufzupassen, und jetzt schnarchte er – stockbetrunken!

Mein Gott! Ignacio hatte zuviel getrunken!

Ich war verwirrt.

«Das tut Kindern gut», versicherte mir die Sangria. «Es bringt schöne Träume.»

Ich nahm ihn auf den Arm – er war schwer wie ein Weinfaß – und bat unsere Besucherin, mich zu entschuldigen. Da ich schon mal oben war, nutzte ich die Gelegenheit, um Vivette ihr Fläschchen zu geben und sie neu zu wickeln. Ich hatte Eile, wieder ins Eßzimmer zu kommen. Ich hörte sie lachen, und mir schien, als ob mir etwas Wesentliches entgangen wäre.

Niemand nahm Notiz von meiner Rückkehr. Bis ans Ende meiner Tage werde ich nicht wissen, wovon sie gesprochen haben und was sie so amüsiert hat.

Paul versuchte, Albin leise auszufragen, der von seiner Mission zum Rolls zurückgekommen war. Doch Albin, ganz Sadist, antwortete ihm nicht. Der Appetit der Sangria verringerte sich keineswegs im Verlauf der Mahlzeit. Und auch nicht ihr Durst.

Sie nahm dreimal vom Kuchen, dann stand sie unvermittelt auf. Ich sagte mir: «Jetzt ist es soweit, jetzt ist ihr schlecht!» Aber dem war nicht so.

«Wo ist das Klavier?» fragte sie.

Alle drängten sich, sie hinzuführen. Ich ging Kaffee kochen. Das war zwar nicht vorgesehen, aber es gehörte sich so.

Er war noch nicht ganz durchgelaufen, als die Musik Besitz vom Haus ergriff. Um niemanden zu stören, trug ich das Tablett auf Zehenspitzen in den Salon.

«Ich hätte lieber einen Kräutertee», sagte Jean und blickte von den Tasten auf.

«Kräutertee?» rief die Sangria. «Ich liebe Kräutertee!»

Folgsam, gedämpft durch den liebenswerten Chopin, zog ich mich wieder in die Küche zurück.

Thymian, frischen Thymian von der Heide machte ich ihnen.

In meiner kurzen Abwesenheit hatte sich niemand von der Stelle gerührt. Séraphina lag ausgestreckt auf dem Sofa, Viviane kniete ihr zu Füßen auf einem Kissen, Thomas stützte sich mit dem Ellenbogen aufs Klavier, und Jean spielte. Die Jungen saßen brav jeder in einem Sessel – wie die Musikbesessenen im Konzertsaal.

Ich goß den Thymian in die Tassen. Die Sangria sah mich an. Ich ging mit einer Tasse auf sie zu . . .

«Zuerst er», sagte sie und deutete auf Jean. Trotz unseres Protestes mußten wir uns fügen. Bewegt beobachtete sie ihn beim Trinken. Sie nahm meine Hand in ihre Hände, und die Zartheit ihrer Haut ließ es mir ein bißchen kalt über den Rücken laufen.

«Es ist etwas sehr Zerbrechliches, so ein Künstler», sagte sie. «Zerbrechlich wie das Leben . . . sieh ihn an . . . voller Zweifel, voller Hoffnungen . . . aber du bist ja da, du erträgst alles, verstehst alles . . . Die Mamma ist da, sie gibt auf alles acht! Buona!»

Sie trank langsam. Chopin war verklungen. Wir waren

alle ruhig, schwiegen. Sie stellte ihre Tasse auf ein Tischchen und schloß die Augen. Ihre Brust hob sich wie eine Woge, und plötzlich, ohne sich zu bewegen, begann sie, die Klagen der Leonora aus *La Forza del destino* zu singen:

Fatalità! fatalità! un delitto
Disgiunti n'ha quaggiù . . .
Alvaro, io t'amo . . .

Durch die Glastür, die sich zum Himmel über Septimanien mit seinen Milliarden von blanken Sternen öffnete, drang die einzigartige Stimme zu den Zweigen des Judasbaums, über schlafende Schatten, über die Wellenlinie der wie in den alten Zeiten roten Dächer von Nîmes la Romaine. Die einzigartige Stimme, die Milliarden wert war, schwang sich empor, schenkte sich uns in diesem vertrauten, in diesem flüchtigen, unerwarteten Augenblick. Das Gesicht der Séraphina-Cosetta verklärte sich, ihre Augen waren riesengroß, und bald liefen zwei Tränen über ihre Wangen. Sie nahm die Stimme etwas zurück, und doch mußte man sie bis ans Ende unserer Ländereien hören.

Ich wußte schon jetzt, daß wir nicht lachen würden, wenn wir uns später einmal diese Szene ins Gedächtnis zurückrufen sollten. Das war keine Zurschaustellung. Es war eine Opfergabe, ein Bündnis. Ein erschreckender Bund, der für die ganze Zukunft verpflichtend war.

Als sie endete, waren wir erschöpft. Niemand wagte zu applaudieren. Es wäre ebenso vulgär gewesen wie Sous auf den Boden zu werfen. Außerdem waren wir für sie gar nicht da. Ihre Augen ruhten auf Jean, der ihren Blick mit glänzenden Augen erwiderte.

«Es ist das erste Mal, daß ich für dich singe», sagte sie leise. Dann fügte sie treuherzig hinzu: «Ich habe gut gesungen.» Das gab uns die Sprache wieder.

Sie nahm unsere Komplimente entgegen, als ob ihr noch nie welche in ihrem Leben gemacht worden wären. Sie sah aus wie ein kleines glückliches Mädchen. Wieder wandte sie sich an Jean:

«Weißt du, warum mich alle die ‹Inaccessibile Donna› nennen? Wenn ich nicht die Unnahbare spiele, bin ich verloren, denn ich bin von Natur aus sehr weich. Hier», sagte sie und ließ sich mit einer bezaubernden Geste der Hingabe zurückgleiten, «hier bin ich verloren . . .» Dann stieß sie einen Schrei aus, der uns alle zusammenfahren ließ: «Da! Eine Blume auf dem Teppich bewegt sich!»

«Nein!» rief Paul. «Das ist keine Blume, das ist der Krebs, den Mama verloren hat.»

Mit einem Satz war sie auf den Beinen und lief zu dem unglückseligen kleinen Geschöpf hin, das den Salon in der Gangart durchquerte, die Sie kennen. Nach den Erfahrungen bei Tisch glaubte ich, daß sie es lebendig verschlingen würde, aber sie begnügte sich damit, es vorsichtig hochzuheben und ihm ins Ohr zu flüstern, während der unglückliche Jugoslawe heftig seine Scheren bewegte.

«Du bist dem Tod entronnen, Kleiner, und hast mich singen hören! Das hast du gut gemacht, hierherzukommen; ich werde dich beschützen. Krebs, mein Bruder, wir werden dich dem Fluß zurückgeben!»

In einer Prozession, eskortiert von Octave, den dieser unerwartete Spaziergang entzückte, begaben wir uns zur Quelle, um den Überlebenden hier ins Wasser zu werfen. Da unsere Sehenswürdigkeit aus heißem Wasser besteht, fühlte ich mich sehr unwohl. Der Krebs lief Gefahr, auf kleinem Feuer gekocht zu werden. Doch schien er, als er mit dem Wasser in Berührung kam, äußerst zufrieden zu sein und lief fort, um sich im Moos und in der Kresse zu verstecken.

«Das Gute, das du dem All gibst, gibt das All dir zurück!» ließ sich unser Gast sentenziös vernehmen.

Um diese Worte zu bestätigen, offenbarten sich die Götter in Form eines fürchterlichen Donners und eines Regens von grünen und roten Sternen. Octave bellte.

Das Feuerwerk begann.

«Oh, ihr empfangt mich wie eine Königin mit eurer Republik!» rief die Sangria, die Arme zum Himmel erhoben, der von dem Krachen und den leuchtenden Garben und Kometenschweifen der Raketen zerrissen wurde.

Ich lief zum Haus, weil ich an die Kinder dachte, die der Lärm vielleicht aufgeweckt hatte. Ignacio, der große Angst vor dem Donner hatte, würde wahrscheinlich vor Schrekken heulen. Aber Ignacio schlief den Schlaf eines ganz gewöhnlichen Säufers, rot und zufrieden in seinem kleinen Bett. Was Vivette anging, so waren die Salven ihr gleichgültig. Ich nahm den großen Küchenwecker mit, um das nächste Fläschchen nicht zu vergessen, und machte mich wieder auf den Weg zur Quelle. Jede Himmelsblume tauchte die Landschaft in eine andere Farbe und ebenso die Gruppe, zu der ich unterwegs war. Und auf jede Blume antwortete ein Freudenschrei und Beifallklatschen. Der letzte Strauß entflammte den ganzen Himmel und fiel dann in die Quelle, wie der Krebs.

«Danke!» schrie die Sangria, das Gesicht den Schwefelwolken zugewandt, die über uns hinwegzogen, und stimmte unvermittelt die *Marseillaise* an.

«Singt! Singt!» befahl sie uns, und wir sangen wie ein Mann: *«L'étandard sanglant est levé»* – bis die Nacht wieder zur Nacht geworden war.

«Ich habe Durst!» sagte sie, und mir taten die Beine weh bei dem Gedanken, daß ich aus dem Haus Champagner holen sollte. Aber sie hatte ihren Mund schon auf das bemooste Maul des bronzenen Löwen gedrückt und trank in langen Zügen.

«Vorsicht», warnte Jean sie, «unser Wasser ist ein bißchen warm . . .»

«Das ist gut für die Stimmbänder», und sie nahm noch einen großen Schluck. «Man könnte mit dieser Quelle reich werden», sagte sie, während sie die Tröpfchen von ihrem Kinn wischte.

«Das hat schon jemand versucht», sagte Jean, «aber es hat nicht geklappt.»

«Wenn ich Zeit hätte . . .» meinte sie. «Bei mir würde es klappen!»

Sie unterstrich ihre Behauptung mit einer weit ausholenden Gebärde – und fand sich plötzlich mitten im Wasser sitzend wieder.

Wir schrien alle auf, Jean stieg galant in den Brunnen, rutschte auf dem Moos aus, versuchte, sich an der Mähne des Löwen festzuhalten, verlor das Gleichgewicht und landete in den Armen von Séraphina.

«Ist es hier nicht angenehm?» fragte sie ihn.

«O ja!»

Am Ufer standen nur noch ich und Octave, der fürchterlich jaulte, als er seinen Herrn im Wasser sah. Alle andern waren weggelaufen, um Badetücher aus dem Haus zu holen.

«Wenn du sagst: ‹Die Sangria badet jede Nacht nackt in der Quelle von Foncaude› – das würde dich reich machen, was?»

«Es stimmt, es ist angenehm hier», sagte Jean und planschte im Wasser.

Sie waren trotzdem einverstanden, herauszukommen, als die Badetücher eintrafen. Wir trockneten sie ab. Aber Séraphina weigerte sich, ihr Kleid abzulegen. Dafür begann sie Jean auszuziehen, ohne auf seine Proteste zu achten. Bald stand er mit einem langen weißen Bademantel bekleidet da.

«Und Sie, Madame?» sagte Viviane und deutete auf das durchnäßte Gewand, das am Körper der Sängerin klebte.

«Ich bin widerstandsfähig! Und außerdem ist euer Wasser kein Wasser, das krank macht, sondern ein Wasser, das heilt!»

«Das stimmt», sagte Paul. «Vielleicht würde Tibère wieder gesund werden, wenn man ihn in der Quelle badete.»

«Tibère? Wer ist Tibère?»

«Das alte Pferd vom Hof . . . es ist ein rosa Pferd, und es wird bald sterben . . .»

«Führ mich zu ihm», sagte sie ernst und nahm Pauls Hand.

Und wieder setzte sich die Prozession in Bewegung, Octave sprang voraus, und ich beschloß den Zug, den großen Wecker wie eine Laterne in der Hand.

Tibère schlief. Aufrecht stehend, wie Pferde so schlafen. Und völlig erschöpft. Er zuckte zusammen, als er uns kommen hörte, und hatte Mühe, seine Augen aufzumachen im Licht der grellen Birne, die sein Reich beschien.

Sie ging ganz nahe an das Tier heran und nahm den langen, traurigen Kopf in ihre Arme. Sanft wanderten ihre Finger über seine Nase, und leise sprach sie auf italienisch in sein Ohr. Tibère rieb den Kopf an ihr. Einen Augenblick verharrten sie unbeweglich, dann begann sie, ihn genauer zu mustern. Sie betrachtete seine Augen, seine Ohren, seine Zähne. Sie küßte ihn zwischen die Nasenlöcher, wo die Haut wie aus feinem Samt ist, und gab ihm dann einen Klaps aufs Hinterteil.

«Er hat mir versprochen, daß er sich bessern wird», sagte sie.

Wir verließen den Stall, aber an der Schwelle hielt sie uns zurück. «Ich habe auch so ein Pferd gehabt, als ich klein war, in Umbrien . . . brava, brava . . . ‹Commendatore› hieß es. Es liebte mich. Und ich liebte es auch . . . Es führte mich im Land herum. Von seinem Rücken aus lernte ich die Welt kennen, die Vögel, den Himmel . . . und dann . . .»

«Und dann?» fragte Paul voller Angst.

«Und dann ist er gestorben.»

«Oh, wie denn?»

«Ermordet von den Faschisten!»

Sie brach in Tränen aus und ließ sich auf einen Stein sinken, den Kopf in den Händen.

Der Krieg war wieder da, mitten unter uns, wegen der Tränen des kleinen Mädchens, dem man sein Pferd getötet hatte. Wir waren niedergeschlagen.

Jean nieste. Sofort sprang die Sangria auf: «Wir wollen hier nicht rumstehen! Du wirst dich erkälten, wenn du dich nicht bewegst! Und wenn du krank wirst, sterbe ich! Los, komm!»

Sie nahm seinen Arm, rief uns «Avanti!» zu und machte sich im Eilschritt von dannen wie ein Bersagliere.

Octave seufzte und folgte ihnen schwankend. Er hatte allmählich von der Lauferei genug. Wir kamen aus dem Schatten der Wirtschaftsgebäude und der großen Bäume heraus zu den Furchen des Weingartens, wo der Himmel heller schien.

«Wie schön ist das! Wie schön!» sagte die wunderbare Stimme. «Wir gehen wie durch Mozart!»

Dann ließ sie Jeans Arm los und verkündete: «Ich muß Pipi machen!»

Jeder drängte sich, sie ins Haus zu begleiten, aber sie wollte es an Ort und Stelle erledigen.

Das war für uns alle eine Erleichterung. Unser WC-Bekken mag noch so stolz sein auf die blaue Blume unten im Porzellan – trotzdem ist es nicht gerade der eleganteste Ort von Foncaude. Wir warteten also in andächtigem, dankbarem Schweigen darauf, daß la Casta Diva wieder hinter der grünen Eiche hervorkäme. Octave war erschöpft auf dem Boden eingeschlafen.

«Es war wunderbar!» sagte sie, als sie zurückkam. Dann stimmte sie «Nacht, süße Nacht . . .» an, unterbrach sich aber sofort wieder und packte die Jungen am Arm: «Vielleicht öde ich euch an, meine Lieblinge?»

«Sie singen so schön!» sagte Paul. Und wurde geküßt.

«Bei Ihnen ist das was anderes!» sagte Albin. Und wurde ebenfalls geküßt.

«Und was hört *ihr* gern?»

«Oh!» sagte Albin verschämt. «Wir mögen eine Gruppe, sie nennen sich die *Dirty Cor* . . .»

«Die *Dirty Corpses*? Jesus! Die sind doch toll!» Und mit einer Stimme, die an die Apokalypse erinnerte, stimmte sie die A-Seite der Platte an.

«Madame!» flehte Viviane erschrocken. «Madame! Bitte, singen Sie nicht in der feuchten Nacht, Ihr Kleid ist noch ganz durchnäßt . . .»

«Figlia mia, la Sangria ist nie krank. Der Sangria hat noch nie etwas gefehlt, nirgends, besonders nicht in der Kehle. Du wirst mich nie mit einem Halstuch sehen oder mit einem Schal wie diese lahmen Sängerinnen mit ihren Gurgelwassern! Du wirst mich nie husten hören. Hör zu! In Spitzbergen habe ich einmal draußen im Freien gesungen! Mit nackten Füßen auf einem Eisberg! Die Leute klapperten mit den Zähnen, sie zitterten unter ihren Pelzen, aber die Sangria stand aufrecht da und sang!»

Jean nieste.

Übermütig und ausgelassen zog sie ihn zu sich hin und drückte ihn an sich:

«Tanz! Das bringt dein Blut in Wallung!»

Mein Wecker wählte ausgerechnet diesen Augenblick, um zu läuten.

Sie brach in Lachen aus und hörte auf zu tanzen.

«Heißt das, ich soll gehen?»

«O nein», sagte ich verlegen, «es ist wegen des Fläschchens.»

«Ich werde gehen . . .»

Sie sah zum Himmel auf und sang leise: «Es ist die Nachtigall und nicht die Lerche . . .» Dann kam sie auf mich zu, nahm mich in die Arme, sah mich lange an und drückte ihre Lippen auf meine. Ich war verblüfft und zugleich tief gerührt.

«Danke, Madame», stotterte ich und blieb regungslos stehen.

«Arrivederci, mio cuore!» sagte die Sangria, indem sie mit einer graziösen Gebärde die Familie umarmte. Ihr Blick blieb einen Augenblick an Jean hängen.

«Ich begleite Sie zurück», sagte er.

Nie bringt es die Familie fertig, sich gemeinsam am Frühstückstisch zu versammeln. Aber am Morgen dieses 15. Juli fanden sich, trotz der durchwachten blau-weiß-roten Nacht, die hinter uns lag, alle im Eßzimmer der Kinder ein.

Ein Fremder hätte glauben können, daß wir am Vorabend den Besuch der heiligen Jungfrau gehabt hätten. Die Jungen waren am aufgeregtesten. Weihrauch kam aus ihrem Mund, und da die Gottheit abwesend war, stieg der Weihrauch zu ihrem Vater und seinen dunkel geränderten Augen auf. (Um wieviel Uhr war er schlafen gegangen? Ich war nach dem Fläschchen ins Bett gesunken und hatte ihn nicht zurückkommen hören.)

«Und man spürt auch, daß sie ein richtiger Kumpel sein könnte», sagte Albin. «Sie ist ein Star, aber keine dumme Ziege. He, Mama, wo ist die Butter?»

Ich gab ihm die Butter.

«Und *Lovely Horror*», sagte Paul, «das hat sie besser gesungen als die *Dirty Corpses*! Stimmt's, Albin?»

«Genau! Sogar Mozart ist aus ihrem Mund genießbar! Marmelade, please!»

Ich gab ihm die Marmelade.

«Bist du froh, Papa, daß sie dich besucht hat?»

Ja, er war froh. Ja, sie war schön. Ja, sie sang gut. Ja, sie war lustig. Ja, sie war nett. Ja, sie hatte Foncaude sofort für sich gewonnen . . .

«Und außerdem hat sie samtweiche Haut», sagte Albin, und alle pflichteten ihm bei: «Das stimmt! Das stimmt!» Mit glückseligem Gesichtsausdruck.

«Wie alt ist sie?» fragte ich.

Es gab einen Wirbel um den Tisch herum. Was bedeutet schon ihr Alter? Was für eine Idee, darüber nachzudenken? Und wenn sie hundert Jahre alt wäre, sie wäre die Jugend selbst.

«Auf jeden Fall», sagte Thomas, «ist sie noch keine vierzig. Das sieht man an ihren Händen. Über vierzig verraten die Hände das Alter der Frauen.»

Ich betrachtete heimlich die meinen, diese Verräterinnen, und versteckte sie hinter dem Rücken.

«Ist kein Brot mehr da?» fragte jemand.

Ich stelle das geschnittene Brot vor die Kinder hin.

Sie nehmen davon.

Ich sage: «Danke!»

«Danke!» wiederholen sie zerstreut.

Ich sage: «Danke, mein Arsch.»

«Danke, mein Arsch», wiederholen sie.

Ich explodiere.

Plötzlich ist der ganze Tisch wach. «Aber Mama, ärgere dich doch nicht! Entschuldige, Mama, wir haben nur Spaß gemacht!»

«Was ist passiert?» fragt Jean, der von dem Stern Séraphina herabfällt.

Die Jungen sind aufgestanden, sie stehen hinter mir, lieb und anschmiegsam. Ich bin am Rande der Tränen.

«Du fängst doch nicht etwa an zu weinen?» fragt Albin vorwurfsvoll. «Das lohnt sich nicht, Mamileinchen, du bist doch viel zu klein und viel zu lieb dazu!»

«Stimmt, in dem Alter sind sie alle noch lieb und artig, die Kleinen!» sagt sein Bruder.

«Da leben sie noch unschuldig vor sich hin!»

«Da können sie noch nicht sprechen.»

«Und noch nicht einmal lächeln!»

Er umarmt mich zärtlich und erklärt: «Weißt du, wir haben ‹mein Arsch› nur so dahergesagt!»

«Sie haben ‹mein Arsch› gesagt?» Jean ist erschrocken.

Ich habe mein Lächeln wiedergefunden. Es geht mir wieder besser. Ich gehöre dazu. Wieder dazu. Ob jetzt von etwas anderem gesprochen wird? Nein, es fängt wieder an!

«Sie hat Augen!»

«Beine!»

«Hände!»

«Füße!» sage ich. «*Riesengroße*!»

Mich trifft ein Blick von Paul, ein offener, schockierter, verletzter Blick.

«Du bist ja eifersüchtig, Mama!» sagt er.

Oh, mein Sohn!

In dem plötzlichen Schweigen spüre ich, daß die Dinge in Bewegung gekommen sind und sich entweder nach der einen Seite oder nach der andern neigen werden. Zur guten Seite, bitte! Helft mir, weil es ernst ist . . . ich bin müde . . . Irgend jemand muß irgendwas tun . . .

Albin rülpst.

Ein enormer Rülpser, gekonnt und heiter, den wir alle mit Bestürzung wahrnehmen.

Ich weiß nicht, was die andern danach gemacht haben. Vielleicht gelacht? Ich habe die Flucht ergriffen. Die Dinge hatten sich zur schlechten Seite geneigt.

Jean lief die Treppe hinter mir rauf. Ich hatte gerade noch Zeit, ihm die Tür vor der Nase zuzuschlagen und den Schlüssel zweimal umzudrehen.

«Mach doch auf!» sagte er. «Was ist nur mit dir los? Du bist verrückt!»

Ich antwortete nicht.

«Liebling!»

So, jetzt war ich der Liebling!

«Die Kinder sind untröstlich. Was hast du bloß?»

Was ich hatte? Ist er blöd, dieser Junge? Ich hatte, daß ich sie nicht mehr ertragen konnte mit ihren Fläschchen, ihrer Lebhaftigkeit, ihrer Gleichgültigkeit, ihrer Grausamkeit, ihren Rülpsern . . .

«Albin ist ganz bestürzt . . . Liebling! Du wirst doch nicht böse werden wegen eines kleinen Rülpsers? . . . Wir sind doch alle mal in dem Alter gewesen!»

Plötzlich veränderte sich sein Ton, wurde heftig: «Wenn du nicht aufmachst, komme ich durchs Fenster!»

Sehen Sie mich jetzt schon den Rest der Ferien mit Jean in Gips verbringen?

Ich öffnete.

«Ich komme, um dich einzuladen, heute abend mit mir zu essen», sagte Jean mit einem bezaubernden Lächeln.

Alle wußten, wohin Jean mich zum Essen ausführen wollte, nur ich nicht. Sogar Ignacio wußte es, aber die Jungen hatten ihm gedroht, ihn mit Pflaster zum Schweigen zu bringen, falls er etwas verpfeifen würde, und er respektierte das Gesetz der Anführer.

Alle sahen glücklich aus, als sie uns weggehen sahen. Erleichtert vielleicht?

«Du solltest dein weißes Kleid anziehen», sagte Viviane.

«Ja, aber ich habe es in Paris vergessen . . .»

«Nein, nein, ich habe es in meinem Zimmer! Ich wollte es nur mal anprobieren, damit Thomas sieht, wie mir so ein Dekolleté steht.»

Dann fügte sie in leicht vorwurfsvollem Ton hinzu: «Du hättest mir sagen sollen, daß du es suchst. Du hast doch hoffentlich dein Parfum nicht gesucht?»

«Doch.»

«Ich hatte es mir genommen, um zu sehen, ob Thomas es mag. Er mag es nicht, ich gebe es dir zurück. Und heute bin ich deine kleine Sklavin. Ich bereite dir dein Bad, ich bürste dir den Rücken, ich kämme dich, ich male dich an, ich massiere dich, ich salbe dich, ich modelliere dich und ich schminke dich!»

«Richtig!» stimmte Paul zu. «Sie wäre gar nicht schlecht, wenn sie nur wollte.»

«Man sagt nicht ‹sie›, wenn man von seiner Mutter spricht», bemerkte ich nebenher.

«*Er* wäre nicht schlecht, wenn *er* nur wollte», sagte Paul gehorsam.

«Du solltest dich mehr um dich kümmern», sagte Viviane.

Ja, das würde ich gern . . .

Ich ließ mich gehen. Das tat gut. Ich schloß die Augen.

«Nicht schlecht . . .» sagte Paul.

Parfums, Schminke, Salben . . . Haremsgeheimnisse, hinter schweren, bestickten Portieren verborgen. Kunstvolle Küchen der Schönheit. Zwei flüsternde Frauen. Komplizinnen. Kein Fremder. Kein Spion. Nur ein kleiner Junge, der die Stätten seiner Kindheit noch nicht verlassen hat, der noch nicht aufgebrochen ist in das offene und freie Leben der Männer . . .

«Nicht schlecht . . .»

Albin tritt rücksichtslos ein, pfeift durch die Zähne und wiehert: «Achte auf ihre Augen, Vivi, schmink ihr die Lider nicht zu stark. Sie wird ja nicht die Rolle der Thaïs singen.»

Ich kehre in die Wirklichkeit zurück. Ich wische ein paar Schatten weg, zeichne meine Lippen nach, ziehe mich an. Psch! Psch! Eine Wolke von Parfum . . . Paul reicht mir ergriffen einen Spiegel.

Mein Gott, es ist doch etwas Liebes, so ein kleiner Junge!

«Siehst du dich nicht an, Mama?»

Ich sehe *ihn* an. Er ist mein Spiegel. Wie schön bin ich in diesem Spiegel!

«Sieh dich an, du siehst irre aus! Können wir Papa holen?»

Sie führen uns einander vor, als ob sie uns verheiraten wollten.

Sie begleiteten uns zu Jeans Auto, und es fehlte nur noch, daß sie Reis streuten, als wir abfuhren, wie bei einer Hochzeit.

Fuhren wir wirklich ab?

Ja, wir sind abgefahren. Wir haben ihnen die Hände geschüttelt, haben auf Wiedersehen gesagt, haben die chronischen Befürchtungen verscheucht: Feuer, Unfall, Überfall, Nadeln, die Vivette sich in den Mund stecken könnte, Ameisen, die mit mächtigen Kiefern das Haus verschlingen . . .

Wir haben die Gewissensbisse abgewürgt.

Wir sind langsam durch die Platanenallee gefahren. Wir haben das Tor aufgemacht. P ivatbes tz . . .

Wir haben kein Wort gesprochen, aber als wir auf der richtigen Strecke waren, hat Jean seine Hand auf meine gelegt.

«Rat mal, wohin ich dich führe?»

Ich weiß es nicht. Ich habe keine Ahnung . . . Ich bin rundherum glücklich.

«Kannst du es dir nicht denken?»

Ich schüttele den Kopf. Wir fahren durch das Languedoc, nach Osten. Es gibt so viele Möglichkeiten. Die Camargue? Arles? Tarascon? Beaucaire? Avignon? Le Pont du Gard?

Aber wir fahren an der Abzweigung nach Remoulins vorbei.

«Errätst du es immer noch nicht?»

Wir überqueren die Rhône!

Und plötzlich weiß ich es.

Der Ort außerhalb der Zeiten, der Felsen, der Garten der Päpste!

Das große Dorf zwischen den Weinbergen! Châteauneuf-du-Pape!

Runde Kieselsteine, Gletscherkies, Zeugen einer andern Ära, eine winzige Armee, unzählbar und zu Stein geworden, halten Wache um die Weingärten.

Zwischen Königreich und Kaiserreich war es ein selbständiges Land, Nachbar des Prinzen von Orange, Hochburg des Papstes, aber auch Gegner der Zeit, als der Papst in Avignon schlief. Eure Heiligkeit, die Ihr nach Teufel und Freiheit riecht, Euer Wein ist mehr als gut. Er ist schön.

«Sie sehen aus wie Musik», sagte Jean und deutete auf die Weinberge.

Im Dorf selbst lädt jedes Haus dazu ein, seinen Wein zu kosten. Besitzer großer Weingüter ebenso wie die kleinen bescheidenen Winzer. Es ist, als ob jeder eine Weinquelle in seinem Garten hätte.

Auf dem Dorfplatz, nahe beim Brunnen, zwischen den riesigen Platanen, lassen wir den Wagen stehen. Vorsichtig setze ich einen Fuß auf den Boden. Ich sehe meinen Gefährten an. Wie jung er ist! Er nimmt meinen Arm und führt mich zu dem wunderschönen Eingang von Mère Germaine. Der große Schrank mit den Weizenähren ist noch da, auch die Töpfe mit den Orangenpflanzen, die kupferne Kelter . . . wir sind in Châteauneuf-du-Pape und nirgendwo sonst auf der Welt.

«Aber gewiß, Monsieur Martel, zwei Gedecke. Wir haben Sie schon erwartet . . . Einen Tisch zum Garten hin . . .»

Ein Feigenbaum grüßt uns durch das Fenster, Dächer erheben sich sanft ansteigend in die Nacht. Das Tischtuch ist weiß. Ein kleiner Blumenstrauß. Eine Kerze. Und schon kommt getoastetes Brot und Käsecreme . . . die riesigen Speisekarten, die schweigende Lektüre . . . es ist etwas Ernstes um all das.

Wir blicken zur gleichen Zeit auf und sehen uns an.

Wir sehen uns an.

Es ist so selten, daß wir einander ansehen. Wir haben

nicht mehr die Zeit dafür. Wir denken nicht mehr daran. Wir können es nicht mehr. Wir sind da, zusammen, für immer. Also sieht man sich nicht mehr an.

Aber an diesem Abend ist alles anders. Wir sehen einander an. Und wir sehen uns.

«Ich liebe dich», sagt Jean.

Meine Lippen deuten einen Kuß an.

Der Chef hustet diskret: «Darf ich Ihnen einen kleinen Apéritif anbieten?»

Das ist sehr nett, aber wir trinken nur Châteauneuf. Mit Andacht. Der Chef pflichtet uns bei. Er berät uns, erklärt, daß das *Fricandeau Germaine* aus einem entbeinten, gefüllten Kaninchen besteht.

Es wird lange dauern, bis es fertig ist! Aber gerade deshalb habe ich Lust darauf. Obwohl es noch so viel anderes gibt . . .

«Es freut uns, Sie bei uns zu sehen! Es ist lange her seit dem letzten Mal.»

«Drei Jahre? Vier Jahre?» fragt Jean.

«Sieben Jahre», sagt der Chef. «Ich habe im Goldenen Buch nachgesehen. Letztes Mal haben Sie sich dort eingetragen.»

Sieben Jahre! Wie die Zeit vergeht . . .

Der Wein floß in unsere Gläser. Er roch gut.

«Auf dich», sagte Jean.

«Auf dich!»

Ich trank langsam.

«Guten Abend», sagte Jean höflich.

«Warum sagst du guten Abend zu mir?» fragte ich beunruhigt.

«Ich sagte nicht dir guten Abend. Ich sage guten Abend zu einer Dame hinter dir, die mir einen Gruß zugenickt hat.»

«Vielleicht kommt sie und küßt dir die Hand?»

«Das wünsche ich mir nicht, wirklich, und wenn du ihren Schnurrbart sähest, würdest du mir zustimmen.»

Ich brach in ein Lachen aus, das mich an Albins Wiehern erinnerte.

«Ich bin so laut, weil ich glücklich bin!» sagte ich.

«Ich habe es gern, wenn du glücklich bist. Du bist manchmal so wenig für mich da . . . Dann habe ich den Eindruck, daß du für alle anderen da bist . . . nur nicht für mich. Ich bin eifersüchtig auf ein Kind, auf einen Krebs, auf den Installateur, auf eine Suppe . . .»

Mir blieb die Sprache weg.

«Aber das ist doch für dich! Weil ich dich liebe, muß ich mich um die Kinder kümmern, um die Krebse, um die Installateure und die Suppen!»

«Laß das heute abend alles hinter dir! Ich will dich für mich. Für mich allein. Einverstanden?»

Ich nahm seine Hand. Ich sah sie an, und ich küßte sie.

«Du weißt, wie angenehm das ist», sagte Jean, «aber an was denkst du?»

Ich dachte an Mariette de Stoop . . . an diesen einzigartigen Abend, an dem ich sie gesehen hatte . . . Ich glaube, ich war als erste in ihre Garderobe gekommen. Ich war wie geblendet. Die Tür war offen, die Garderobiere hatte ihr einen Schal über die nackten Schultern geworfen. Sie stand hochaufgerichtet, in einem langen Kleid aus blauem Samt, ein Diadem über der feuchten Stirn, vor Jean und hielt seine Hände. Jean, in dem die gleiche Erregung wogte . . . Sie wandte mir ihre großen, für die Bühne, für eine andere Dimension, ein anderes Abenteuer geschminkten Augen zu . . . der ewiggleiche Blick auf die Menge.

«Geben Sie uns noch einen weißen Nalys», sagte Jean.

Hatten wir schon eine Flasche ausgetrunken? Ich konnte es nicht glauben.

«Also», sagte Jean.

«Also was?»

«An was denkst du?»

«Ich denke an Mariette de Stoop . . .»

«Arme Mariette», sagte er langsam.

Plötzlich war sie da, ganz lebendig. Ich brauchte nur die Hand auszustrecken, um den Samt ihres blauen Kleides zu berühren . . .

Ich sagte: «Sie gehört zu unserem Leben. Zu unserer Liebe . . . Obwohl ich sie verabscheuen müßte.»

«Du hast sie verabscheut?»

«Ehrlich gesagt: nein.»

«Das ist gut . . .»

Ich trinke einen Schluck Wein – verrückt, welchen Mut mir der Wein gibt! – und ich gebe zu: «Es fällt mir schwer, verstehst du, Leute zu verabscheuen.»

«Ich weiß», sagte Jean.

«Aber das hindert mich nicht daran, manchmal . . .»

«Unglücklich zu sein?»

O nein, ich bin nicht unglücklich. Besonders nicht in diesem Augenblick, wo man mir den Fisch zerlegt, wo man mir die Filets mit Soße übergießt, wo man mir diesen gratinierten Kürbis serviert, den nicht ich ausgesucht, gewaschen, gekocht, gesalzen, gepfeffert und zugedeckt habe und bei kleinem Feuer langsam habe ziehen lassen!

Ich sage: «Ich bin trotzdem eine glückliche Frau.»

«Also?»

«Also, das Glück ist voll von Wäschewaschen und Saubermachen.»

Jean senkt den Kopf.

«Ich wäre nicht gern eine Frau geworden», sagte er.

«Ich hätte es auch nicht gern, wenn du eine Frau wärst! Und dann, weißt du» – noch ein bißchen Wein, damit ich wage, alles zu sagen – «habe ich Komplexe!»

«Du?»

«Ja. Mein größter Komplex betrifft die Musik. Viviane, Thomas und du, wenn ihr darüber sprecht, seid ihr wie in einem magischen Kreis! *Mein* magischer Kreis beschränkt sich auf den Umkreis meiner Kochtöpfe.»

«Das ist wunderbar», sagt Jean.

«Was ist wunderbar?»

«Zusammen alt zu werden. Du erzählst mir von so vielen Dingen, die sich ereignet haben, und ich kann es dir gar nicht glauben. Du gleichst so sehr dem jungen Mädchen, das ich an einem Sonntagnachmittag im Konzert kennengelernt habe . . .»

«Das war nicht ich, es war der Admiral! Du hättest den Admiral heiraten müssen!»

«Gefällt es Ihnen? Sind Sie zufrieden?» Der Chef war zurückgekommen.

«Sehr zufrieden», sagt Jean. «Haben Sie vielleicht ein Zimmer frei?»

«Oh, wie schade», sagt der Chef, «ich habe vor fünf Minuten das letzte vergeben!»

«Schade», murmelt Jean, und er streichelt meine Hand und dann meinen Arm – wie zu Hause.

Der Chef verzog sich errötend.

«Du bringst ihn in Verlegenheit! Und außerdem sehen die Leute dich an! Jean, nicht doch, hör auf! Ich bitte dich!»

«Na hör mal, du wirst mich doch nicht daran erinnern, was sich schickt, als ob du meine Mutter wärst!»

«Ich bin deine Mama!»

«Du wirst sehen, was ich mit der Mama machen werde, auf dem Tischtuch und vor allen Leuten!»

Wir benahmen uns richtig unanständig! Niemand wagte mehr, zu uns herüberzusehen, niemand wagte sich in unsere Nähe. Um uns war es leer geworden.

«Das ist die Macht der Erotik», sagte Jean.

Mir ging eine Frage durch mein vom Châteauneuf erleuchtetes Gehirn: «Bis zu welchem . . .»

«Bis zu welchem was?»

«Bis zu welchem Alter, glaubst du, kann man miteinander schlafen?»

Jean dachte tief nach, bevor er antwortete: «Also, sehr begabte Leute . . . bis fünfundzwanzig . . . sechsundzwanzig, vielleicht.»

Ich wieherte vor Freude: «Glaubst du, daß wir so alt werden?»

«Klopfen wir auf Holz!» sagte er. Dann befahl er: «Bringen Sie uns noch eine Flasche Châteauneuf!»

«Noch eine Flasche?» Der Chef war verwirrt. «Eine halbe, vermutlich?»

«Halbe Flaschen kenne ich nicht. Bringen Sie uns einen Château-Fortia 1973.»

«Aber das ist die dritte, Monsieur!»

«Das weiß ich, meine Frau trinkt wie ein Loch!»

Das muß gestimmt haben, denn hier verliert sich der Abend für mich in einem köstlichen Nebel. Mein Gott, wenn ich Papst gewesen wäre, ich glaube, ich hätte meine Tiara oft verkehrt aufgesetzt!

Ich weiß noch, daß wir auf der Terrasse getanzt haben, vor dem Feigenbaum, Jean biß mich ins Ohr und sagte mir unglaubliche Dinge. Es waren nur noch der Chef und das Personal da, die uns mit betroffener Miene zusahen, was mich in unbändiges Gelächter ausbrechen ließ. Es gab einen wunderbaren Nachtisch. Aber was? Unmöglich, mich daran zu erinnern. Ich erinnere mich nur noch an den Satz des Chefs, als wir abfuhren: «Achten Sie auf den gelben Streifen!»

Im Wagen, als wir wieder auf der Autobahn waren, sagte ich zu Jean: «Achtest du auch auf den gelben Streifen?»

«Und ob! Aber da ich nicht weiß, ob man rechts oder links von ihm fahren muß, fahre ich mitten drauf!»

Ich lehnte mich an seine Schulter und schob die Hand unter sein Hemd. Sie hatten alle recht: er hatte keinen Bauch! Ich seufzte leise auf.

«Geht es nicht mehr?»

Oh, doch, es ging! Es ging sogar sehr gut!

«Dumm, daß er das letzte Zimmer vergeben hatte! Aber ich mache ganz schnell! Schließ die Augen, Liebling, wenn du aufwachst, bist du im Bett.»

«In deinem Bett», präzisierte ich.

Wir kamen nach Hause.

«Ich parke den Wagen ein bißchen vom Haus entfernt, damit wir nicht alle aufwecken», sagte Jean mit gedämpfter Stimme.

Die Nacht war frisch, ernüchternd, klar.

Der Mond schien auf die Wirtschaftsgebäude. Grasgeruch hing in der Luft. Ich stolperte über einen Stein und fand mich in Jeans Armen wieder.

Er gab mir einen Kuß, der es in sich hatte! Einen mit Seltenheitswert. Mein Schal rutschte mir von den Schultern. Allmählich kam ich wieder zu Atem.

«Ich habe meinen Schal verloren . . .»

«Laß nur, du wirst noch allerlei andere Sachen verlieren», sagte Jean und löste meinen Gürtel.

«Willst du mich im Garten ausziehen?»

«Ich würde mich genieren!» sagte er und warf den Gürtel auf das Dach eines nicht mehr benutzten Hühnerhauses.

Mein aufgehakter Rock rutschte mir auf die Füße.

«Oh!»

Meine Bluse krachte. Ich sah sicher aus wie eine Schäferin, an der sich ein Landsknecht vergriffen hatte. Schon lange nicht mehr hatte ich einen so zauberhaften Augenblick erlebt. Ich raffte mit einer Hand den Rock hoch, drückte mit der andern meine Handtasche an mich und eilte, trotz meiner hohen Hacken, einigermaßen leicht und anmutig im Laufschritt auf das Haus zu. Jean, der einen Moment überrascht war von meiner Munterkeit, stürzte hinter mir her. Ich überließ ihm meinen Rock in dem Augenblick, als er mich eingefangen hatte. Ich verlor einen Schuh, erklomm die Stufen der Außentreppe und fand mich gegen die Tür gedrückt in seinen Armen wieder.

«Scht», sagte er und öffnete leise.

Alles war dunkel und ruhig. Vorsichtig schloß er die Tür hinter uns.

Ich konnte ihn nicht mehr sehen. Er tastete nach mir, fand mich wieder und hob mich hoch wie eine frisch verheiratete Braut. Meine Handtasche fiel runter, ich hörte eine Menge kleiner Dinge über den Boden rollen.

Jean trug mich die Treppe hinauf.

«Bin ich auch nicht zu schwer?»

«Es geht schon . . .»

«Wenn die Kinder . . .»

«Die Kinder sind einverstanden. Ich hab's mir schriftlich geben lassen!»

Diesmal küßte ich ihn, und ich spürte, wie er zwischen zwei Stufen schwankte. Ich glaubte schon, wir würden gleich die Treppe hinunterstürzen, was ein schöner Tod gewesen wäre, aber Jean holte noch mal tief Luft und beendete seinen Aufstieg im Eilschritt.

Wir betraten das Zimmer, und er setzte mich aufs Bett. Warum sollten wir Licht machen? Ich hörte, wie Kleider zu Boden glitten, und ich dankte meinem Schöpfer und empfing, wie einen Segen, das Gewicht eines Mannes auf meinem Herzen. Aber, in dem Tempel meiner Glückseligkeit ging plötzlich eine rote Lampe an und eine Alarmglocke begann zu schrillen. Irgend etwas war ungewohnt, und ich flüsterte mit erschreckter Stimme: «Es ist jemand im Bett!»

«Hab keine Angst», sagte Jean, «das bin ich!»

«Nein», sagte ich, «da ist jemand anders . . .»

«Bist du sicher?» flüsterte er.

«Sicher!»

«Du bist nicht ein bißchen betrunken?»

«Doch! Aber es ist trotzdem jemand da.»

Ja, es war jemand da.

Ignacio.

«Kuckuck!» sagte der abscheuliche kleine Junge fröhlich.

«Kuckuck! Du wirst schon sehen!» brüllte Jean. «Und überhaupt, was machst du hier?»

«Ich habe Angst», sagte er leise.

«Angst? Angst vor was?»

«In meinem Zimmer ist ein großer böser Fuchs.»

Ich spürte, wie ich langsam wütend wurde. Den letzten Fuchs von Foncaude hatte mein Urgroßvater 1872 geschossen!

«Was soll das Theater? Du gehst sofort heia machen!»

«Nein», sagte er schmeichlerisch, «ich will heia machen mit Ique und meinem Papa!»

Jean knirschte hinter meinem Rücken mit den Zähnen: «Er bringt mich noch zum Platzen!»

Es war wirklich nicht der rechte Augenblick dafür.

Ich nehme allen Mut zusammen und werde sanft: «Ich bringe dich in dein Zimmer, ja, mein Liebling? Kommst du mit?»

«Nein», sagt er fröhlich und nutzt meine Bestürzung aus, um sich zwischen Jean und mich zu drängen.

«Das kann doch nicht wahr sein!»

Jetzt sind wir getrennt durch dieses kleine zappelnde Wesen, das uns mit Fußtritten bedenkt und an seinem Daumen zu lutschen beginnt.

«Das kann doch nicht wahr sein!» wiederholt Jean, und plötzlich übermannt ihn der Zorn, er packt ihn an:

«Du willst nicht ins Bett gehen? Gut, dann werde ich dich reinstecken ins Bett, und zwar im Trab, bitte schön! Und dann . . . AHH!»

Er schreit auf.

«Was gibt es? Was ist los?» rufe ich erschrocken.

«Er hat mich gebissen! Gebissen!» seufzt Jean und hält sich die Hand. «Ich blute!»

Ich glaube zu träumen. Wenn ich Concepcion jetzt in die Finger bekäme, würde ich sie in einem Verlies in Ketten legen, ich würde sie menschenfressenden Ratten ausliefern, ich würde sie auspeitschen . . .

«Böser Papa!»

Das ist zu viel. Wie zwei Thénardier bei Victor Hugo heben wir gleichzeitig die Hand, um ihn zu erschlagen. Aber wir berechnen unseren Schlag falsch und treffen uns gegenseitig.

«Bist du verrückt?»

«Du hast mir weh getan! Was ist los mit dir?»

Es scheint mir, als ob ich den Schlingel lachen höre, und diesmal verfehle ich ihn nicht. Sein Lachen wird zu einem Schluchzen. Und schon antwortet ihm Vivette. Weder

Donner noch Kanonenschlag können sie wecken, aber Ignacios Schluchzer wecken sie sofort aus dem tiefsten Schlaf.

«Scht!» flehen wir.

«Dann bleibe ich», schnieft Ignacio und beruhigt sich sofort.

Ich seufze: «So wie es jetzt ist . . .»

«Was heißt: So wie es jetzt ist?» fragt Jean gereizt.

«Das heißt, was es heißt!»

«Ich bitte dich, sei ein wenig genauer!»

«Gut, das heißt, daß ich keine Lust mehr habe!»

Warum habe ich das gesagt? Erstens ist es nicht wahr, und zweitens verletzt es Jean. Was ist bloß mit mir los?

«Bezaubernd», sagt er, «also, gute Nacht!»

Er dreht mir den Rücken zu, genauer, er dreht Ignacio den Rücken zu und schläft ein.

Er wird sich doch nur verstellen! Wir können uns doch nicht so trennen! Er dreht sich wieder zu mir um, nimmt meine Hand, über dieses trennende Schwert hinweg, das schon wieder zwischen uns eingeschlafen ist . . . Aber nein. Er rührt sich nicht. Er sagt nichts. Verzweiflung überwältigt mich, aber auch Wut und Zorn. Ich murmele: «Ist es meine Schuld? Meinst du das, wenn du mir vorwirfst, ich sei für die Kinder da, für die Suppen, die Installateure, aber nicht für dich?»

Ignacio quiekt. Ich störe ihn.

«Schlaf», sagt Jean zu mir.

Schlaf? Ich will ihm etwas Schlagfertiges erwidern, aber dazu komme ich nicht mehr. Er lacht.

Er lacht?

Wie entsetzlich! Ich zittere vor Pein.

Er lacht.

Es gibt Tage, da wünscht man, man wäre nie geboren.

Das Tier versuchte mich zu erwürgen und wollte mich gleichzeitig in die Schlucht hinabstürzen . . . Ich würde sterben . . . Mit einem verzweifelten Sprung gelang es mir, mich an einem Felsvorsprung festzuklammern . . . Und da wurde ich wach.

Ignacios Fuß lag auf meinem Hals, und ich hielt den Nachttisch wie einen Rettungsring umklammert. Eine Sekunde später, und ich wäre aus dem Bett gefallen.

Ignacio und Jean schliefen friedlich. Ignacio nahm das ganze Bett für sich in Anspruch. Mich hatte er schon fast hinausgeworfen. Mit Jean würde er es schwerer haben. Ich sah nach der Uhr. Es war später, als ich dachte. Gut, das zu wissen. Das warme Refugium unseres Nestes begünstigte offensichtlich den Schlaf unseres jungen Folterknechts.

Ich stand leise auf und ging ins Badezimmer. Mein Kopf war vollkommen leer. Das Wetter war noch schöner als bisher, und in der Ferne hörte ich einen kleinen Esel fröhlich schreien. Ich hielt mich an die bewährten Gewohnheiten: Automatische Bewegungen, Zähne putzen, Haare bürsten, duschen, anziehen . . . aber was dann? Was sollte ich tun? Ich zitterte vor Schreck. Was sollte ich bloß tun? Eine glänzende Idee: Einkäufe im Supermarkt.

Das war's.

Ich ging hinunter und trank in der Küche eine Tasse Tee. Auf der Kommode in der Diele stand ein Korb, gefüllt mit allen möglichen Sachen – ich konnte mich nicht erinnern, ihn dort gesehen zu haben. Ich ging näher hin und griff nach einem großen Kuvert, das obenauf mit Nadeln festgesteckt war. «Fundsachen» stand darauf. Ich öffnete es und las: «Die Direktion, hocherfreut, daß Sie einen schönen Abend verbracht haben, empfiehlt sich Ihnen.»

Es war Albins Schrift, und in dem Korb fand ich alles, was ich im Garten und im Haus hatte fallen lassen, als ich vor ein paar Stunden noch glaubte, im richtigen Alter für die Liebe zu sein.

Also los, zum Supermarkt, das Einkaufen wird mir guttun.

Ich setzte mich ans Steuer meiner Ente und fühlte mich gleich besser. Ich stellte das Radio an, machte es aber sofort wieder aus, weil «Oma» wieder «schwanger» war. Ich hatte wirklich Humor, aber an diesem Morgen durfte man mir nicht zu viel davon abverlangen.

Und ich machte mich auf, um so richtig schön einzukaufen.

Ich stellte die Ente auf dem Parkplatz des Supermarkts ab.

O Schreck! Der Schnurrbärtige vom «Roudoudou-Boot» war wieder da! Er hatte eine Unglückliche in seinem Netz eingefangen. Ich sah, wie sie sich sträubte, aber ich wußte, daß sie verloren war.

Wesen, die Frauen zu sein schienen, kamen herein und gingen hinaus, liefen umher, schoben Wagen, ohrfeigten Kinder, verloren Pakete, hoben Körbe hoch, die so schwer waren, daß es fast über ihre Kräfte ging, verstauten überquellende Kartons in den Kofferräumen der Autos, wischten sich die feuchte Stirn, glitten auf Bananenschalen aus, fielen in den Dreck, schlichen über den flüssig gewordenen Teer . . .

«Ihr, die ihr hier eintretet, laßt alle Hoffnung fahren!»

Wir armen Verdammten, die wir Tag für Tag wie die Danaiden die ewig leeren Mägen unserer Familienangehörigen füllen müssen, für welches Verbrechen müssen wir eigentlich zahlen? Die Danaiden wußten wenigstens warum, sie hatten ihre Gatten getötet. Aber wir, die wir die unsern anbeten, was ist unsere Schuld? Ich betrachtete sie mit Entsetzen: verstört, mit zerzaustem Haar, entstellt von der Angst, nicht rechtzeitig da zu sein. Wo zu sein? Um was zu tun? Weil sie mit der Minute rechnen müssen: die

Milch steht auf dem Feuer, die Waschmaschine könnte überlaufen, der Braten verbrennen . . . Und außerdem muß Jacquot zum Zahnarzt gebracht werden, weil seine Zähne schief stehen, und Mimi zum Rathaus, weil sie unbedingt Majorette werden will und mit dem Gesangsverein probt. Man muß sich beeilen, um sich vom Schulaufseher anschnauzen zu lassen, weil Riri *Die kleine Porno-Illustrierte* im ganzen Gymnasium hat zirkulieren lassen, und dann muß man sich um das Angebot des Tages kümmern, das man sich, laut Reklame, nicht entgehen lassen darf! Gar nicht zu sprechen von dem Allesreiniger, sehr praktisch, und dem Fußbodenpflegemittel, dem geräuschlosen WC-Papier und den Weizenkeimen, Insektenmitteln, Beuteln mit vorgekochtem Reis, den luftdichten Pakkungen und den Wegwerfmülleimern, die allesamt das Leben einer Frau zu einer Kette von freudigen Überraschungen machen sollen!

Scheiße! Ich geh nicht rein!

Seit einiger Zeit schon fahre ich nur so vor mich hin.

Ich weiß nicht, wohin.

Anduze, zweiundzwanzig Kilometer . . .

Anduze . . . Warum nicht? Die Ufer des Gardon, Estelle und Némorin, der überdachte steinerne Brunnen mit den bunten Ziegeln, die mittelalterlichen, mit runden Steinen gepflasterten Straßen, die Wurst . . .

Nein, ich werde keine Wurst kaufen!

Ich mache kehrt . . .

. . . und fahre auf Nîmes zu.

Trauben von Autostoppern stehen am Straßenrand. Sie machen mir Zeichen, anzuhalten. Sie machen mir aber auch angst. Sie haben schreckliche Bärte und Haare, mit denen sie kaum in meine Ente passen würden. Oh! Der da mit den Tigerzähnen an der Kette ist wirklich furchterregend! Der soll nur nicht denken, daß ich anhalten werde. Du hältst an, und plötzlich findest du dich im Straßengraben wieder, verletzt, aufgeschlitzt, den Bauch voller Rollsplitt! Und nachher liest du in der Zeitung, daß es sich um eine tragische Geschichte von falschverstandener Zärtlichkeit handelt, Leute von Rang und Namen sammeln Geld, um dem Unglücklichen, der sich nicht an das Leben in der Besserungsanstalt gewöhnen kann, ein Plüschtier kaufen zu können.

Da, wieder ein Autostopper. Er hat eine kleine, saubere Schweizer Fahne auf seiner Tasche . . . Er dreht sich nicht einmal um. Recht hat er! Ich fahre an ihm vorbei. Ciao!

Und doch muß ich halten.

Ich habe einen Platten . . .

Aber davon weiß der Autostopper nichts. Er kommt im Laufschritt heran: «Vielen Dank, Madame, daß Sie angehalten haben!»

Wenig liebenswürdig sage ich ihm, daß ich nicht seinetwegen angehalten habe, sondern wegen meines Platten.

Noch ehe ich den Satz beenden kann, hat er sich schon in den Staub gekniet. Er findet den Wagenheber, den Ersatzreifen, er schraubt, kurbelt, nimmt auseinander, setzt zusammen. Ich hindere ihn nicht. Wenn er sich nützlich machen will! Ich sitze in der Klemme! Aber ich kann ihn jetzt nicht am Straßenrand stehen lassen . . . Und außerdem hat er keinen Bart, seine Haare haben eine vernünftige Länge, und ehe er den Reifen wechselte, sah er durchaus sauber aus.

Er ordnet sorgfältig die Werkzeuge wieder ein, reißt eine Handvoll grünes Gras aus, um sich die Hände zu säubern, richtet sich auf und wendet sich mir lächelnd zu.

Ich sehe stumpfsinnig vor mich hin.

Es ist ein Jüngling von atemberaubender Schönheit. Wäre er von Michelangelo erschaffen worden – er könnte nicht besser gelungen sein. Und schlügen zwei große rosa Flügel an seinem Rücken – es würde auch niemanden überraschen.

«Es ist repariert», sagt der Himmelsbote mit einem schwyzerdütschen Akzent, der ihn ein wenig menschlicher machte.

Er muß beschränkt sein. Man kann nicht so schön und

gleichzeitig intelligent sein, das wäre ungerecht. Dafür sieht er freundlich aus. Unschuldig sogar. Er muß ein Schwachkopf sein.

Ich danke ihm und fühle mich gezwungen, ihn zu fragen, ob er einsteigen will. Als wir vorn die Tür schließen, gehen die hinteren Türen auf – eine Eigenart der Ente. Ein Wagen, der nur das tut, was er will.

«Gestatten Sie», sagt der Eidgenosse. Ehe man sich's versieht, klemmt er die Türen fest, steigt wieder ein, schließt seine . . . Die Türen rühren sich nicht mehr.

«Er ist repariert», sagt er.

Offensichtlich ein Handwerker.

Schweigend fahre ich los. Nach einiger Zeit wird mir bewußt, daß ich ihn noch nicht gefragt habe, wohin er denn überhaupt will.

«Ganz egal», sagt er, «setzen Sie mich dort ab, wo Sie hinfahren.»

Wo ich hinfahre? Aber ich weiß doch selber nicht, wo ich hinfahre! Ich fahre nirgendwohin!

«Nîmes wäre sehr gut», sagt er. «Von dort komme ich gut nach Le Grau-du-Roi.»

Nach Le Grau-du-Roi? Nach Le Grau-du-Roi, wo ich früher jeden Sommer mit meiner Großmutter war! Nach Le Grau-du-Roi! Was für eine herrliche Idee!

«Wollen Sie nach Le Grau-du-Roi?»

«Ja, Madame.»

«Ich auch.»

Das ist nicht mal eine Lüge, denn ich werde wirklich hinfahren.

«Was für ein Zufall!» sagt er mit seinem Akzent.

Nun steht es fest: er ist blöde.

Aus Höflichkeit frage ich ihn, ob er Schweizer ist. Er sagt ja. Aus Sankt Gallen. Wir fahren schweigend weiter. Was soll ich bloß noch zu diesem Dummkopf sagen? Nach einem Augenblick räuspert er sich:

«Ich bin Philologiestudent», sagt er. «Ich arbeite vor allem über die Semantik des Mittelalters und die höfische Poesie im Vergleich zur provenzalischen Literatur von der Mistralschen Renaissance bis heute. Ich sitze an einer Arbeit über Arbaud. Deshalb bin ich in die Camargue gekommen.»

Ich schäme mich.

«Sind Sie von Sankt Gallen zu Fuß gekommen?» frage ich einfältig.

«O nein, Madame, das wäre zu weit. Erst von der Rhône an. Es war wichtig für mich, zu verstehen, warum man sie den Königsfluß nennt.»

Sieh einer an!

«Kamen Sie von Anduze, als ich Sie aufgelesen habe?»

«Ja, wegen Clara!»

«Clara?»

«Clara d'Anduze, die Minnesängerin des zwölften Jahrhunderts. Ich bin dort gewesen, um ihr zu huldigen.»

Es wäre mir lieb gewesen, wenn Albin und Paul hinten im Wagen gesessen hätten. Was für ein Beispiel für sie, dieser lehrreiche junge Mann! Was für eine Lektion!

Ich schweige jetzt respektvoll. Er erkannte unterwegs alles, was er bisher nur in Büchern gesehen hatte. Der Anblick von Aigues Mortes überwältigte ihn. Ich fuhr langsamer und hielt fast am Fuß der Mauern an, die schon König Ludwig gekannt hatte. Mit seinen blauen Augen, die die Klarheit eines Gletschers hatten, betrachtete er lange den Turm von Constance und murmelte . . .

«Die armen Frauen . . .»

Ich fragte ihn, ob er katholisch sei oder protestantisch.

«Beides, Madame», sagte er schlicht. «Der Bruder

meiner Mutter ist Bischof, aber mein Vater ist Lutheraner.»

Das gelbliche Schilfrohr des Kanals zitterte leise. Der Himmel war klar. Wir waren an Bergen von Meersalz vorbeigekommen und an Sandfeldern, auf denen Wein wächst. Jetzt näherten wir uns Le Grau-du-Roi. Ich war bewegt. Meine gute Oma. Sie war immer schwarz gekleidet und saß strickend am Strand, auf einem Klappsessel, im Schatten eines Sonnenschirms, denn sie mied die Sonne und verschwendete keinen Blick an das Meer. Sie entblößte ihre Arme erst, wenn es Mitte August war, nur ein wenig, aber sie war glücklich, zu sehen, wie ich als kleines Mädchen die Farbe goldgelben gesalzenen Pfefferkuchens annahm.

Der Engel verließ mich vor den Arenen. Er zerquetschte mir fast die Hand aus Dankbarkeit und empfahl sich, nicht ohne mir seinen Namen gesagt zu haben.

Er hieß Werther.

Le Grau-du-Roi . . .

War es heute? War es gestern?

Ich wußte, welcher Tag des Monats war und in welchem Jahr des Jahrhunderts wir lebten, und doch: es blieb immer das Grau-du-Roi meiner Kindheit!

Ich erkenne dich wieder, du fröhlicher Kanal voller Kähne, mit den Kaffeeterrassen zu beiden Seiten und den buntbemalten Fassaden, mit dem süßen Duft von Vanilleeis, der sich mit dem Salzgeruch der sanften Wellen verbindet. Die Rufe der hübschen Brünetten, die Schnecken vom Golf verkaufen und ihre Männer begrüßen, wenn sie vom Fischen zurückkommen, glänzend von Fischschuppen und unrasiert. Die wenig bekleideten Touristen mit den Sonnenbränden. Die beiden Leuchttürme, die das Meer bewachen. Ihr seid das einzige Tor, das Frankreich zum Orient hin öffnet, weil ihr schon der Orient seid. Das Blut der Sarazenen – brutales Blut der Vergewaltigung und des Kampfes, sanftes Blut der verbotenen Idylle im Schatten der Zinnen und Türme – das Blut des Islam vermischt sich hier mit dem Blut der Christenheit. Hier brachen die Kreuzfahrer auf . . .

Zuviel Leute. Zuviel Lärm. Feriengäste, Eindringlinge, Schmeißfliegen, Barbaren. An allen Hotels steht: *Belegt.* Auf den Terrassen, über denen eine Wolke von Knoblauch und Fisch hängt, wird geschubst, gedrängelt und gestoßen. Kreischende Musik ergießt sich aus den Fenstern wie der Pastis in die Gläser . . .

Mir geht es gut.

Ich bin in Le Grau-du-Roi.

Ich steige wieder in meinen 2 CV ein, den ich einen Augenblick abgestellt hatte, um am Kai spazierenzugehen, und fahre am Meer entlang. Am ersten freien Platz halte ich. Genau vor dem Strandhotel. *Belegt* verkündet ein Schild. Natürlich. Aber zu essen wird man mir doch etwas geben! In dem orangefarbenen Licht der Sonnenblenden scheinen es sich die Leute auf der Terrasse schmecken zu lassen.

Ich wage es einfach.

«Aber ja, Madame!» sagt mir ein flinker Kellner, der nicht von hier ist.

«Parkt Monsieur den Wagen?»

«Nein, ich bin allein.»

Jetzt ist er in seinem Schwung gebremst. Er kann mich nicht hierhinsetzen, weil für zwei gedeckt ist. Aber dafür hat er einen sehr schönen Tisch in der Ecke!

Der sehr schöne Tisch ist in Wirklichkeit ein wackliges Tischchen.

«Sie werden sehen, Sie fühlen sich wohl hier», verspricht der Kellner Er klemmt mich buchstäblich zwischen Tisch und Hecke ein. Den Fuß des Tischchens stützt er mit einem alten Rechnungsblock.

So, hereingekommen bin ich, aber ich glaube, herausbekommen wird man mich nur mit einem Flaschenzug!

Am anderen Ende der Terrasse sitzt eine andere einzelne Frau, der es ebenso ergeht wie mir. Sie sieht mich mit schönen lilafarbenen Augen an, und wir lächeln uns schüchtern zu.

Ich habe einen Mordshunger!

Es ist zwanzig vor zwei. Ich werde ein kleines Fest daraus machen, mir ein Festmahl gönnen . . . Zwanzig vor zwei, ich bekomme Gewissensbisse. Ich muß Jean anrufen, damit er sich keine Sorgen macht . . .

«Kann ich telefonieren?»

Der Kellner hebt die Arme gen Himmel:

«Die Leitungen sind gestört! Schon wieder!»

Gut, gut, wenn die Leitungen gestört sind, kann man nichts machen. Das soll mir nicht den Appetit verderben . . . eine kleine Bouillabaisse vielleicht?

Ich hebe das Glas auf das Wohl meiner kurzen Freiheit.

Muscheln fallen in meinen Teller, mit einem Geräusch, als ob es Perlen wären. Genießen wir die Eintagsferien! Gott weiß, was mich heute abend zu Hause erwartet . . .

Plötzlich geht es mir so gut, daß ich traurig bin, sie nicht alle um mich zu haben . . . Wie schön wäre es, wenn wir alle zusammen an einem großen, fröhlichen Tisch säßen! Sie lachen hören, zusehen, wie sie ungewohnte Speisen verschlingen. Mit ihnen auf das Meer zulaufen. Séraphina hat recht, ich bin la Mamma. Ich tauge zu nichts anderem.

Ich trinke, um zu vergessen. Um *sie* zu vergessen. Ich sehe mich um. Aber ich sehe mich nur um, damit ich ihnen von diesem Stück Leben erzählen kann, das ich glaube, ihnen zu stehlen.

Die andere einzelne Frau mit den lilafarbenen Augen rührt langsam in ihrem Kaffee. Sie sieht traurig aus. Trotzdem muß sie tolle Erfolge haben. Wie gern hätte ich so ausgesehen wie diese Frau, wie eine *femme fatale*! Wenn Großvater sie gesehen hätte, hätte er gesagt: «Was wollt ihr? Sie hat das Aussehen einer Heroine! Das ist nicht ihre Schuld. Um solche Frauen spielen sich Tragödien ab . . .»

Als wolle er Großvaters Worte bestätigen, erhebt sich ein Mann, der mir den Rücken zuwandte, und geht auf das Tischchen der Heroine zu. Er verneigt sich und schlägt ihr wahrscheinlich einen Spaziergang oder eine andere Zerstreuung vor, denn sie lächelt und lehnt die Einladung mit einer bezaubernden Kopfbewegung ab. Der Herr ist nicht zufrieden. Er richtet sich auf und geht mit verkniffenem Gesichtsausdruck weg. Yachtbesitzer-Weste, Clubkrawatte, ein Verführer in gehobener Stellung. Ich kann es von meinem Platz aus nicht sehen, aber ich bin sicher, daß er Schuhe aus weißem Wildleder trägt. Er ist feist, rosa und selbstzufrieden, trotz der Abfuhr. Sein männlicher Blick streift mich kaum, schießt aber automatisch einen Pfeil ab.

Mir ist, als schwebe ich über meiner Bouillabaisse, ich höre, sehe, fühle . . . Ich habe meine dunkle Brille aufsetzen müssen, weil das Licht zu grell ist. Menschen promenieren ständig an der Terrasse vorbei. Sie laufen hin und her in ihren Ferien, wie ein Eichhörnchen in seinem Käfig.

Eine vielköpfige Familie erhebt sich und schurrt laut mit den Stühlen. Der Vater, der einen gebeugten Rücken hat, sieht bedrückt aus. Eines der größeren Mädchen schreit auf, sie ist den Tränen nahe und der Pubertät. Die Mutter, blaß, abgekämpft, gibt dem ihr am nächsten stehenden Jungen eine Ohrfeige. Der Schlingel rächt sich, indem er mir im Vorbeigehen seine lange, mit Schokolade beschmierte Zunge zeigt. Mein lieber Kleiner, du hast Glück, daß ich nicht hier bleibe. Ich hätte dir so fürchterliche Gesichter geschnitten, daß du die ganze Nacht wach gelegen hättest!

Wie liebe ich diese Wesen, die mich hier für die Dauer eines Essens am Wasser durchs Leben begleiten und die ich nie wiedersehen werde! Die beiden alten Damen dort, die mit vornehmen Bewegungen ihre Windbeutel verspeisen und so nett und adrett aussehen. Ein Tropfen Watermanblau aus den südlichen Meeren scheint von ihrem Lehrerinnen-Füllfederhalter gefallen zu sein und ihre hübschen weißen Locken gefärbt zu haben. Und dort, der Verführer in gehobener Stellung, der sich auf dem warmen Trottoir eine Zigarette anzündet und, wie ich vermutete, weiße Wildlederschuhe trägt. Er wartet auf die junge Frau mit den lilafarbenen Augen, die sich erhebt, den Tisch verläßt, sich aber dann in den Schatten des Hotels flüchtet. Er wirft sein Streichholz mit ärgerlicher Miene weg.

Ein paar Monstren in Shorts kreuzen vor dem Hotel auf und stellen großzügig ihre Krampfadern, ihre prächtige Behaarung und ihre roten Rücken zur Schau, von denen sich die Haut schält, so daß sie aussehen wie Affenhintern.

Bleibt nur noch das junge Paar, das, die Hände unter dem Tisch, sich seit langem allein glaubt, und das kleine Mädchen mit der Brille, das so tut, als ob es *Tim und Struppi* lese, das aber – es sitzt auf der dritten Stufe des Eingangs – aufpaßt, daß ihm nichts entgeht.

Habe ich das in ihrem Alter auch getan? Habe ich überhaupt jemals gelernt, genau hinzusehen? Ich erinnere mich, daß ich immer mit gesenktem Kopf herumgelaufen bin. Wie schade! War die Welt, waren ihre Bewohner immer so schön wie heute? Ich lasse mir Zeit mit meinem Kaffee. Danach muß ich zahlen und abreisen. Ich werde in die Camargue fahren . . . Halt, ich müßte nach Brasinvers zurückfahren. Ich bin sicher, daß ich den Weg wiederfinden würde. «Der Granatapfelbaum weist dir immer den Weg», sagte Großvater. Die Familie hatte gegen Ende des letzten Jahrhunderts einen Teil des Jagdgebietes gepachtet. Für neunundneunzig Jahre – die konnten noch nicht vorbei sein. Es wäre wunderbar, das Ufer und den Wald wiederzusehen, die das Boot der Heiligen empfingen . . .

Wunderbar . . . aber es sagt mir noch nicht, was ich ihnen heute abend kochen soll. Ich für mein Teil bin satt, aber sie haben keine Bouillabaisse gegessen. Jetzt weiß ich's: Fisch! Ich werde einen schönen Seebarsch mitbringen und Schnecken vom Golf! Auch Muscheln und alles, was zu einer echten korsischen Rouille nötig ist. Dabei bleibt's. Ich trinke meinen Kaffee aus, zahle und gehe.

Aber was ist passiert? Was ist mit mir geschehen? Ich kann mich nicht mehr erinnern!

Ich sitze auf einem Bett, das mit einem lichtechten geblümten Baumwollstoff bedeckt ist. Durch die halboffene Tür sehe ich ein Badezimmer in schimmerndem Blau. Ich war schon drinnen und habe die kleinen Seifenstückchen mit den Empfehlungen der Direktion in der Hand gehabt und das Beutelchen mit dem Badeschaum . . .

Was ist mit mir geschehen?

Ich weiß genau, daß ich mir seit Pauls Geburt nie allein irgendwo ein Zimmer genommen habe . . .

Heute abend werde ich weder mit Jean noch mit Ignacio schlafen.

Ich habe das eheliche Domizil verlassen.

Ich müßte mich schämen. Ich hätte Jean wenigstens um

sein Einverständnis bitten können. Auf jeden Fall hätte ich Bescheid sagen müssen.

Aber nein. Ich bin losgefahren, um einzukaufen. Dann habe ich die Danaiden getroffen und habe mich in Sicherheit gebracht. Dann hatte ich einen Platten, ein Engel hat meinen Reifen gewechselt, ich habe eine Bouillabaisse gegessen in einem belegten Hotel, das dann doch nicht so belegt war, und so sitze ich jetzt hier auf dem geblümten Bett.

Was für ein Abenteuer!

Ich hatte die Rechnung verlangt. Ich wollte aufstehen und sagte: «Wie traurig, abreisen zu müssen . . .»

«Dann bleiben Sie doch hier», sagte der Kellner, «die Meeresluft tut jungen Mädchen gut!»

Ich lachte. Ich glaubte, daß er Spaß machte. Denn Lucien – der Kellner heißt Lucien – schien Wert darauf zu legen, die Gäste auf der Terrasse zu amüsieren. Aber er machte keinen Spaß.

«Madame Paquin», rief er und schob mich auf den Eingang zu, «Madame Paquin! Empfang, bitte!»

Eine junge Frau, erschöpft und blaß unter ihrem Make-up, erschien. Sie war der Typ, der nie schwitzt. Schlank, tadellos zurechtgemacht, gut frisiert, manikürt, Fischerhemd und aprikosenfarbene Hose.

«Was halten Sie von Nummer 12?» fragte Lucien und deutete auf mich.

Sie sieht mich prüfend an, eher beunruhigt als indiskret.

«Madame hat auf der Terrasse gegessen», sagt Lucien, «Haltung bescheiden, Tischsitten perfekt . . .»

«Lucien!»

Madame Paquin ist verlegen. Sie bittet mich, Lucien zu entschuldigen.

«Hören Sie nicht auf ihn, er macht nur Spaß!» sagt sie.

«Aber überhaupt nicht!» gibt Lucien verlegen zurück. «Ich kann sehr wohl die Gäste beurteilen!»

«Das ist genau das, was Sie nicht zu tun haben!»

«Sie sind altmodisch!»

Ich huste diskret.

Sofort wird Madame Paquin wieder Geschäftsfrau und fragt mit einem Lächeln: «Für wie lange?»

Wovon sprechen wir?

«Sie suchen gar kein Zimmer?»

«Aber Sie haben doch keines mehr!»

«Wir *hatten* keins mehr», präzisiert Madame Paquin. «Aber seit heute mittag ist Nummer 12 wieder frei.»

«Und das Schild *Belegt*?»

«Man kann nie vorsichtig genug sein! Übrigens . . . Sie haben keine Kinder?»

Nein, jedenfalls nicht bei mir. Sie atmet auf. Deshalb also das Schild! Sie will die Wahl haben.

«Wir sind leider gezwungen, vorsichtig zu sein», sagt sie und senkt die Stimme. «‹Sie› haben uns das Telefonkabel herausgerissen, ‹sie› haben den Hund von Madame Clairjoye lila gefärbt, ‹sie› haben alle angebrochenen Weinflaschen mit Essig gefüllt! Vom Fernseher gar nicht zu reden, den ‹sie› zu Beginn der Ferien kaputtgemacht haben . . . Jetzt werden Sie sicher verstehen, warum wir alleinstehende Personen vorziehen!»

Müde stimme ich zu. Und sie fährt freundlich fort: «Allerdings wird der Pensionspreis für Sie etwas höher sein. Das ist so üblich. Es ist unser schönstes Zimmer. Erste Etage, Terrasse zum Meer hinaus, Diele, Ankleideraum, Telefon, eingebautes Radio, großes Badezimmer . . . das würde diese Summe ausmachen», sagt sie und reicht mir verschämt die Karte des Hauses, auf die sie eine Zahl geschrieben hat.

Für das, was geboten wird, ist es nicht teuer. Von meinem geblümtem Bett aus sehe ich ein kleines Segelschiff auf den Kanal zufahren. Man sieht nur den oberen Teil der Segel, ein verkürztes Dreieck, das hinter der Mole dahingleitet wie eine bewegliche Zielscheibe auf dem Jahrmarkt . . .

Und ich bin hier in Le Grau-du-Roi, ich unwürdige Mutter, entflohene Gattin, desertierte Hausfrau . . .

In Le Grau-du-Roi. In Le Grau-du-Roi . . .

Das Läuten des Telefons weckte mich.

«Die Leitung ist wieder in Ordnung», sagte eine Stimme. «Möchten Sie noch telefonieren?»

Ich wußte nicht mehr, wo ich war, wer ich war. Mit schwerem Kopf betrachtete ich das in rötliches Abendlicht getauchte Zimmer und das zerwühlte Bett, auf dem ich eingeschlafen war . . . Da fiel es mir wieder ein!

Was wird Jean mir für einen Krach machen! Ich muß zugeben, ich bin etwas zu weit gegangen . . . Fahnenflucht nennt man das, was ich gemacht habe. Gut. Aber ich hatte meine Gründe. Ich konnte einfach nicht mehr. Über Jean kann ich nur lachen! Er merkt es nicht einmal! Er ist wie alle Männer. Sie glauben, daß Frauen immer mit allem fertig werden. Sie glauben, daß unser guter Wille unerschöpflich ist. Ich würde die gern mal an unserer Stelle sehen!

Ich habe Angst. Ich habe Angst vor Monsieur. Vor Papa. Vor dem Patrone. Vor dem Ehemann. Vor dem Mann, dem Boss, dem Kerl, dem Führer.

Vor Jean.

Ich habe Angst. Ich sitze hier vor dem Telefon und habe Angst, geschlagen zu werden.

Er wird schön schreien!

Und er hat geschrien.

«Meine Geliebte!» schrie er freudig.

Sie sind wunderbar! Du glaubst, alles über sie zu wissen, du sagst, sie sind egoistisch, zerstreut und gleichgültig, und es stimmt. Aber du vergißt, daß sie uns lieben und daß diese Liebe manchmal brennend und heulend aus ihnen hervorbricht wie der Dampfstoß einer Lokomotive. Ach, ihr werdet uns immer wieder überraschen, und ihr wißt das.

Kein Wort des Vorwurfs! Kein Ausfragen. Kein Streit. Weil alles gut ging . . . Weil alles gut war.

Ich hatte keine Angst mehr. Aber ich hatte Lust, nach Hause zu fahren. Ich sagte es ihm. Er spottete über mich. Es war köstlich.

«Also, dann komm du doch wenigstens hierher.»

Er fing an zu lachen: «Ich kann nicht. Ich habe meine Milch auf dem Herd.»

Ich staunte: «Aber du magst doch gar keine Milch?»

«Ich nicht, aber Vivette.»

Wie, *er* machte also Vivette das Fläschchen? Wo waren denn die andern?

«Sie sind alle im Schwimmbad. Sie kommen erst heute abend zurück. Ich mache ihnen einen schönen Salat, gekochten Schinken und Pasteten.»

Ich schwieg.

«He?» sagte Jean am Ende der Leitung. «Bist du noch da?»

Ich wand mich wie eine Schlange, die versucht, sich von ihrer durchsichtigen, abgestorbenen Haut zu befreien.

«Schalte doch ab», sagte Jean sanft.

«Aber ihr braucht mich!»

«Genau.»

Ja, natürlich, er hatte recht. Er nahm meine Flucht besser hin als ich selbst. Er tat noch mehr: Er bot sie mir sogar von sich aus an!

Oh! Jean, du liebst mich, du gibst mir das Leben, du weißt besser als ich . . .

Wie hast du verstanden? Alles ist plötzlich so einfach.

Ich hörte ihm zu, und ich fühlte mich sanft in einem Fluß des Vergessens treiben, weit von den Ufern Foncaudes entfernt . . . Ich wunderte mich schon nicht mehr, daß ich alles normal fand, daß ich keine Gewissensbisse hatte. Kurz bevor er auflegen wollte, fragte er mich, ob man die Pasteten in kaltes oder warmes Wasser lege. Ich rief: «Kochend!» Und ich rief: «Ich liebe dich!» Er wiederholte: «Kochend!» Und er wiederholte: «Ich liebe dich!» Und ich legte den Hörer auf. Ich war nicht traurig.

Jetzt bin ich Pensionsgast.

Am Abend, beim Essen, bin ich nicht mehr Laufkundschaft wie am Mittag. Ich fühle mich stärker unter dem Schutz von Lucien. Er geleitet mich freundlich zu meinem Tischchen, und es scheint mir, daß er mich etwas weniger in die Ecke quetscht.

Das kleine Mädchen sitzt wieder auf seinem Posten, zwischen Türflügel und Lorbeerbaum, auf der dritten Stufe, ihren *Tim* als Alibi in der Hand. Sie sitzt da und beobachtet. Wer ist dieses kleine Mädchen, das immer allein ist und niemals zu essen scheint? Ich versuche, ihre Aufmerksamkeit zu erregen, indem ich ihr einen Gruß zulächle, aber sie sieht ostentativ in eine andere Richtung und tut so, als ob sie liest.

«Heute abend haben wir als Vorspeise Muscheln in Sahne oder Aalsuppe», verkündete Lucien, indem er mir die Menükarte reichte. Dann neigte er sich zu mir, um mir ins Ohr zu flüstern: «Seien Sie vorsichtig mit den Muscheln. Sie sind nicht ganz so . . .»

«Nicht ganz so was?»

«Nicht mehr ganz so!»

Als ich ihn begriffsstutzig ansehe, erbarmt er sich meiner: «Sie gehen nicht oft aus, nicht wahr? Also, zögern Sie nicht: nehmen Sie die Suppe und einen Entrecôte mit Kräutern aus der Provence wie in Tréport!»

Ich finde ihn entzückend, diesen Jungen! Ich wiederhole: «Nicht mehr ganz so? Was wollen Sie damit sagen?»

«Wenn ich Sie daran riechen ließe, würden Sie die Frage nicht mehr stellen!»

Ich lache noch, da begegnet mein Blick dem der schönen lilafarbenen Augen. Sie sitzt mir gegenüber. Auch das unheilvolle Geschöpf genießt Luciens Schutz. Sie bekommt die Aalsuppe! Es ist amüsant zu sehen, wem er die Muscheln andreht. Der Verführer in gehobener Stellung hat einen riesigen Teller vor sich stehen, und die vielköpfige Familie fast einen Waschkessel . . . Ich verdächtige Lucien, einen Teil der Gäste loswerden zu wollen. Der kleine Junge, der mir mittags die Zunge herausgestreckt hat, schneidet mir eine fürchterliche Grimasse. Mich packt der Ehrgeiz, mit ihm zu wetteifern, als ob ich genauso alt wäre wie er. Ich lasse drei kleine Krüstchen in meiner Suppe schwimmen und blicke ganz harmlos drein. Ich warte nur den Augenblick ab, wo niemand zu mir hersieht . . . Wieder schneidet mir der kleine Lümmel eine Fratze . . . Der Arme! Ein Anfänger! Jetzt geht's los, niemand achtet auf mich, und ich zahle ihm seinen freundlichen Gruß heim, diesem frechen Bürschchen. Einen Augenblick lang ist er wie versteinert. Dann kommen ihm die Tränen. Er zeigt mit dem Finger auf mich: «Die Frau! Die Frau da!» ruft er mit zitternder Stimme und klappernden Zähnen.

Die Eltern sind erstaunt und werden dann ärgerlich. «Die Frau, die Frau! Was heißt das, ‹die Frau›? Was ist das für eine Art, wegen nichts und wieder nichts zu weinen?»

Für nichts? Hat die eine Ahnung! Ich wundere mich, daß er keine Krämpfe kriegt.

Das kleine Mädchen wirft mir einen anerkennenden Blick zu, Lucien gluckst vor Lachen.

«Sie bekommen zwei Stück Kuchen», sagt er zu mir. «Das ist der Strolch, der das Telefon kaputtgemacht hat. Außerdem hat er durchs Fenster auf die alten Engländerinnen gepinkelt. Glücklicherweise sind sie taub!»

Taub? Ich sehe den Zusammenhang nicht . . .

«‹Raining in the sun, my dear Susan!› Aber hören Sie, mit Ihrer Begabung fürs Grimassenschneiden könnten Sie es zur Meisterschaft bringen!»

Ich muß zugeben, daß ich ziemlich stolz auf mich bin. Am großen Tisch kommt es zu einer allgemeinen Abrechnung. Ein wenig zu heftig für meinen Geschmack. Ich würde am liebsten hingehen und die Verteidigung meines Gegners und Konkurrenten übernehmen.

«Je weniger Sie sich einmischen, um so besser für Sie. So ist es doch immer. Diese Leute schnauzen sich dauernd an. Sie schreien. Sie weinen. Sie ohrfeigen sich. Ein Glück, daß Sie nicht unter ihnen wohnen! Trotzdem schließen Sie am besten Ihre Tür ab, wenn Sie ausgehen. Das junge Paar auf Hochzeitsreise hat am ersten Abend einen Fisch im Bett gefunden. Wenn Sie das Geschrei gehört hätten! Die junge Ehe wäre beinahe in die Brüche gegangen. Ah, da kommen meine Lieblinge! O my darling! O my darling . . .»

Da sind keine Erklärungen nötig: es sind die beiden alten Engländerinnen. Sie haben die Hautfarbe eines Majors, der aus Indien zurückgekommen ist, ihr Haar ist spärlich und sieht aus wie Moos, der Gang ist forsch, das Lächeln verzückt wie das eines Reisenden, der endlich in seinem

Paradies angekommen ist. Sie tragen schreckliche Brokatblusen, die mit Halsketten und leichten Schals überladen sind.

Rule Britannia!

Sie begrüßen zuerst ein nicht sichtbares, schüchternes Wesen unter dem Stuhl der alten Madame Clairjoye – ihren Hund. Er ist fuchsienrot. Dann begrüßen sie Madame Clairjoye. Dann Lucien. Dann alle. Sie sprechen laut. Lucien noch lauter. Es müssen mindestens 70 Phon sein:

«Did you enjoy with horses?»

«Oh! Lovely, gorgeous, marvellous!»

Lucien, der ihre Gewohnheiten kennt, hat ihnen bereits zwei kräftige Pastis serviert und eine Flasche Rosé kaltgestellt. Nicht nur die frische Luft ist verantwortlich für ihren rosigen Teint . . . Sie schlürfen den Pastis.

«Delicious!»

Morgen, bei Tagesanbruch, fahren sie mit den Fischern aufs Meer.

«Wonderful holidays!» Sie sind glücklich!

Ich auch.

Wonderful holidays!

Seit meiner Kindheit hat sich das abendliche Ritual in Le Grau-du-Roi nicht verändert.

Des Urlaubers bemächtigen sich die gleichen Naturgesetze wie früher, sobald er mit seinem Nachtisch, Pfirsich in Weinsoße oder seiner Karamelcreme, fertig ist, er geht zum Hafen, zum Kanal, zum Kai, der für Autos verboten ist, irgendwohin, wo etwas geschieht.

Was denn? Ja, um das zu erfahren, geht man nachsehen.

Und die Gruppen, die Paare, die Familien eilen durch die kleinen, spärlich beleuchteten Straßen. Sie laufen fast. Und ich, die Einzelgängerin, finde den Weg wieder, und ich weiß, daß man bis zur Hebebrücke laufen muß, dann fängt ganz plötzlich die Zeremonie an. Dort hört man auf zu laufen, und jeder paßt sich dem Rhythmus der Prozession an. Mit schlenkernden Armen geht man umher, betrachtet sich gegenseitig, sieht die Schaufenster an, die Schiffe, die Terrassen, auf denen getrunken, gegessen, geraucht und gelacht wird. Man steht Schlange beim Chi-Chi-Fregi, man drängelt sich vor der Fröhlichen Auster ... Selten schwimmt einer der Pilger gegen den Strom. Das ist wie ein Irrtum, ein Unfall, das gehört sich nicht, wird nicht gern gesehen, und wenn man es einmal gemacht hat, hat man keine Lust mehr, es noch einmal zu versuchen.

«Opium!
Im Hafen von Saigon ...»

Eine kratzende Schallplatte zieht mich in die Boutique Orientale ...

«... eine chinesische Dschunke
Geheimnisvoll und verstohlen
Ihren Namen kennt man nicht ...»

Es riecht nach Räucherstäbchen, künstlichen Muscheln, mystischem Gras, das in Bronzevasen schwelt, nach zerknitterten Kleidern, die aufgehängt sind wie Blaubarts Frauen ...

«Opium!»

Ich kaufe ein superkurzes Nachthemd, eine japanische Zahnbürste, ein paar Toilettеartikel und Schönheitsutensilien und werfe alles in eine Basttasche, die nach Safran riecht.

Die Menschenflut nimmt mich wieder auf, stößt mich sanft vorwärts. Wenn diese Menge ein Lied anstimmen würde – mich würde es nicht wundern. Die Nacht ist schrecklich laut, schreiend wie die Neonlampen und die Lichter. Ein Kind hält eine Muschel ans Ohr. «Ich höre es!» sagt es und staunt mehr über das eingefangene Meer als über das richtige zu unseren Füßen.

Der junge Ehemann streift einen Ring, der die grüne Farbe der Meereswogen hat, über den Finger seiner jungen Frau, die so erschreckt war über den Fisch.

«Dir werd ich den Arsch versohlen!»

Auf diese ordinäre Bemerkung hin drehe ich mich verletzt um. Aber es ist nur ein gutmütiger Familienvater in Hemd und schlecht sitzenden Shorts, der versucht, seinen starrköpfigen Bengel ein bißchen zu erziehen.

Plötzlich laufen drei laut lachende Mädchen gegen den Strom der Pilger an. Sie tragen Jeans, die kunstvoll ausgefranst und mit gläsernen Topasen und Smaragden beschlagen sind. Ihre Fingernägel sind blau oder grün. Sie riechen nach Feuer, Moschus, Freiheit, und die, die gegen mich stößt, hat einen heißen Körper, als ob sie die ganze Hitze des vergangenen Tages in sich aufgesogen hätte.

«Sieh dir das an! Was für Manieren!» zischt eine Frau ihrem Mann zu, der unterwürfig mit dem Kopf nickt.

Ja, sie haben schlechte Manieren.

Ich würde sie gern wiedersehen.

«Alicette! Gib mir die Hand, sonst fällst du noch hin!»

Le Grau-du-Roi hat das Geheimnis der Omas bewahrt. Hier trifft man sie noch, ganz in Schwarz gekleidet, wie in meiner Kindheit. Alicette wird acht oder neun Jahre alt sein. Sie ist eine fürchterliche Göre, über und über mit albernem Schmuck behängt. Sie trägt mehr Medaillen als ein Kriegsveteran am Ohrgehänge, wie eine Kassiererin auf dem Jahrmarkt.

Sie verhandelt gerade mit ihrer Großmutter: ihre Hand deutet auf ein Fruchteis.

Oma gibt nach.

«Ein doppeltes!» bestimmt die schreckliche Alicette.

Die Prozession endet vor den Kinoplakaten.
Diese Woche: *Die Tatze auf dem heißen Blechdach*
Demnächst in diesem Theater:
Im Garten der wilden Lüste

«Oma», fragt Alicette, «gehen wir auch mal ins Kino?»

«Wenn du schön brav bist», antwortet Oma.

Ich glaube, ich werde mir auf der Terrasse des Café de Paris einen Mandelmilchsaft leisten, um mich zu erholen. Säulen à la Baltard, weißbemalt, wie in Badeorten üblich, schmiedeeiserne Ranken und Winden, geschliffene Glasscheiben, kleine Marmortischchen auf gewundenen Beinen . . . Unwillkürlich denkt man an die Zeit zurück, als der Absinth den Zucker im durchbrochenen Löffel zergehen ließ. Auf einem Podium hämmert eine fröhliche alte Dame, eine spanische Stola mit Seidenfransen über den Schultern, auf einen Flügel ein.

«Wenn du schön brav bist . . .»

Was heißt das eigentlich: «schön brav sein»?

Als ich klein war, antwortete man mir, wenn ich nach Onkel Sabin fragte, immer: «Er ist nicht brav gewesen.»

Also hatte ihn der liebe Gott natürlich bestraft. Der liebe Gott hatte ihn sehr früh zu sich gerufen. Ich fand, daß mein Onkel, in Anbetracht der vielen Ablenkungen, die der liebe Gott hat, ausgesprochenes Pech hatte. Er hätte sich seine Notizen doch auch an einem andern Tag machen können. Aber nein, er mußte gerade auf die Dummheiten meines Onkels stoßen! Wie schade. Er war so schön gewesen . . .

Armer Sabin. Armes Onkelchen. Weißt du, was wir machen, Onkelchen? Wir gehen heute abend zusammen aus. Entschuldige, ich will es genauer sagen: ich werde dich ausführen! Ich bin deine Urgroßnichte Ludovique und fünfundfünfzig Jahre nach deinem Tode geboren. Also gut, heute abend führe ich dich aus. Ich habe für dich ein

Zauberstäbchen gekauft, in dem du die Dosis einer unbekannten Droge finden wirst, die dein Leben verändert hätte. Nur ein kleiner Stich, der nicht mal weh tut. Ein Wespenstich ist schlimmer.

Du bist geheilt.

Du bist schön, Sabin.

Du bist in der Blüte der Jahre. Die Welt wird dir gehören. Die Pferde stampfen im Hof. Sie sind vor grüne Wagen gespannt, auf deren Seiten goldene Lettern gemalt sind:

Fons Calda
Sources Merveilleuses de
Foncaude
Société des Bains
Campredon & Frères Ltd

Die Pferde stampfen, bevor sie zu dem neugebauten Bahnhof traben, um die vornehmen Kurgäste abzuholen, die aus der ganzen Welt kommen, mit Koffern voller Eitelkeiten. Sie kommen wegen des Wassers, natürlich – der kleine Kristallbecher steckt in Körbchen aus Schilf oder Leder –, aber sie kommen auch deinetwegen, Sabin Campredon, wegen des schönen Junggesellen aus Septimanien. In den Schatten des schönen Foncaude umfaßt du die schlanken Taillen der Schönsten, gehst mit kleinen Schritten mit ihnen durch die Alleen, ihre getüpfelten Reifröcke schwingen, die seidenen Sonnenschirme spenden Kühle, die Westen sind mit Fransen besetzt, Taft knistert wollüstig, und die Hände sind feucht in den Handschuhen . . .

Du wirst uns reich machen! Du verschickst dein Quellwasser durch ganz Europa. Und sogar bis nach Amerika. Missis Ferguson, dieses bezaubernde Vorbild für alle, mag es nicht mehr missen. Dein Foto erscheint im *Gaulois*. «Die Quelle, die dem öffentlichen Wohl dient», hat der Präsident der Republik gesagt. Man spricht davon, daß die Königin von Italien einen Besuch plant! Sieg, Onkelchen! Mach weiter, du bist reich und berühmt! Wir führen den großen Schlag, und unsere Pferde sind stolz auf uns.

Halt, ich träume.

Du auch, du hast auch viel geträumt. Und du mußtest einen vergifteten Kuß teuer bezahlen. Du bist in der Blüte der Jahre gestorben, in Schmerz und Verwesung. Später wurde nur noch flüsternd über dich gesprochen. Aber ich werde dir etwas Erfreuliches sagen: es gibt die Verjährung, mein Bruder. Heute abend nehme ich dich bei der Hand und führe dich aus der Hölle der Familie. Wenn du wüßtest, wie die Moral sich mit den Fortschritten der Wissenschaft verändert hat! Jetzt ist die Liebe . . .

«Gestatten Sie, daß ich Ihnen eine Erfrischung anbiete?»

Diese alberne Stimme kann doch unmöglich dem Onkel gehören!

Der Verführer in gehobener Stellung! Er steht leibhaftig in seinen weißen Wildlederschuhen vor mir.

Was für ein Erwachen!

Ich lehne ab, genau wie die junge Frau mit den lila Augen: höflich, aber bestimmt.

Er geht mit dieser selbstgefälligen Miene weg, die ihm eigen ist, und die er sicher auch in den schlimmsten Niederlagen bewahrt.

Er hat mir die Freude an meiner Mandelmilch verdorben!

Aber es ist trotzdem schön auf dieser Terrasse.

Die Pianistin quält sich fröhlich mit dem *Boléro* von Ravel herum und findet sich nach einem kühnen Sprung in *Funiculi Funicula* wieder. Anspruchslose Badeortmusik. Vier alte Männer in meiner Nähe spielen auf einem vom langen Gebrauch fettigen Teppich Karten. Sie sprechen provenzalisch, und die magische Sprache beschützt sie, entzieht sie der Grobheit und dem Lärm. Es ist dreißig Jahre her, daß ich mit Großmutter hierherkam. Damals gab es die gleichen vornehmen Herren in Le Grau . . . Ist das dreißig Jahre her? Aber was erzähle ich denn? Es ist vierzig Jahre her!

«Es ist vierzig Jahre her!»

Ich habe laut gesprochen, fast geschrien.

Die alten Spieler sehen mich an, zwinkern einander zu – ja, es gibt schon Verrückte hier! Der, der mir den Rücken zuwendet, legt seine Karten hin.

«Parlo souletto!» sagt er, und alle lachen. Aber ihr Lachen wird übertönt von einem anderen Gelächter. Der Verführer hat die Mädchen in den Jeans eingeladen, und sie lassen sich gerade mit großem Getöse nahe bei meinem Tisch nieder. Die alten Männer verstummen. Die Sünde in Gestalt der Mädchen mit der feinen, bronzefarbenen Haut hat auf der Terrasse Platz genommen. Man mißbilligt, aber man toleriert es. Die Spieler wenden sich wieder ernst ihren Karten zu. Das Mädchen, das mich vorhin geschubst hat, hat rotes, wirres, krauses Haar. Sie macht es sich in dem Korbsessel bequem. Ihr Nabel ist ein schöner Stern genau in der Mitte zwischen ihren mit Steinchen besetzten Jeans und der Bluse, die fast bis zu den goldfarbenen Brüsten offensteht. Alle drei tragen hochhackige Schuhe.

Alles wird staunen, wenn sie die ausziehen. Sie sind sehr jung, und ihre Augen leuchten auf, als der Kellner Bananasplits von dreißig Zentimeter Höhe vor sie hinstellt. Sie stürzen sich ausgelassen auf ihre Drinks und lachen vor lauter Freude unter ihren Creme-Chantilly-Schnurrbärten.

Das Klavier schweigt.

«Schick! Oma ist schwanger!» singt Pierre Perret, und wie beim Pailladenfest singt die Menge im Chor die einzelnen Strophen und den Refrain mit. Auch die Mädchen singen mit vollem Mund begeistert mit. Der Verführer redet dumm daher und erzählt von dem tollen Leben an der Costa Brava, wo er letztes Jahr war. Aber sie hören ihm überhaupt nicht zu, sie sind zu sehr mit ihren Leckereien beschäftigt. Ich höre auch nicht zu, weil ich zu sehr damit beschäftigt bin, ihnen beim Schlecken zuzusehen. Während sie mit Löffel und Strohhalm spielen, beobachten sie den Strom der Pilger.

«Oh! Dieser Typ da, der ist ja toll!» schreit plötzlich die Kleinste, eine Brünette mit blau-lila Lidschatten.

Mit ihrem Löffel weist sie ihre plötzlich sehr wachen Freundinnen auf einen Punkt in der Menge hin.

«Toll!» wiederholt die Rothaarige und lutscht hingebungsvoll an ihrem Strohhalm.

Die dritte gibt sich damit zufrieden, leise zu fauchen.

«Wollen wir uns nicht zum Kasino de La Grande-Motte aufmachen?» schlägt der unglückliche Kavalier vom Dienst vor. «Das wäre doch lustig, nicht wahr?» fügt er mit aufgesetzter Fröhlichkeit hinzu.

Niemand antwortet ihm. Er senkt den Kopf. Ich würde den Gegenstand ihrer Wünsche zu gern sehen, muß mich aber für den Augenblick damit begnügen, sein Näherkommen auf ihren Gesichtern zu verfolgen. Der Verführer sieht enttäuscht aus. Er betrachtet seine schönen Schuhe. Offenen Mundes, die falschen Wimpern flatternd, die Brust wogend, verfallen die Mädchen in eine Art Ekstase. Der Gegenstand nähert sich. Sie sind am Rande einer Ohnmacht . . .

Ich will ihn auch sehen! Ich wende mit einem Ruck den Kopf.

«Na, so was!» sagt Werther. «Ich dachte schon, Sie sehen nie mehr zu mir her. Ich mache Ihnen schon seit einer Ewigkeit Zeichen! Guten Abend, Madame.»

Seien wir ehrlich, Oma war sehr stolz auf diesen Theatereffekt.

Ich fragte Werther, was er trinken wolle.

«Ein Glas Milch», sagte er, während alle ihn anstarrten.

Er war zufrieden. Er hatte eine Gruppe Studenten ausfindig gemacht und zeltete mit ihnen hinter dem Leuchtturm von l'Espiguette. Morgen wollten sie nach Saintes-Maries fahren.

«Ich habe einen Jungen aus Christchurch getroffen, der auch Philologe ist. Er hat Arbaud ins Englische übersetzt. Das ist eine wichtige Begegnung für mich.»

Ungeniert und staunend hören die Mädchen uns zu, sie ließen ihn nicht aus den Augen.

«Bei den vielen Touristen ist es schwierig, die wahre Camargue zu sehen, aber ich glaube, daß es mir gelingen wird. Mistral hat gesagt, daß er sich all diesen Barbareien und sogar der Zivilisation widersetzen könnte . . . Schmeckt gut, die Milch!» fügte er mit einem bezaubernden Lächeln hinzu.

«Werther!» riefen kehlige Stimmen. Inmitten einer Gruppe von jungen Leuten hob eine blonde Riesin, die in *Rheingold* hätte mitsingen können, den Arm.

«Ich komme!»

Er trank sein Glas Milch aus und entschuldigte sich, daß er sich so schnell wieder verabschieden müsse.

«Sie werden doch sicher noch nicht abgereist sein, Madame, wenn ich übermorgen wiederkomme? Ich muß Ihnen von meiner Begegnung mit der Bestie von Vaccarès erzählen!»

Er drückte mir die Hand wie ein Holzfäller und lief seinen Kameraden im Laufschritt nach.

Die Bananasplits waren in den silbernen Kelchen zerlaufen. Die drei Mädchen sahen mich neidisch an, während ihr unglücklicher Rattenfänger mürrisch nach der Rechnung schielte.

Ich ließ ein reichliches Trinkgeld zurück und erhob mich mit einem Bühnenlächeln.

Ich ging durch die Kulisse des Hafens, durch finstere kleine Gassen, die auf den beleuchteten Kai führten. Diebische Katzen zankten sich an umgestoßenen Mülleimern um eine Fischgräte. Scharfe Gerüche, schwindende Geräusche des Festes . . .

«Morgen wird es wieder schön», sagte eine Stimme im Schatten.

Ein Kind rief: «Mama!» Und ich fuhr mitten in der Nacht aus dem Schlaf hoch.

Wer rief nach mir? Wer war krank? Wer hatte Angst? Wer brauchte mich?

Dann kam die Erinnerung wieder.

Niemand brauchte mich.

Ich war allein.

Ich hatte für keine Seele zu sorgen.

Nur für meine eigene . . .

Glücklich schlief ich wieder ein.

Freiheit.

Geliebte Freiheit.

Kann Freiheit denen teuer sein, die den Zwang nicht kennen?

Feiere ich dich nicht deshalb mit so viel Jubel, Freiheit, weil ich dich gerade erst entdecke?

Ich weiß, an diesem Strand meiner Kindheit, den ich nie verlassen möchte, wird mich keine Stimme rufen. Kein Befehl wird mich erreichen in diesem lauwarmen Wasser, aus dem ich nie herauskommen möchte, keine Glocke wird das Ende meiner Ferien einläuten.

«Komm schnell! Lauf nicht so! Komm her! Wir fahren nach Hause! Beeil dich! Trink nicht so schnell! Zieh dir etwas an! Antworte! Schrei nicht! Ich spreche mit dir! Sei still!»

Es kam ein Tag, an dem diese Worte, gegen die ich mich in meiner Kindheit auflehnte, meine eigenen Worte wurden. Diese Worte, die den, der sie ausspricht, ebenso terrorisieren wie den, dem sie gelten. Diese Worte, die immer noch an diesem Strand gerufen werden, von Omas, Mammis, Mamas, Tanten . . .

«Der liebe Gott wird dich bestrafen!»

Sieh doch! Wie Onkel Sabin, der auch nicht brav gewesen war!

Aber in was mische ich mich da ein?

Ich bin heute frei!

Ich habe ein Duftschaumbad genommen. Ich habe ein vortreffliches Frühstück, das ich nicht selbst vorbereiten mußte, im Bett genossen. Du schöner Tag ohne Einkaufen, ohne Küche, ohne Spülen, ohne Haushalt, ich schwebe mit Wonne über dir!

Ich bin sehr weit gelaufen, am Strand, in der Hoffnung, die Einsamkeit zu finden. Aber es gibt keine einsamen

Stellen mehr an der halbrunden Bucht zwischen Le Grau-du-Roi und Port-Camargue. Ich muß mich an diese Menge gewöhnen, an diese Pilger an den Ufern des Ganges. In der Ferne scheinen die weißen Pyramiden von La Grande-Motte über uns zu wachen, ein Atlantis, wiederauferstanden aus dem Wasser und der Zeit, eine Fata Morgana in der vibrierenden Luft. Spielzeugschiffe kreuzen in der Nähe. Pilger, deren Knie das Wasser umspielt, gehen langsamen Schrittes auf sie zu. Es ist der Vorgarten des tiefen Meeres, wo man plötzlich schwimmen, tauchen, verschwinden kann.

Um die Mittagszeit geraten die Familien in Bewegung. Man ruft, man läuft, man sammelt die Kinder ein. Es ist die geheiligte Stunde des Mittagessens. Die dicken Bäuche werden wieder einmal gefüllt. Alicette will nicht aus dem Wasser kommen, Riri weint, Nono stampft mit dem Fuß auf. Aber niemand kann sich dem Schmorbraten entziehen, der sie schnarchen machen wird bis 4 Uhr, und der Ratatouille, die ihnen während der Schwimmstunde wieder hochkommt. Kinder und korpulente Damen entfernen sich vom Strand. Dänen beißen in saftige Gurken, Deutsche trinken Rosé aus Flaschen, große schlanke braungebrannte Mädchen kommen von den Dünen und laufen mit Schnüren und Briefmarken bekleidet aufs Meer zu.

Ob das der Merry-Look ist?

Mauricette hat heute morgen versucht, mir einen zu verkaufen. Mauricette ist die mit dem roten struppigen Krauskopf, die gestern abend im Café de Paris war. Sie führt die Boutique ganz in der Nähe des Hotels, zum Meer hin, wo man dies und das kaufen kann.

«Na, so was!» hatte sie gesagt, als sie mich heute morgen in ihr Geschäft kommen sah.

Ich wollte einen Badeanzug.

«Nehmen Sie einen Merry-Look», hatte sie mir geraten. «Die sind einfach toll!»

Ich verstehe: einer, in dem man zwischen zwei Gendarmen enden würde!

Ich wollte einen einteiligen Badeanzug.

Sie war entsetzt. Einen einteiligen Badeanzug? Da mußte man ja mindestens bis nach Nîmes oder Montpellier fahren, um so ein Ding zu finden. Gut, also, wenn ich keinen Merry-Look wollte (was aber bestimmt falsch war!), würde sie nachsehen, was an Zweiteilern vom letzten Jahr übriggeblieben war.

Darum also sind meine Brüste und mein Po jetzt mit orangefarbenen Enten bedeckt! Ich hatte mich für diesen Anzug entschieden, nicht weil das Muster mir gefiel, sondern weil er etwas mehr Stoff hatte als die anderen Modelle.

«Darin wirken Sie gedrungen», sagte Mauricette streng. «In einem Merry-Look in Tabak oder Kürbis mit einer hübschen goldenen Kette um die Hüften hätten Sie toll ausgesehen!»

Jeans-Anzüge, mit Glasperlen, wie der ihre, hingen an den Kleiderständen. Sie folgte meinem Blick.

«Es sind gerade neue eingetroffen . . . sie sind toll, nicht? Wollen Sie einen anprobieren?»

Ich verriet ihr nicht, daß man mir noch etwas dazuzahlen müßte, um solchen Plunder zu tragen. Ich blieb bei den Enten und erklärte, daß ich noch Bücher kaufen wolle.

«Dann gehen Sie am besten zu meiner Kollegin Magali», sagte Mauricette, «gleich hinter dem Café Barque.»

Magali verkaufte hauptsächlich Nagellack in Blau und Grün, Berge von Bräunungscreme und Sonnenbrillen in Form von Margeriten. Aber sie hatte auch Ständer mit schwarzen, ausgeblichenen Kriminalromanen, auf deren Umschlägen vollbusige Geschöpfe mit schwerer Artillerie auf den Leser zielten. Außer Krimis sah ich nur den *Club der 5, Die Zucht des Hauskaninchens, Die guten Sitten* (ein Buch, das ein ehemaliger Präfekt soeben im Gefängnis beendet hatte) und ein populärwissenschaftliches Werk: *Sex für alle.*

Magali war betrübt. Gestern hatte sie den letzten Bouvard verkauft: *Ein Krebs in der Fettleber.* «Ich bin geplündert worden!» sagte sie. Dann erinnerte sie sich, daß sie noch alte Sachen in einem Karton hatte. Wo hatte sie den Karton nur hingetan? Ach ja, in den Schuppen auf dem Hof. Sie kam mit einer großen Kiste zurück, die nach Schimmel roch, und ließ mich darin herumstöbern, weil eine junge Belgierin gerade eine dieser berühmten Ketten für die Hüften kaufen wollte.

Es überraschte mich sehr, in der Kiste eine zwar abgenutzte, aber vollständige Ausgabe der *Märtyrer* von François René de Chateaubriand zu finden!

«Es ist gar nicht ausgezeichnet», sagte Magali verwirrt. «Aber da es ein altes Buch ist, gebe ich es Ihnen zum Preis eines Kriminalromans.»

Es ist da, auf dem Sand, neben mir: Ich werde nicht zum Essen gehen, habe ich beschlossen. Ich bin erwachsen. Ich habe die Befehle zu geben. Ich werde nicht zum Essen gehen. Ich will die *Märtyrer* wieder einmal lesen.

«Es war eine dieser Nächte, deren durchsichtige Schatten, so scheint es, den schönen Himmel Griechenlands zu verbergen fürchten . . .»

Ich lege das Buch weg und fahre mit geschlossenen Augen fort: «. . . es war nicht die Finsternis, es war nur das Schwinden des Tages. Die Luft war lieblich wie Milch und Honig, und man empfand, wenn man sie einatmete, eine unbeschreibliche Freude.»

Eine unbeschreibliche Freude . . .

Genau das empfinde ich, wenn ich die Luft dieses Strandes einatme. Ich denke an die Zeit, als ich Chateaubriand auswendig lernte. Ich wollte mein Leben lang Griechisch machen. Aber was heißt das heute: «Griechisch machen»? Eine winzige Klasse junger Fanatiker unterrichten? Die Kirchenväter übersetzen? Kavafis? Zeitschriften aus Athen? Griechisch machen . . . Ist das noch ein Beruf? Mein Beruf, das war Jean. Mein Beruf und mein Leben. Ich bin von einem Fluß fortgetragen worden, der mir kaum Zeit ließ zum Nachdenken. Um so schlimmer fürs Griechische. Um so schlimmer für mich. Was kann man mit fünfundvierzig noch Neues erwarten, wenn man eine Frau ist?

«Keine Hoffnung mehr!» sagte eine Frau, die es sich in meiner Nähe im Sand bequem gemacht hatte.

«Ach», sagt eine Stimme, die Stimme der Tochter sicher, mit der sie sich unterhält, «warum sagst du das?»

«Was will er denn eigentlich? Ich lese jeden Abend *Le Monde*! Ich verschlinge jeden Monat meine vier Bücher! Und ich schwöre dir, wenn du auf ein marxistisches Buch stößt, ist das keine Kleinigkeit. Gut. Bin ich häßlich? Rieche ich aus dem Mund? Nein! Kannst du mir also sagen, warum er nicht mit mir schläft?»

«Denk nicht weiter darüber nach», sagt die Stimme, «sie sind alle Blödmänner.»

Mir ist das Gespräch ein bißchen peinlich. Meinen Nachbarinnen überhaupt nicht. Die mit den Problemen wirft einen Blick auf die *Märtyrer* und flüstert der andern etwas ins Ohr, worüber beide lachen müssen.

Gekränkt gehe ich schwimmen und finde im lauwarmen Wasser meine Freude und mein Wohlbefinden wieder. Weit, weit hinaus. Ein kleines Schiff kommt einige Meter von mir entfernt vorbei. Man ruft mir von der Brücke her zu: «Wollen Sie mitkommen?»

Nein, aber ich empfinde über ihren Vorschlag eine unaussprechliche Freude . . .

Ich schwimme auf dem Rücken.

«Alicette, komm aus dem Wasser raus! Sonst kommt Oma dich holen!»

Ich schwimme unter Wasser und stoße gegen einen kleinen Jungen, der mit seinem Schnorchel taucht.

«Hab ich dir weh getan?»

«Nein, Sie haben mir nicht weh getan!»

«Wollen wir um die Wette schwimmen?»

«Ja, wir wollen um die Wette schwimmen!»

Er gewinnt, und wir sind beide begeistert. Ich kenne nicht mal seinen Namen. Ich habe ihn nie wiedergesehen. So ist das Leben.

Auch der Händler kommt noch vorbei, wie vor vierzig Jahren, seinen schweren Kasten auf der Hüfte. Den schweren Kasten voller Pfannkuchen, die mit Puderzucker bestreut sind und die bei dem leichten Wind bald voller Sand sein werden. Es schmeckt gut. Es knirscht zwischen meinen Zähnen wie früher . . . die Erinnerung, salzig wie eine Träne.

Ich bin trunken von der Sonne, vom Duft des Badeöls, von den Sodas Camargo, von den Wellen des Meeres, den Worten, den Schreien, von Chateaubriand, vom Merry-Look . . .

Mir tut der Kopf weh.

Ich bin nicht brav gewesen. Ich habe das Vergnügen zu lange ausgedehnt. Ich werde ein bißchen krank sein. Wenn ich nur auf meine Oma gehört hätte . . . Das wäre besser für dich gewesen, Ludoviquette!

Aber es ist mir egal.

Ich habe die Hoffnung wiedergefunden!

«Mein Gott! So ein Sonnenbrand!» rief Lucien, als er sah, wie ich die drei Stufen zum Eingang wie eine Schlafwandlerin hinaufstieg. Hinter dem Oleander bemerkte ich das kleine Gesicht mit den Zöpfen und der Brille, das sich mir zuwandte. Lucien folgte mir zum Empfang, wo Madame Paquin jemanden am Telefon anflehte:

«Ich bitte Sie! Lassen Sie mich nicht im Stich!» sagte sie und legte auf. Sie sah erschöpft aus. Dann sah sie mich und rief: «Mein Gott! So ein Sonnenbrand!»

Ich murmelte: «Ich komme nicht zum Essen», und begann zu zittern und zu gähnen.

«Na, mein kleiner Krebs ist wohl zu lange in der heißen Brühe geblieben?»

«Lucien! Lassen Sie die Vertraulichkeiten!» sagte Madame Paquin.

«Ich bin nicht vertraulich, ich bin liebenswürdig!» berichtigte er beleidigt und schob eine Bestellung in die Durchreiche.

Madame Paquin seufzte:

«Es ist schwer für eine alleinstehende Frau, ein solches Haus zu führen und sich bei den Männern Respekt zu verschaffen. Es ist ein Kreuz! Und dann ist es heutzutage so schwierig, qualifiziertes Personal zu bekommen! Ich sage das nicht wegen Lucien. Er versteht sein Geschäft. Aber er ist ein bißchen wunderlich . . .»

Sie senkte die Stimme, sah um sich, ob niemand uns hören konnte, und flüsterte mir ins Ohr: «Manchmal frage ich mich, ob er nicht an einem Buch schreibt! Aber ich rede und rede, und Sie sind ganz fiebrig. Haben Sie Aspirin? Nein? Ich lasse Ihnen welches raufbringen mit einem großen Topf Eisenkrauttee. Ach, ich bin so überlastet! Was meinen Sie, mit wem ich eben telefoniert habe? Mit dem Klempner! Jemand hat uns alle Wasserhähne abgeschraubt . . . und ich weiß auch wer! Aber ich darf nichts sagen! Der Gast ist immer im Recht, besonders das Kind des Gastes. Und der Klempner sagt nur, dieses Modell gebe es nicht mehr. Ein Modell vom letzten Jahr! Aber ich langweile Sie nur! Legen Sie sich hin und schlafen Sie erst einmal ordentlich, das wird Ihnen guttun. Wenn es Ihnen morgen nicht besser geht, bestelle ich Dr. Favard, damit er nach Ihnen sieht. Ich bin mit ihm befreundet. Er ist zwar mit Arbeit überlastet, aber für mich . . .»

Madame Paquin. Ein hübsches Mädchen von neununddreißigeinhalb Jahren. Müde. Voller Sorgen. Schlank. Zu schlank. *Sie* hat keinen Sonnenbrand, nicht die Spur, und es besteht überhaupt keine Gefahr, daß sie während des Sommers einen bekommt. Sie ist weiß wie die Nächte, in denen sie Rechnungen tippt, Empfangsbescheinigungen, Gehaltslisten ihres Saisonpersonals. Jeden Tag trägt sie eine frische Bluse. Tadellos. Und eine andere Hose. Sie ist fröhlich. Ihr Haarschnitt ist perfekt. Ich habe sie nie schlecht frisiert gesehen. Ihre Fingernägel glänzen wie chinesischer Lack. Sie ist tapfer. Ich hoffe von ganzem Herzen, daß Dr. Favard, obwohl überlastet, doch noch Zeit findet, sie hin und wieder zu besuchen. Madame Paquin, ich möchte, ein Mann nähme Sie in seine Arme . . . aber da ich nichts für Sie tun kann, seufze ich nur. Lucien, der mit einer Platte voller Meeresfrüchte vorbeikommt, erklärt: «Wenn Sie nicht in fünf Minuten im Bett sind, stecke ich Sie höchstpersönlich hinein und decke Sie zu!»

«Sehen Sie!» sagt Madame Paquin resigniert.

Das Zimmermädchen hatte mir das Aspirin und den Tee gebracht. Seit ich ihn getrunken hatte und im Bett lag, ließ das Hämmern in meinem Kopf ein wenig nach.

Jemand klopfte leise an die Tür.

Ich antworte nicht. Wer sollte das sein?

Ich höre, wie jemand leise hereinkommt . . .

Ich frage: «Wer ist da?»

«Ich bin es.»

Am Fuß meines Bettes blieb die Kleine stehen. Ihre Kühnheit scheint ihr selber nicht geheuer zu sein. Sie fragt mich: «Sind Sie böse?»

«Böse? Warum?»

«Weil ich Sie störe.»

«Aber du störst mich nicht!»

«Es ist nur, weil meine Tante mir immer sagt: ‹Stör die Gäste nicht!›«

«Deine Tante?»

«Tante Christine. Sie ist die Hausdame. Sie hat mich zu sich genommen, weil Mama krank ist.»

Sie hatte Boden gewonnen. Sie war jetzt weniger furchtsam.

«Möchten Sie, daß ich Ihnen eine Tasse Tee eingieße?»

«Wenn du willst.»

«Schmeckt er?»

«Nein, aber er tut gut.»

«Sie sind ganz rot . . . Trinken Sie das, damit Sie weniger rot sind nachher?»

«Ja.»

Ich hatte die Tasse geleert.

«Soll ich Ihnen das Tablett wegnehmen?»

«Du bist sehr freundlich.»

«Haben Sie Kinder?» fragte sie mich und setzte sich auf mein Bett.

«Ja. Sogar eine Enkelin.»

«Sind Sie Großmutter?»

«Ja.»

Sie lachte.

«Ich habe noch nie eine so rote Großmutter gesehen!»

Ich lachte auch. Sie war bezaubernd.

«Wie alt bist du?»

«Neuneinhalb.»

«Und wie heißt du?»

Bedrückt senkte sie den Kopf.

«Ich wußte, daß Sie das fragen.»

«Willst du mir deinen Namen nicht sagen?»

«Er ist blöd. Ich habe noch niemanden kennengelernt, der einen so blöden Namen hat wie ich! Ich heiße Céleste.»

Ich reichte ihr meine heiße Hand.

«Nun, Céleste, der Tag der Erlösung ist gekommen, jetzt hast du jemanden gefunden: ich heiße Ludovique.»

Ihr kleines Gesicht hellte sich auf vor Freude.

«Ludovique? Das ist ja nicht zu glauben!»

Sie schüttelte sich vor Lachen, hielt aber plötzlich inne.

«Das sagen Sie doch nicht nur, um mir eine Freude zu machen?»

«Willst du meine Papiere sehen?»

«Ich glaube Ihnen», sagte sie ernst.

Ich war todmüde. Das Aspirin und der Tee machten mich benommen. Ich unterdrückte ein Gähnen.

«Kann ich näher zu Ihnen kommen?» fragte Céleste.

«Sicher!»

Sie glitt neben mich und legte den Kopf an meine Schulter. Ich schloß sie in die Arme, ein wenig verblüfft, so plötzlich wieder Mutter geworden zu sein.

«Meine Mama ist sehr krank», sagte sie, ohne mich anzusehen. «Und es ist wegen uns ...»

«Wegen *euch*?»

«Meine Brüder und ich ... Ich bin auch nicht immer artig, aber man kann mit mir zurechtkommen. Mit meinen Brüdern ist das anders. Sie sind schrecklich ... Meine Tante hat zu Papa gesagt: ‹Du kannst mir die Kleine schicken, aber die Jungen will ich nicht!› Wenn man ein Geschäft hat ... Natürlich kann sie sich nicht mit mir beschäftigen, und ich traue mich nicht, ganz allein baden zu gehen ... Aber ich habe trotzdem Glück! Ich wollte nicht in die Ferienkolonie.»

«Und dein Papa?»

«Das ist ein Mann», sagte sie fatalistisch. «Sie wissen ja, was das heißt. Möchten Sie, daß ich das Licht ausmache?»

Und ohne meine Antwort abzuwarten, tauchte sie uns plötzlich ins Dunkel. Dann glitt sie aus meinen Armen und verschwand in der Nacht.

«Ich bin es!» sagte eine vergnügte Stimme. «Ich – Lucien. Ich bringe das Frühstück! Wenn das keine Verwöhnung ist!»

Er setzt das Tablett auf dem Tisch ab, zieht die Vorhänge auf, öffnet das Fenster. Es ist ein strahlend schöner Tag! Er dreht sich um und betrachtet mich.

«Sie werden es überleben! Sie sehen schon wieder ganz munter aus. Ihre Haut schält sich nicht einmal!»

Er reicht mir das Tablett, auf das er eine Aster und den *Midi-Libre* gelegt hat.

«Wie im Luxushotel», sagt er. «Es hebt mein Ansehen und kommt Madame zugute. Obwohl», er setzt sich auf mein Bett, wie es alle Leute tun, die in mein Zimmer kommen, «obwohl man in einem wirklich guten Haus einen Mann nie das Frühstück zu einer Frau hätte bringen lassen, die allein reist . . .»

«Nein?»

«Nein! Sie können mir glauben. Ich war bei drei Botschaften angestellt. Aber die kleine Mutter Paquin ist eben ein bißchen überfordert durch die Ereignisse.»

Fürsorglich süßt er meinen Tee, rührt ihn mit dem Löffel um, bestreicht eine Scheibe Brot mit Butter, öffnet den kleinen Marmeladenbecher, entfaltet die Serviette . . . Es ist wirklich sehr angenehm, wenn jemand sich Ihrer annimmt!

«Stimmt es, daß Sie ein Buch schreiben?»

Er hebt die Arme zum Himmel und versichert mir, daß es, Gott sei Dank, noch nicht so weit gekommen sei.

«Ein Buch schreiben! Das ist die Krankheit des Jahrhunderts! ‹Ich war die Pediküre von Farah Diba› – 858 Seiten, 59.25 Franc. Gräßlich! Aber jede Epoche schreibt sich selbst ihre Literatur. Man hat, was man verdient.»

Er sieht mir beim Essen zu und schwärmt: «Ei, feine Marmelade! Ham-ham! Für das hungrige Hühnchen! Hat nicht zu Abend gegessen, das Hühnchen! War ganz rot, wissen Sie?»

Ich lache mit vollem Mund.

«Lucien, ich möchte Sie mit nach Hause nehmen!»

«Madame würde es nicht bedauern. Ich bin noch einer

der seltenen Dienstboten aus der Zeit, wo der Herr König war, und kann mit dem Silber umgehen.»

«Aber nein, ich würde Sie nicht als Dienstboten mit nach Hause nehmen! Das übersteigt meine Mittel! Ich möchte Sie einladen, als Freund!»

Er küßt mir die Hand und fragt: «Meint Madame es ernst?»

«Aber sicher!»

«Ich komme wirklich!»

«Das will ich hoffen!»

«Anfang September habe ich drei Tage frei, bis zu meiner Kreuzfahrt.»

«Ihrer Kreuzfahrt?»

«Ja, ich gönne mir jedes Jahr meine kleine Kreuzfahrt. Letztes Jahr Spitzbergen, dieses Jahr die griechischen Inseln.»

Er bricht in Lachen aus: «Ich bin sehr anspruchsvoll, was das Personal angeht!»

«Gut, wir werden sehen.»

«Ich werde mir keine Vertraulichkeiten gestatten!»

«Das fehlte noch!»

«Ja, Sie haben mir sofort gefallen», sagte er, wobei er den Überschlag meiner Bettdecke glattstreicht. «Ich mag Frauen sehr gern . . . Wenn ich sie ankommen sehe – besonders wenn sie allein sind –, frage ich mich: ‹Lucien, was hat sie für ein Problem? Was kannst du tun?› Aber ich kann nicht sehr viel tun. Frauen sind sehr unglücklich dran, wissen Sie. Sehen Sie sich nur die arme Paquin an! Oder die unheilbringende Schönheit mit den lila Augen, dem Gegenstück zu ihren braunen. Es ist einzig auf der Welt, all das . . .»

«Und ich?»

«Sie?»

«Was ist mein Problem?»

«Sie mußten mal ausgiebig heia-heia machen!» sagte er und stand auf. Dann strich er sachkundig mit einem Finger über den Nachttisch, bemerkte, daß die Zimmermädchen schlampig gearbeitet hatten, und ging hinaus, nicht ohne mir eine Kußhand zuzuwerfen.

Er wirkte richtig belebend auf mich! Ach, ich fühlte mich wohl. Ich hatte gelacht, hatte lange heia-heia gemacht, mein Sonnenbrand war bezwungen, das Wetter war schön, die Erdbeermarmelade köstlich! Ich hatte Lust zu singen.

Halt! Mama! Auf der ersten Seite vom *Midi-Libre* war ein großes Foto von ihr. Vorzüglich.

«Die Senatorin Campredon bei den Quellen von Foncaude. Lesen Sie unsern Artikel auf Seite 3.»

Ich schlage die Zeitung auf und erstarre, die Tasse Tee in der Hand. Diese unglückliche Gestalt, die man da vor dem Haus in Foncaude aufs Bild gebannt hatte, den Eimer in der einen, den Besen in der andern Hand, das Taschentuch auf dem Kopf, mußte ich sein, denn der Begleittext kommentierte:

«Die Tochter der Senatorin und Nichte des Admirals, Gattin eines Dirigenten, ist die Anspruchslosigkeit selbst.»

Bin ich das wirklich? Das ist doch nicht möglich! Ich muß etwas tun! Wenn mich doch der Schlag träfe, hier im Bett! Am liebsten würde ich mich im Waschbecken ertränken, die Zeitung beschlagnahmen lassen! Das soll ich sein, dieses Lumpenweib? Fleißig und verdienstvoll! Buona, buona . . . La Mamma! Wenn ich so weitermache, werde ich bald den Greisinnen gleichen, von denen es im Homer nur so wimmelt, Greisinnen, die manchmal einer jungen Göttin mit straffer Brust begegnen und ihr die Knie umfassen und respektvoll mit ihrem zahnlosen Mund sagen: «Guten Tag, Mama!»

Ich werfe noch einmal einen Blick auf dieses schreckliche Foto.

Dann steht mein Entschluß fest.

Ich muß meine Kumpanin Mauricette aufsuchen.

Genau um 12 Uhr 59, ich kam vom Meer aus ost-südöstlicher Richtung, hielt ich Einzug auf der Terrasse und ging auf mein Tischchen zu.

Lucien hielt mich mit erhobener Hand zurück: «Dieser Tisch ist reserviert, Mademoiselle!»

«Mademoiselle? Lucien, mein Freund, was soll das heißen?»

Verdutzt, durch meine Stimme in die Wirklichkeit zurückgerufen, stand Lucien vor mir, stumm und unbeweglich. Ich muß zugeben, daß er allen Grund hatte, erstaunt zu sein.

Mauricette hatte sich meiner angenommen.

Alle sahen mich an.

Sie saßen alle wie vom Blitz getroffen da, während ich, mich graziös in den Hüften wiegend, auf meinen Tisch zuging. Ich fühlte mich wohl in meinen Jeans mit den Glasrubinen. Und ich wurde nicht müde, die goldfarbene Haut meines Bauches zu betrachten. Außerdem war ich sechzehneinhalb Zentimeter größer. Ich war schon zweimal hingefallen, aber zum Glück hatte ich mir nicht weh getan. Ich drehte mich um und setze mich mit dem Gesicht zum Publikum. Ich fuhr mir mit der Hand, deren Nägel ultramarinfarben waren, durch die blonden Locken meines Wuschelkopfs und bestellte bei Lucien ein Glas Champagner. Ich war vollkommen glücklich. Nur die falschen Wimpern waren mir noch etwas ungewohnt, und ich mußte dauernd mit den Augen blinzeln.

Der *Midi-Libre* lag auf mehreren Tischen. Ich war ruhig. Es bestand keine Gefahr, daß man die fleißige Ameise auf dem Foto in der verruchten Zirpe, die ich inzwischen geworden war, wiedererkennen würde.

Es war höchste Zeit gewesen! Wenn man nicht mehr viel Jugend vor sich hat, gilt es, keine Zeit zu vergeuden.

«Also da sieh einer an! Ein Dankeschön dem Aspirin!» sagte Lucien und stellte ein prickelndes Glas Sekt vor mich hin.

Ich faßte nach seinem Handgelenk und zwang ihn, sich zu mir zu neigen: «Sehe ich richtig ordinär aus?»

«Oh, là, là!» sagte er respektvoll. «Und warum zwinkern Sie mir dauernd zu?»

«Die falschen Wimpern», erklärte ich, «die bin ich noch nicht gewöhnt.»

«Schade! Ich wollte Ihnen gerade einen unsittlichen Antrag stellen!»

Es war wirklich rührend! Im Eingang stand Madame Paquin in erdbeerfarbener Bluse und himbeerfarbener Hose und betrachtete mich. Der Verführer hatte seinen Stuhl um eine Vierteldrehung gewendet und ließ mich nicht aus den Augen. Zum erstenmal hatte Céleste ihren Alibi-Tim weggelegt. An dem Tisch mit der vielköpfigen Familie hatten die Kinder aufgehört zu essen. Die schönen lila Augen lächelten mir schüchtern zu. Madame Paquin verschwand, aber nun bemerkte ich die Mütze des Küchenchefs hinter den Oleanderbüschen.

Dabei hatten sie noch gar nichts zu sehen bekommen! Wartet nur, bis ich den Merry-Look vorhole und die goldene Kette und das kleine freche Halstuch und die ausgefransten Shorts!

Danach, stellte ich fest, wandte sich jeder wieder, mit der Gleichgültigkeit, die der Menge eigen ist, seinem Teller zu. Ich fand das alles herrlich! Ich war ein einziges Lächeln. Ich hatte Lust, zum Nachtisch ein Lied zum besten zu geben.

Aber dann sah ich zu meinem Kummer, daß die Dinge am Tisch der vielköpfigen Familie eine schlechte Wendung nahmen. Diesmal war es kein Konflikt zwischen den Generationen, sondern zwischen Vater und Mutter. Wie alt mochte sie sein? Das älteste Mädchen war fünfzehn Jahre. Die vier andern zwischen zwölf und drei Jahren. Also war die Frau vielleicht sechsunddreißig Jahre alt. Aber ihr Körper war aufgedunsen vor Erschöpfung und ihr Gesicht bleich vor Kummer. Die Lage spitzte sich zu, die Stimmen wurden lauter. Die Kinder zählten die Schläge, die sich die Eltern mit ihren Worten zufügten. An den Nachbartischen wurde es ruhig. Plötzlich schrie die Frau: «Ich kann nicht mehr! Aber du siehst es nicht, daß ich nicht mehr kann!» Sie brach in Tränen aus und lief zum Eingang des Hotels, die Serviette vor dem tränenüberströmten Gesicht.

«Josette!» rief der Mann ihr nach und stürzte hinter ihr her.

Ich war froh, daß die Engländerinnen nicht da waren. Diese Szene war peinlich. Und die armen Kleinen, die allein am Tisch blieben . . .

Patsch! Eine Brotkruste knallte mir ins Gesicht. Ein kleiner Löffel flog quer über die Terrasse auf die Straße und wurde sofort von einer vorbeifahrenden DS plattgedrückt. Ein Eiswürfel fiel in das Glas des Verführers, und seine Weste aus weißem Flanell saugte gierig den umherspritzenden roten Wein auf. Mein Feind, der kleine Grimassenschneider, hatte die Sache in die Hand genommen, und seine kleinen staunenden Brüder unterstützten ihn nach Kräften, indem sie die Gäste mit allen Geschossen bombardierten, deren sie habhaft werden konnten. Das große Mädchen versuchte, sich diesem Spektakel zu widersetzen, und erhielt einen Klatsch Püree mitten ins Gesicht.

Das war zu viel! Ich stieß das Tischchen zurück und stürzte, ohne auf meinen sechzehneinhalb Zentimetern ins Stolpern zu geraten, auf den großen Tisch zu und setzte mich an den Platz der Mutter, während ich einen Teller voller Soße im Flug auffing.

«Du bist nicht meine Mutter!» schrie mein Feind.

«Da hast du aber Glück!» schrie ich noch lauter als er.

«Hau ab!» heulte er.

Ich revanchierte mich mit einem Handkantenschlag gegen seine Hand, die er gerade zum Schlag gegen mich erhob, und er stieß einen fürchterlichen Schrei aus.

«Du bist bös!» sagte er erschrocken.

«Sehr bös», bestätigte ich und hoffte nur, ihn nicht verletzt zu haben. Dann schob ich dem Kleinsten einen Löffel Püree in den Mund.

«Ich werde dir eine Fratze schneiden», drohte mein Gegner.

Ich lachte verächtlich und zog einfach die Lippen hoch.

«Nein!» heulte der Unglückliche und bedeckte sein Gesicht, um mich nicht mehr zu sehen.

«Noch mal!» sagte eine kleine Stimme. «Noch mal Püree!»

«Mir auch, mir auch!» sagten nun auch die anderen Kinder am Tisch. Nur das große Mädchen sagte nichts. Sie weinte hinter ihrer klebrigen Maske still vor sich hin.

«Ich habe auch kein Püree mehr», schniefte der Besiegte.

«Iß das, was du deiner Schwester ins Gesicht geklatscht hast. Vielleicht ist es ein bißchen versalzen, aber du verdienst nichts Besseres. Und außerdem . . .» ich neigte mich zu seinem Ohr: «Was hast du mit den Köpfen der Wasserhähne gemacht?»

Er war so verwirrt, daß er nicht einmal zu leugnen versuchte.

«Im Mülleimer in der Garage», sagte er kleinlaut.

«Gut. Du wirst sie holen und mir geben. Ich gebe sie dann zurück . . . Da siehst du, wie nett ich zu dir bin, du wirst nicht mal ausgeschimpft, aber . . .»

Einen Löffel Püree!

«. . . wenn du uns weiter so nervst . . .»

Einen Löffel Püree!

«. . . kümmere ich mich persönlich um dich. Verstanden?»

«Ja, Madame», sagte er und senkte den Kopf.

«Soll ich Ihnen Ihr Essen an diesem Tisch servieren?» fragte Lucien.

«Nein! Nein!» rief ich. «Ich gehe an meinen Tisch zurück!»

Der Kleinste fing an zu weinen, und Lucien, der am Hemd einen Ketchupflecken hatte, nutzte die Situation, um hinzuzufügen: «Wenn Sie es nicht für mich tun wollen, tun Sie es für Christine. Sie hat einen Nervenzusammenbruch, wir haben schon Dr. Favard angerufen. Sie sind jetzt unsere einzige Hoffnung. Ihre Gegenwart beruhigt die Gäste.»

Was wollen Sie da machen?

Der Kleinste war auf meine Knie geklettert und aß von meinem Teller. Das große Mädchen hatte sich das Gesicht gewaschen und sah mich immer noch schnüffelnd an. Die andern lächelten mir bereits zwischen zwei Happen zu. Mein Feind goß Fruchtlimonade in ein schmutziges Glas und hielt es mir hin.

«Ich bin Bernard», sagte er.

Wir tranken uns zu. Der Friede war besiegelt.

«Was für eine Geschichte!» sagte eine unerwartete Stimme.

Der Vater der Kinder saß mir gegenüber. Er sah besorgt aus.

«Ich werde Sie jetzt allein lassen», sagte ich.

«Oh, ich bitte Sie! Bleiben Sie noch ein bißchen!» flehte er.

Die Kinder sahen mich ängstlich an.

Ich blieb.

«Ihre Frau ist sicher müde», sagte ich, um Konversation zu machen.

«Schlimmer als das. Sie ist schwanger!»

«Oh! Warum?»

Ich hatte es nicht verhindern können, meinen Gedanken laut auszusprechen.

«Sie haben recht», sagte er. «Fünf Kinder, das war schon viel! Ich weiß nicht, wie das hat passieren können . . .»

Ich wußte es sehr gut.

Die Kinder hatten aufgegessen und wollten zum Strand.

«Aber vorher, Lucette, gehst du zu Mama und gibst ihr einen Kuß. Sag ihr, daß sie sich meinetwegen keine Sorgen machen soll, daß ich mich mit einer Dame unterhalte.»

«Darf ich Ihnen einen Likör anbieten?» fragte er, als wir allein waren.

«Ich würde Rotwein vorziehen . . .»

«Das Schlimme ist», fuhr er fort, «daß meine Frau die Kinder nicht gern hat.»

«Wenn Sie ihr immer mehr machen, wird sie sie immer weniger gern haben!»

«Aber was soll man tun?» sagte er und sah mich dabei an, als ob ich die Lösung parat hätte.

«Immerhin gibt es die Pille!»
«Sie bekommt meiner Frau nicht.»
«Dann muß sie gewechselt werden.»
«Die Frau?»
«Aber nein, die Pille!»
So ein Idiot!
«Hat sie schon die Minipille probiert?»
«Sie hat alles versucht!»
«Aber die Minipille?»
«Ich glaube auch. Es bekommt ihr alles nicht.»
«Dann nehmen Sie sie doch.»
«Meine Frau?»
«Aber nein, die Pille!»
Oh, dieser Kerl fällt mir auf die Nerven!
«Daran habe ich noch nicht gedacht», sagte er mit nachdenklicher Miene.

Das Geheul, das aus den oberen Etagen kam, machte diesem Gedankenaustausch ein Ende.

«Es fängt wieder an», sagte der Vater. «Ich muß hingehen.»

Er erhob sich, zögerte und sagte dann mit einem Schimmer von Hoffnung, der mir weh tat: «Ich darf Ihnen wohl nicht vorschlagen, den Nachmittag mit uns zu verbringen, nein?»

«Nein! Nein! Ich bin verhindert!» rief ich erschrocken.

Er entfernte sich im Laufschritt, und ich schenkte mir ein großes Glas Rotwein ein. Ich hatte es nötig.

Arme Frau, die die Pille nicht vertrug . . .

«Wie schön Sie angezogen sind!»

Céleste betrachtete mich mit Ehrfurcht. Ich küßte sie. Es war der erste Kuß, seit ich Foncaude verlassen hatte. Was für ein hübscher Brauch, das Küssen! Ich gab ihr einen zweiten aufs Haar.

«Céleste! Stör die Dame nicht», sagte die Stimme von Madame Paquin. Sie war wieder zur Ruhe gekommen, aber man sah ihr noch an, daß sie geweint hatte. Sie setzte sich mir gegenüber und legte die Hand auf die Stirn.

«Hörst du, was ich gesagt habe, Céleste?»

Ich drückte den kleinen Körper an mich.

«Sie stört mich nicht. Ich würde mich freuen, wenn Sie sie mir heute nachmittag ausleihen würden. Ich möchte mich gern ein bißchen unterhalten und könnte eine kleine Freundin gut brauchen. Darf ich sie zum Strand mitnehmen?»

Aber Madame Paquin sah und hörte mich nicht mehr. Sie erhob sich, ein zitterndes Lächeln auf den Lippen, und streckte die Hand aus . . .

«Doktor . . .» sagte sie, als ob sie «Liebling» gesagt hätte.

Doktor Favard war großartig. Er sah aus, als erfreue er sich einer ausgezeichneten Gesundheit. Er dürfte viele Patienten auf einmal zufriedenstellen können. Mit einem leichten Vorwurf in der Stimme, der sie erzittern ließ, sagte er: «Nun, mein Kleines, was ist uns denn passiert?»

Madame Paquin seufzte, sie war wieder den Tränen nahe, er nahm ihre Hand und drängte sie sanft zum Eingang, wie ein Mann, der weiß, was zu tun ist.

«Wir werden es gleich feststellen», sagte er.

Das hörte sich beruhigend an.

Wir haben gespielt wie die Verrückten. Zuerst kaufte ich einen Ball, einen Eimer und zwei Schaufeln. Wir haben gegraben, sind gesprungen, gelaufen, haben geschrien, sind geschwommen, haben uns gegenseitig gespritzt, haben alles niedergerissen und wieder aufgebaut, den Hof einer Burg mit Muscheln gepflastert . . .

«Sie sehen aus wie eine Prinzessin!» sagte Céleste und deutete auf die goldene Kette, die mich fast mehr bedeckte als mein Merry-Look. «Wenn ich groß bin, ziehe ich mich genauso an wie Sie.»

Ich mietete ein Tretboot, kaufte Sodawasser Camargo, Popcorns und Erdnüsse.

«Geben Sie nicht Ihr ganzes Geld für mich aus. Das Leben ist so teuer!» sagte Céleste.

Und ich antwortete: «Denk nicht dran!»

Ich bedachte sie reichlich mit einer weißen sahnigen Creme, die die Haut weich macht und vor Sonne schützt. «Jetzt ich!» sagte sie, und ihre kleine Hand fuhr über meinen nackten Rücken. Ein langhaariger, völlig nasser Hund setzte sich vor uns hin, und wir boten ihm Erdnüsse an. Da er uns nett fand, schüttelte er sich und bespritzte uns mit Milliarden von Wassertröpfchen, worauf wir schrien und aufs Meer zuliefen. Der Hund lief begeistert hinter uns her, änderte aber im letzten Moment seine Absicht und lief zu seiner Familie zurück. Die beiden alten Engländerinnen kamen zu Pferde vorbei mit einer Gruppe, die vom Spazierritt zurückkehrte. Sie grüßten uns, als wir aus dem Wasser kamen.

«Ich darf nicht zu spät kommen», sagte Céleste. «Ich muß mit dem Personal essen, bevor für die Gäste serviert wird.»

Wir sammelten die Schaufeln ein, den Ball, den Eimer.

«Es ist schade, daß Ihre Kinder nicht da sind!»

Im Herzen verspürte ich einen kleinen Stich. Sicher . . .

«An was denken Sie, Madame?»

«An nichts, mein kleines Mädchen, an nichts!»

Aber Céleste versteht es, Gefühle zu erraten: «Ich auch. Manchmal bin ich traurig, wenn ich an meine Mama denke . . .»

Ich nehme ihre Hand, ich ziehe sie hinter mir her, ich lächle ihr zu, ich bringe sie zum Laufen. Bevor wir am Hotel sind, hält sie an, zieht mich ein wenig zu sich herunter und sagt leise: «Ich möchte Ihnen etwas sagen . . .» Und dann vertraut sie mir, in die Ohrmuschel hinein, an: «Sie sind jetzt meine beste Freundin!»

In der neuen Seidenbluse mit den goldenen Knöpfen ist Christine ein erfreulicher Anblick.

Was für ein wunderbarer Arzt, dieser Dr. Favard! Er heilt seine Kranken nicht nur, er macht sie auch schöner.

«Entschuldigen Sie wegen vorhin», sagt sie, als sie mich bemerkt. «Ich war in einem so miserablen Zustand, daß ich mich nicht einmal bei Ihnen bedankt habe!»

«Bedankt?»

«Ohne Sie hätten diese gräßlichen Kinder das ganze Hotel auf den Kopf gestellt! Wissen Sie, seit diese Familie da ist, schreibe ich jeden Tag an meine Versicherung! Langsam bekomme ich deshalb schon Schwierigkeiten. Hier eine Brille, da ein Spiegel, die Weste von Monsieur Quinette in der Reinigung . . .»

«Monsieur Quinette?»

«Der Herr, der allein speist und heute mittag ausgerechnet eine weiße Weste trug. Dann der Klempner, der sagt, daß alle Wasserhähne ausgewechselt werden müssen!»

«Machen Sie sich keine Sorgen wegen der Wasserhähne. Heute abend haben Sie sie wieder.»

«Nein? Sie sind eine Zauberin! Céleste, hast du dich auch bei der Dame bedankt? Sie hat Ihnen doch hoffentlich keinen Ärger gemacht? Nein? Sind Sie sicher? Dann komm, mein Liebling, wir müssen uns beeilen mit dem Essen, damit nicht zu spät serviert wird.»

Sie ging davon, fröhlich und leicht, den Arm um die Schultern ihrer Nichte gelegt, voller Mut und Lebensfreude . . . eine Wiederauferstehung!

«Schocktherapie!» sagte eine Stimme hinter meinem Rücken.

Es war Lucien, der auch mit dem Personal zum Essen ging.

Nachdem ich eine erfrischende Dusche genommen und mein Make-up ein wenig erneuert hatte, ging ich los, eingezwängt in meine Jeans mit den Rubinen, um vor dem Essen noch einen Spaziergang am Kai zu machen.

Beim Empfang stellte ich das ungeschickt in Zeitungspapier gewickelte Paket ab, das vor meiner Tür gestanden hatte. Christine würde die Wasserhähne als Nachtisch vorfinden!

Am Kai ist es herrlich, wenn die Sonne untergeht, die Hitze abnimmt und betörende Düfte aufsteigen. Es ist der Augenblick, in dem sich der Tag in Nacht verwandelt. Man setzt sich auf eine Terrasse, den Rücken einem noch hellen Himmel zugewandt, und wenn man wieder aufsteht, sieht man Sterne glänzen. Rote Tischdecken, weiße Tischdecken, Papiertischdecken, Marmortischdecken und Tische aus Eisen – alle warten auf die Menschen, die der Hunger und der Durst zu ihnen treiben wird.

«Sieh nur! Was für ein Aufzug!» zischt eine Frau mit verkniffenen Lippen ihrem Mann zu, der seinerseits entrüstet den Kopf schüttelt.

Bin ich gemeint?

Oh! Vielen Dank! Wenn ich Mut hätte, würde ich zu ihnen hinlaufen und sie umarmen!

Ich sehe Monsieur Quinette, der auf die schönen lilafarbenen Augen zusteuert. Mit wieviel Anmut sie sich den Aufdringling immer wieder vom Leibe hält. Armer Monsieur Quinette, dessen weiße Weste in der Reinigung ist und der jetzt wieder seine Yachtbesitzer-Weste trägt.

«Darf ich mir erlauben, Ihnen etwas zu bestellen?»

Er hat keine Zeit verloren. Kaum hat die eine ihn abgewiesen, ist er schon auf die zweite losgestürmt. Wieder ein Mißerfolg. Diesmal sieht er nicht mehr zufrieden aus. Er zögert, sieht mich an, als ob er mir etwas sagen wollte, zieht dann die Schultern hoch und geht weg.

Zweifellos bin ich nicht mehr fein genug, um das Recht zu haben, eine Einladung abzulehnen!

Gut, also lade ich mir selbst jemanden ein!

Die junge alleinreisende Frau scheint den gleichen Gedanken zu haben wie ich. Sie sitzt auf der Terrasse des Café de Paris bei einem Pfefferminztee. Wenn ich es wagte, würde ich auf sie zugehen . . . aber ich wage es nicht. Sie lächelt mir schüchtern zu. Ich antworte mit einem verlegenen Lächeln. Ich setze mich an den Nachbartisch. Der Kellner kommt . . .

«Bringen Sie mir einen Pfefferminztee.»

Es ist wirklich albern, so schüchtern zu sein. Ich spiele mit meinem Portemonnaie, eine Münze fällt heraus und rollt über den Tisch. Ich stürze mich auf sie, die junge Frau ebenfalls, und wir finden uns auf allen vieren wieder, eine gegenüber der andern. Sie reicht mir meine Münze, 20 Centimes. Ihre Augen sind wie Veilchen. Aus der Nähe ist sie noch schöner.

«Darf ich mir erlauben, Ihnen etwas zu bestellen?» frage ich feierlich, und wir brechen beide in Lachen aus.

Mein Pfefferminztee wird neben den ihren gestellt, mein Tischchen bleibt leer. Wir wissen noch nicht, worüber wir sprechen werden, aber wir sind beide froh, daß wir den Mut hatten, uns einander bekannt zu machen.

«Langweilen Sie sich nicht, so ganz allein?» fragt sie mich.

Sie staunt, als ich es verneine. Sie findet es sterbenslangweilig hier! Sie ist so schüchtern, sie wagt nicht, jemanden anzusprechen! Wenn meine Münze nicht weggerollt wäre . . .

«Es ist schrecklich! Ich hasse den Juli! Ich hasse die Ferien! Ich hasse das Meer, die Sonne und den Süden! Jeder Sommer ist ein Alptraum! Und das geht jetzt schon sieben Jahre so!»

Ich wundere mich über ihre Beharrlichkeit, an einen Ort zu reisen, der ihr nicht gefällt.

«Es gibt einen Mann in meinem Leben», sagt sie.

Das ist eine erfreuliche Neuigkeit.

«Ja, aber einen verheirateten Mann . . .»

Ach, schade, das ist eine schlechte Neuigkeit.

«Ein verheirateter Mann mit Kindern, einer Familie, einer Frau! Das Pflichtbewußtsein! . . . Nie wird er seine Frau verlassen! Nie! Er sagt immer zu mir: ‹Wir müssen an sie denken!› Er ist wunderbar!»

Für mich ist er aber schon ein verabscheuungswürdiges Wesen.

«Ich bin jetzt noch einsamer geworden, weil ich mich mit all meinen Freundinnen überworfen habe. Alle haben gesagt: ‹Verlaß ihn! Verlaß ihn! Er macht dir dein Leben kaputt!› Sie können es nicht verstehen! Wenn er zu mir sagt: ‹Meine Frau ist meine Frau . . .›»

«Liebt er sie?»

«Er respektiert sie.»

Wie schrecklich!

«Also komme ich jedes Jahr um diese Jahreszeit nach Le Grau-du-Roi und hoffe . . . Aber langweile ich Sie nicht mit meinen Geschichten? Halten Sie mich bitte nicht für aufdringlich, wenn ich Ihnen all das erzähle. Ich muß einfach mal darüber sprechen . . .»

Die Arme. Ich beruhige sie.

«Danke! Es tut mir so gut, mich Ihnen anzuvertrauen. Wissen Sie, ich komme hierher, weil sie einen Familienbesitz zwischen Nîmes und Montpellier hat. Manchmal kann er dort entwischen . . . oh, nur selten! Und nicht lange! Aber es ist gut. Ich sage zu ihm: ‹Jean, mein Liebling . . .›»

«Jean?»

«Ja, Jean. Gefällt Ihnen der Name nicht?»

Oh, doch! Er gefällt mir, dieser Name! So sehr, daß mir plötzlich kalt wird und alle Kräfte in mir erlahmen und ich zu Tode erschrocken bin . . .

Jean. Es gibt noch andere Jeans! Aber: seine Frau hat einen Familienbesitz in der Gegend zwischen Nîmes und Montpellier . . . Seit sieben Jahren erwarten ihn die lilafarbenen Augen in der Sommerhitze . . . Manchmal kann er entwischen . . . Und das ist gut . . .

«Oft habe ich zu ihm gesagt . . .» Sie fährt fort zu sprechen, sie hat nichts bemerkt, aber ich muß Gewißheit haben. «Ich habe zu ihm gesagt: ‹Jean, mon chéri, ich werde mich zurückziehen!› Aber wissen Sie, was er mir dann antwortet: ‹Ich bin es, der befiehlt!› Und es stimmt! Es ist Jean, der befiehlt. Oh, ich möchte so gern, daß Sie ihn kennenlernen. Er würde Ihnen gefallen, da bin ich sicher! Und außerdem bin ich stolz auf ihn! Er ist der geborene Dirigent!»

Ich fragte mich schon, wie viele Jahre ich für ein Verbrechen aus Leidenschaft bekommen würde, als sie mit vor Stolz bebender Stimme fortfuhr: «Er dirigiert das Orchester der Steuereintreiber für die Landwirtschaft im Finanzministerium!»

Lieber Jean! Ich war plötzlich froh und glücklich! Am liebsten hätte ich sie umarmt! Was dachte er sich dabei, dieser Dummkopf von Steuereinnehmer, seine Ehe kaputtzumachen, seine Familie zu verlassen und in ihre Arme zu laufen? Ach, diese Männer! Wirklich! Sie überraschen mich immer wieder! Lucien hat recht. Frauen sind unglückliche Wesen! Zu oft schwanger, zu selten schwanger, geliebt oder zum Narren gehalten, geachtet oder ausgenützt, verlassen oder überarbeitet, bewundert oder hintergangen, eine Frau kann nur zwischen der Leere oder dem Überschwang wählen.

Sind sie glücklich? Oder werden sie glücklich sein, diese beiden Karyathiden, nach denen sich die Menge neugierig umdreht. Muskulös, athletisch und ruhig, wie sie sind, könnten sie gut von Dänemark aus hierhergeschwommen sein, ohne daß ihr Pulsschlag sich beschleunigt hätte. Gelassen schlendern sie an uns vorbei, und da erst entdecke ich die Gruppe, die ihnen folgt, die sie mit ihrer Statur verdeckt hatten.

«Werther!»

Hinter ihnen hatte ich ihn nicht gesehen.

«Werther! Hu-hu! Werther! Das ist mein kleiner Schweizer», sage ich zu der jungen Frau. Ich stehe auf und gehe auf ihn zu.

Ich glaube, er hat mich an der Stimme wiedererkannt.

«Sie sind gewachsen, Madame!» sagt er lachend.

Ich ziehe ihn zu unserm Tisch und stelle die beiden einander vor. Das heißt, ich sage: «Werther . . . eine Freundin von mir.» Ich bitte ihn, sich zu uns zu setzen. Aber vielleicht möchte er, daß ich auch seine Kameraden einlade?

«Nein, nein», sagt er. «Das ist meine Freiheit!»

Er ist immer noch so schön, aber sein Blick ist weniger strahlend. Ich frage ihn, was er in der Camargue gesehen hat.

«Ich habe Schweizer gesehen», sagt er bedrückt.

Ich erkläre den lilafarbenen Augen, daß der junge Mann ein Gelehrter ist, der Studien über provenzalische Literatur betreibt.

«Ach ja?» sagt sie.

Sie ist rührend. Ein kleines Mädchen, das sich Freunde gemacht hat.

«Ich werde sehr traurig zurückfahren», sagt Werther, einen weißen Tropfen Milch im Flaum seiner Oberlippe. «Überall Touristen! Oh, ich weiß wohl, wo sie sich versteckt, die unberührte Natur. Im Bois des Rièges und in Brasinvers. Aber das Tor dazu ist mir verschlossen.»

«Ich habe den Schlüssel.»

«Einen Schlüssel?» fragt meine neue Freundin und scheint darauf zu warten, daß ich ihn aus der Tasche ziehe.

«Den Schlüssel?» fragt Werther, der wieder Hoffnung schöpft.

Ich erzähle ihnen von dem Wildgehege, von meinem Großvater, von dem Granatapfelbaum. Ich bin nicht sicher, ob ich den Weg wiederfinde. Ich kann nicht versprechen, ob wir nicht eins übergebraten bekommen, aber man sollte das Abenteuer wagen.

«Brasinvers», wiederholt Werther und reibt sich die Hände.

«Also morgen, 8 Uhr 30 vor dem Hôtel de la Plage. Kommen Sie mit?» frage ich die junge Frau.

«Mit Vergnügen!» sagt sie begeistert. «Ich werde Fotos machen für Jean!»

«Wissen Sie, daß das in den sieben Jahren, die ich hierherkomme, mein erster Ausflug ist? Sie sind wirklich sehr liebenswürdig. Oh, hören Sie, ich komme mit, aber unter einer Bedingung: heute abend im Hotel lade ich Sie zum Essen ein!»

Ich nahm sofort an, und sie strahlte vor Freude wie ein Kind. Wir standen auf, um zum Hotel zurückzukehren, froh und unbeschwert wie zwei Gymnasiastinnen. Am Ende des Kais wagte sie meinen Arm zu nehmen, und als wir vor der Terrasse ankamen, legte ich den Arm um ihre Schulter.

«Tantchen!» rief Céleste, die hinter dem Oleander lauerte. «Das Fräulein ist da.»

Ich spürte, wie sie zitterte, und legte meinen Arm fester um sie. Christine kam auf uns zu: «Mademoiselle, Sie werden erwartet!»

«Mein Gott», sagte sie tonlos.

«Ich glaube, Monsieur ist in der Bar.»

Er kam schon heraus, Monsieur, wütend, gekleidet, wie man eben beim Finanzministerium gekleidet ist, die Brille glänzte vor Empörung, der Schnurrbart zitterte vor gerechtem Zorn.

«Jean!»

Dieser herzerschütternde Schrei ließ alle Köpfe zu ihr herumfahren, aber Monsieur nahm keine Notiz davon.

«Weißt du, wieviel Uhr es ist? Weißt du denn nicht, wieviel Uhr es ist?» Er verschluckte sich fast vor Wut und klopfte auf seine Armbanduhr. «Kommst du immer erst nachts vom Strand zurück?»

Ich nahm meinen Arm weg, bevor sein Blick ihn zersetzen konnte. Die junge Frau schien unschlüssig, was seinen Zorn nur noch steigerte: «Ich stehe hier wie ein Dummkopf und warte auf dich! Du weißt doch, was es für mich bedeutet, hierherzukommen! Das weißt du doch, nicht? Und währenddessen . . . Was hast du gemacht? Warst du baden? Mit einem Scheinwerfer?»

«Aber, Jean, ich konnte doch nicht wissen», sagte sie bestürzt.

Plötzlich wurde er noch ekelhafter; er lächelte.

«Also komm, es ist vergessen», sagte er großzügig.

Er zog sie mit fester Hand hinter sich her, aber ich konnte gerade noch hören, wie er sagte: «Was ist das eigentlich für eine, diese Maus, mit der du so ein Herz und eine Seele bist? Du weißt, daß ich es nicht gern sehe, wenn du dich mit solchen Typen abgibst . . .»

«Ein ungemütlicher Kerl, dieser Casanova», flüsterte Lucien mir ins Ohr.

Ich ging auf meinen Tisch zu. Die Pensionsgäste sahen vergnügt aus. Meine Verwandlung, die Niederlage des Grimassenschneiders, und jetzt diese Eheszene . . . ein schöner Tag!

Die Engländerinnen prosteten mir mit ihrem Pastis zu. Der Verführer dagegen kehrte mir entschlossen den Rükken zu.

«Wo ist die vielköpfige Familie?»

«Im kleinen Speisezimmer», sagte Lucien und reichte mir die Menükarte. «Es muß sowieso nach der Saison gestrichen werden. Madame Paquin hat sie vor die Wahl gestellt, entweder dort zu essen oder das Hotel zu verlassen. Übrigens, vielen Dank für die Wasserhähne!»

«Ich bin untröstlich wegen des Essens . . .» Atemlos und mit gerötetem Gesicht stand die junge Frau vor mir.

«Ich bitte Sie!»

«Macht es Ihnen wirklich nichts aus?» fragte sie, schon fast wieder auf dem Rückweg.

«Aber nein!»

«Ein andermal?» fragte sie erleichtert.

Ich versprach es, und sie verschwand wie Aladin mit der Wunderlampe.

All das hatte mich fröhlich gemacht und hungrig.

«Ich habe Hunger», sagte ich und faltete meine Serviette auseinander.

«Ah, wir sind ein guter kleiner Esser, was, meine hübsche Seekröte? Sie genießen die Meeresluft!»

«Ich genieße alles, Lucien! Ich will Aioli, Wein, Toastbrot, Butter, Sardellen und Oliven.»

Lucien notierte sich die Bestellung mit größtem Ernst und äußerte Zweifel, ob es möglich sein würde, mir all das Gewünschte zu bringen, versicherte mir aber, daß ich eine wohlgefüllte Schüssel erhalten würde. Er machte sich gerade auf den Weg zur Küche, als der Aufschrei einer Frau erklang . . .

Abrupt wandte er sich um und fragte mich: «Was ist los mit Ihnen?»

«Was heißt, was ist los?»

«Haben Sie nicht geschrien?»

«Nein!»

Wieder ein Schrei! Wir sahen uns an. Die Schreie kamen aus einer der oberen Etagen . . . Melodiöse Seufzer, unterbrochen von spitzen Klagen. Alle sahen nach oben, nur die beiden Engländerinnen nicht, die außer dem Geläut von Big Ben nichts mehr hörten und ungerührt ihren Toast bestrichen . . .

«Jean!»

Lucien fängt an zu lachen und gibt damit das Signal für die andern. Ich muß mir auf die Lippen beißen, dann höre ich auf, gegen das Lachen anzukämpfen. Die Leute brüllen los. Unser Gelächter übertönt die Geräusche der stürmischen Liebesbezeugungen zwischen den lila Augen und dem Steuereinnehmer. Meine falschen Wimpern lösen sich, und ich lege sie auf den Rand des Tellers, die Backen schwarz von Wimperntusche. Die Engländerinnen lachen unbefangen mit, glücklich, an einem alten französischen

Brauch, der so amüsant ist, teilzunehmen. Der Verführer dreht sich zu mir um und versucht, meinen tränennassen Blick zu erhaschen. Madame Paquin eilt vom Empfang herbei, erstaunt und zufrieden, ihre Gäste so fröhlich zu sehen, und sagt: «Lucien! Champagner und Langusten nach Zimmer 5!»

Sie kann nicht verstehen, warum die Leute diesen Auftrag so lustig finden und fast mit den Köpfen auf den Tisch schlagen. Lucien verneigt sich würdevoll wie bei der Comédie Française und deklamiert: «Wir geben uns ganz der Liederlichkeit hin!»

Unter den staunenden Augen seiner Chefin und tosendem Beifall geht er ins Haus.

«. . . der Granatapfelbaum wird dir immer den Weg zeigen . . .» Aber wo war nur dieser Granatapfelbaum?

Vielleicht würde ich den Weg nie mehr finden. Die Zivilisation hatte die Wege verschlungen. Häuser, Mauern, Beton, Teer und behauene Steine waren jetzt da, wo früher Disteln wuchsen, wilde Lilien und Saladellen.

Wie schrecklich, wenn ich den Weg verfehlte und mich mit Werther vor einem Schwimmbad wiederfinden würde, oder in einer Restaurant-Ranch voller kastanienbrauner Pferde! Armer Werther, der mich schon seit 8 Uhr früh erwartete!

«Der junge Mann wartet ungeduldig auf Sie!» hatte mir Christine gesagt.

Ich weiß nicht, welcher Hafer Christine gestochen hatte, aber sie wollte mir Céleste nicht für den Tag mitgeben. Die Augen der Kleinen standen voller Tränen . . .

«Nein! Ich habe nein gesagt, und es bleibt dabei!»

Sie war spitz, förmlich und langweilig.

«Du hast die Dame gestern schon genug gestört!»

Die Dame gestört? Wie kommt sie darauf . . .

Ach, ich finde die Straße einfach nicht!

Und plötzlich sehe ich ihn: Eingezwängt zwischen eine gräßliche Mauer und einen Metallzaun, aber immer noch aufrecht.

Der Granatapfelbaum.

Ein lebender Grenzstein voller Saft und Kraft, der mir mit seinen Früchten, die fast noch in Blüte stehen, den Weg weist.

Danach brauchten wir nur noch dem toten Arm des grünlichen Kanals zu folgen und den schönen Besitzungen mit den Häusern, die hinter Bäumen versteckt waren. Spargelfelder. Wein. Pinien. Von einem rosafarbenen, von Akazienbäumen umgebenen Dach aus beobachten Pfauen, wie wir vorbeifahren. Die prächtigen Männchen fliegen schimpfend davon.

Wir waren erst am Anfang unseres Weges zur wahren Schönheit. Wir mußten Jahrhunderte zurücklegen . . .

«Sie fahren auf einem Privatweg!» sagte Werther plötzlich beunruhigt.

«Das heißt, daß ich auf dem richtigen Weg bin.»

Ein Weg voller Salz und Lehm. Die Erde machte dem Sand und dem Wasser Platz. Das Auto folgte einem schmalen Damm, der zwischen den viereckigen Tümpeln errichtet worden war, alten Salzteichen. Vögel flatterten auf und schlugen mit ihren rosa-grauen Flügeln. Eine fette Ratte lief direkt vor unseren Rädern über den Damm und tauchte ins Wasser, das die Farbe von Kitt hatte.

In der ebenen Landschaft hier sieht alles wie eine Luftspiegelung aus. Licht, Schatten und Formen sind trügerisch. Der Wald dort in der Ferne ist vielleicht nur ein Büschel Salzkraut. Das Meer ist verschwunden, aber vielleicht hat es sich, grollend und mit Schaum auf den Lippen, nur hinter der kleinen Düne da versteckt. Und plötzlich ist der Wald da, an den Boden geklammert wie ein riesiger Schwamm, vom Wind gepeitscht seit der Geburt des ersten Baumes, nach Osten geneigt, wie um den Tagesanbruch zu bewundern.

Wir müssen anhalten, denn wir stehen vor einer Umfriedung, einer harmlosen Barriere, die sicher sogar Kühe öffnen können. Wir fuhren hindurch und schlossen sie wieder hinter uns. Wir stiegen wieder ins Auto. Wir waren plötzlich in einer anderen Welt. Ein Boden, der rot war von Piniennadeln und kühl vom Schatten, mit grünen Mulden wie in der Nähe einer Quelle.

Werther schwieg.

Wir waren weit weg von den Wäldern des Heiligen Römischen Reiches Deutscher Nation, die wie Kathedralen aussahen. Hier hatte Apollo mit eigener Hand Myrthen und Rosmarin gepflanzt, hier leuchteten seine Strahlen und ließen den Affodill sprießen.

Der Mensch weiß wohl, daß er in diesem Heiligtum nur geduldet ist. Er geht auf Zehenspitzen, um den geheimnisvollen Frieden nicht zu stören. Die Nymphen und die Dryaden leben still in diesem letzten Refugium. Das Gras, das hier wächst, ist geheiligt, Schmuck und Nahrung des Gottes.

Des Gottes, der, nach einer Biegung des Weges, vor uns steht.

Massig, schwarz, ruhig.

Der Stier sieht uns an, wendet sich dann ohne Hast ab. Wovor sollte er Angst haben? Warum sollte er etwas gegen uns haben? Ihm hat nie jemand ein Leid zugefügt.

Der Wald wird heller, weite Lichtungen, manchmal Spiegel schimmernden Wassers, manchmal durch die Trockenheit rissig gewordenes Land, lockern ihn auf, Bilder vom Anfang der Welt, von Augenblicken der Schöpfung, der Hochzeit der vier Elemente.

Wir sind im ältesten Teil der Camargue. Ganz in der Nähe ist das Gestade, wo, wie die Sage geht, die drei Marien, die uns das Wort und den Leib Christi brachten, an Land kamen. Und hier, im salzigen Sand des Deltas, dem Geschenk des Windes, dem Sieg über das Wasser, schlug das Kreuz Wurzeln und fing an, über dem Abendland zu blühen.

Werther schwieg immer noch.

Vor einem kleinen Hügel, im Schatten einer wilden Tamariske, hatte ich den CV geparkt. Die Fenster waren während der Fahrt offen gewesen, aber erst als wir aus dem Wagen stiegen, umgab uns der Duft der vergangenen Zeiten. Diese eigenartige Luft, die zu tanzen scheint, diese fast musikalische Schwingung der Atmosphäre, dieser Freudenschimmer, ich glaube, all das findet man nur in der Camargue.

Werther sah um sich und begann mit seinem schwyzerdütschen Akzent zu deklamieren:

«Amo de longo renadivo
Amo jouiouso e fiero e vivo
T'apelo, incarno te din mi vers prouvencau!»

Ich schämte mich, daß ich nicht wußte, wie das Gedicht von Mistral weiterging. Um nicht ins Hintertreffen zu geraten, bot ich das Meer an. Es war da, ganz nahe, hinter dem kleinen Hügel. Kein Schiff. Kein Segel. Und auf dem weißen Sand keine anderen Spuren als die der Vögel. Dies war noch einmal der Beginn der Welt. Plötzlich ein dumpfes Grollen: wilde Pferde brachen aus dem Wald hervor und liefen, ohne uns eines Blickes zu würdigen, vorbei, die

Mähnen im Wind wehend und mit schnaubenden Nüstern. Sie galoppierten am Meer entlang, in der Gischt, die ihr Fell benetzte.

«Ich habe schrecklichen Hunger!» sagte Werther mit der gleichen Überzeugung wie Paul, wenn er am Rande eines Schwächeanfalls ist.

Ich merkte, daß ich auch Hunger hatte. Ein phönizischer Wacholderbaum bot uns mehr Schatten als die Tamariske. Christine hatte mich sehr verwöhnt. Sicher wollte sie mir so dafür danken, daß ich ihr die Wasserhähne wieder beschafft hatte.

Wir sprachen wenig. Ich spürte, daß Werther versuchte, all das in sich aufzunehmen, was er in der Bibliothek von Sankt Gallen auswendig gelernt hatte. Ich konnte ihm keine Offenbarungen bieten. Ich hatte ihm nur die Pforte des Heiligtums geöffnet. Er wußte, daß der Gral hier vorbeigekommen war, bevor er sich in den Nebeln des Nordens verlor. Er wußte, daß Marthe das Untier mit ihrem Band gefesselt hatte. Er wußte, daß Mistral aus einem provenzalischen Bauernmädchen eine kleine Unsterbliche gemacht hatte. Und wenn er die Rhône hätte überqueren und in Vaccarès die Bestie hätte treffen können, er hätte ihr brüderlich die Hand entgegengestreckt, um sie von den Limonen wegzuziehen und der Freude an der Zikadenmusik und dem Flug der rosa Flamingos wiederzugeben.

«Ich habe großes Glück, daß Ihr Großvater hier gejagt hat!»

Begeistert aß er Quittenpasteten.

«Quittenpastete? Was ist das für eine Frucht?»

«Sie ähnelt einem Apfel, einer Birne, und man kann sie nicht roh essen.»

«Quittenpastete . . . das ist etwas Feines!» Dann fragte er mich: «Kommen Sie mit schwimmen, Madame?»

Madame! Da hatten die Götter des Waldes etwas zu lachen! Ich fand seine Art ein bißchen feierlich, aber es ist mir lieber als die lässige Art mancher jungen Leute, wissen Sie, die sich gegenseitig in die Seite stoßen, jeden duzen, also, meine Dicke! Und, bums!, ein Klaps auf den Rücken. Ich sagte ihm, daß ich mich jetzt sonnen wollte und später schwimmen käme, aber daß er mich nicht Madame zu nennen brauchte, daß ich Ludovique hieße, daß dieser Name aus der Antike stamme, daß es ein römischer Name sei und ganz hierhergehöre.

«Ich kenne Sie noch nicht lange genug, deshalb wage ich es nicht», sagte er ernst und zog seine Hose aus.

Darunter trug er nichts, und ich war etwas verblüfft, ihn plötzlich splitternackt vor mir zu sehen.

Er faltete sorgfältig seine Jeans und legte sie auf den Sand.

«Es gibt zu viele schlecht erzogene junge Leute», schloß er. «Finden Sie nicht?»

Ich schüttelte dümmlich den Kopf. Er lächelte mir zu: «Kommen Sie wirklich nicht mit?»

«Später», murmelte ich.

Er lief auf den kleinen Hügel zu, sprang mit einem Satz darüber, wandte sich um, winkte mir freundschaftlich zu und verschwand plötzlich.

Er war wirklich blond.

Er war auch wirklich schweizerisch.

Ich sagte mir: Jean wird sich totlachen, wenn ich ihm diese Geschichte erzähle!

. . . aber ich war mir dessen nicht so ganz sicher.

Und doch fand ich Werthers Verhalten rührend. Wie das eines jungen Mädchens, das sich vertrauensvoll einem Mann hingibt.

Unschuld.

Werther, zwischen den Bäumen des Gartens, verhüllte sein Gesicht nicht vor dem Allmächtigen. Weder sein Gesicht noch sonst etwas.

Wenn ich mehr Größe besessen hätte, ich hätte mich auch ausgezogen. Aber meiner Erziehung, meiner Herkunft und den Grundsätzen nach, die mir eingepflanzt worden waren, gehörte ich noch ein wenig zum 19. Jahrhundert. Ich beschränkte mich also auf den Merry-Look, was schon ein beachtlicher Sieg über meine Vorurteile war.

Mit Frieden im Herzen schlief ich in der Sonne ein.

Das Erwachen war schrecklich!

Eine Frauenstimme schrie, und ich glaubte, es sei ein Unglück geschehen.

«Nix möglich! Forbidden! . . . Privat!»

Da ich vom Licht geblendet war, konnte ich das Gesicht der schimpfenden Frau, die da vor mir tobte, nicht gut erkennen.

«Wer hat Ihnen erlaubt, hier einzudringen? Was machen Sie hier? He, Sie! Ich spreche mit Ihnen! Verstehen Sie mich? Natürlich keine Französin! Eine Hergelaufene!»

Die unangenehme Stimme erinnerte mich an etwas . . . aber an was? An wen?

An etwas, das schon lange zurücklag . . .

Plötzlich rief ich: «Ginette!»

Die Frau schwieg verwirrt, aber ich ging auf sie zu, da ich jetzt sicher war, daß ich mich nicht irrte: «Ginette! Erkennst du mich nicht wieder? Ludovique Campredon! In der Sekunda, am Gymnasium in Nîmes!»

«Ludovique Campredon?» Ginette sah mich zweifelnd an. «Mit dieser Perücke hätte ich dich nie wiedererkannt!»

Perücke! Mein schönes blondes Haar!

«Ah, wenn ich gewußt hätte, daß du es bist, hätte ich

mich nicht so aufgeregt! Ludovique Campredon . . . Mein Gott, wir werden nicht jünger! Ludovique Campredon! Du siehst, ich mache meine Runde. Ich bin der Sheriff von Brasinvers! Ich schlage mich dauernd mit den Fremden rum, die uns überfallen und hier alles verdrecken! Alles Spitzbuben! Süchtig sind sie, schmutzig, und so weiter. Die stecken den Kiefernwald in Brand und merken es nicht mal! Aber ich stürze mich mit meinem Jeep auf die Bande! Die machen mir keine angst! Das kannst du mir glauben!»

Ich glaubte es ihr. Es war sie, die erschreckend wirkte.

«Ach, Ludovique, was für ein Wiedersehen! Oh! Ich gratuliere dir! Du hast einen berühmten Mann geheiratet! Mein Geschick ist weniger aufregend, aber ich habe auch keinen Grund, zu klagen. Ich habe Gaston Soubeyran geheiratet, den Notar, den ältesten von fünf Brüdern. Erinnerst du dich noch an ihn?»

Ich gab ein höfliches Gebrumme von mir, aber ich konnte sie nicht täuschen.

«Nein? Er ist ein guter Junge . . . Er hat eine große . . . große Praxis . . . Und was ist mit deinem?» Sie sieht sich plötzlich gutgelaunt um. «Ist er auch hier?»

«Nein, nein, nein, ich bin allein!» sagte ich sofort.

Kaum hatte ich die Lüge über die Lippen gebracht, als fröhliche Rufe erklangen: «Hu-hu! Hu-hu!»

Schön wie Luzifer, arglos wie Bernadette Soubirous erschien Werther auf dem Gipfel des kleinen Hügels.

An Ginettes Gesicht konnte ich ablesen, welche Gefühle sie bewegten. Sie bekam einen roten Kopf, atmete tief ein, erschauerte und blieb erstarrt und mit offenem Mund stehen. Ich wußte, daß ich keine Chance hatte, mit dem Verständnis oder der Nachsicht des hohen Gerichts zu rechnen. Ihre Züge verrieten zu auffällig alle Anzeichen einer gestauten Sinnlichkeit. Werther sprang umher und schrie mit wahrhaft barbarischer Begeisterung. Sie sah ihn auf sich zukommen wie eine Sturmflut.

«Aber wir haben ja Besuch!» sagte er liebenswürdig, als er näher kam, und verneigte sich gewandt mit ganz und gar deutscher Korrektheit.

Ich brachte mühsam hervor:

«Ginette, darf ich dir Werther vorstellen, er ist ein hervorragender junger Schweizer Philologe . . . Madame Soubeyran . . .»

Werther streckte ihr mit einer solchen Selbstverständlichkeit die Hand entgegen, daß sie es nicht fertigbrachte, ihm die ihre zu verweigern.

«Sehr erfreut . . .» stammelte sie.

Aber Werther ließ ihre Hand nicht los. Irgend etwas schien ihn zu beschäftigen:

«Soubeyran», wiederholte er, «Soubeyran? Sind Sie die Frau von Pastor Soubeyran?»

«Seine Schwägerin», sagte Ginette, die mit allen Kräften versuchte, ihre Hand zu befreien.

«Das ist ja großartig!» rief Werther und schüttelte Ginettes Hand vor Freude. «Pastor Soubeyran ist der bedeutendste Kenner Bernard de Ventadours. Ich habe ihm dreimal von Sankt Gallen aus geschrieben, und er hat mir jedesmal mit so freundlichen und aufrichtigen Briefen geantwortet. O ja, er ist ein guter Mann! Und das ist Ihr Schwager? Welch ein Glückstag für mich, dieser Tag, heute! Sagen Sie ihm doch, bitte, Bescheid, Madame!»

«Wir haben Streit mit meinem Schwager», sagte Ginette, die ihre Hand und ihre fünf Sinne wiedererlangt hatte. «Wir sehen uns nicht mehr.»

«Ich bin untröstlich», sagte Werther fassungslos.

Dann entstand ein schreckliches Schweigen. Ich streckte die Hand nach der Thermosflasche aus:

«Eine Tasse Tee, Ginette?»

«Nein, danke», sagte sie mit schiefem Lächeln.

Dann nickte sie mir zu, nickte Werther zu, ging zu ihrem Jeep und setzte sich hinters Steuer. Sie startete, fuhr ein Stück zurück, hielt neben mir und sah mich mit einem freundlichen Lächeln an: «Alle meine guten Wünsche für deinen Mann!» rief sie und schaltete in den ersten Gang. «Aber er braucht sie ja gar nicht, er hat ja eine Glückssträhne!»

Ich sah den Jeep in einer Staubwolke verschwinden, und sofort fielen mir geistreiche und spitze Erwiderungen ein . . .

«Oh!» sagte Werther. «Sie haben Tränen in den Augen!»

Meine Augen standen voller Tränen, und ich spürte, daß noch mehr kamen und hervordrängten und mich zu ersticken drohten . . .

«Ist es meinetwegen?»

Ich nickte.

«Ist es, weil ich die Hose ausgezogen habe?»

Die Tränen stürzten hervor.

«Ich bin untröstlich», sagte Werther.

«Das macht nichts. Sie ist eine Kuh!» schluchzte ich. «Sie war schon am Gymnasium eine Kuh! Sie war mehr Kuh als alle!»

«Was kann ich tun?»

«Die Hose wieder anziehen», schluchzte ich.

Er stürzte sich auf seine Jeans, schüttelte den Sand heraus und schlüpfte in sie hinein. Während er die Hose zumachte, sagte er: «Sie dürfen nicht den Mut verlieren, Madame.»

«Es geht mir gut! Es geht mir sehr gut!» versicherte ich und weinte rückhaltlos.

Tastend suchte ich in meinem 2 CV nach der Kleenexschachtel. Ich weinte wie eine Tertianerin, der man vorwirft, beim Examen abgeschrieben zu haben. Ich weinte wie eine Schülerin aus der ersten Klasse, die man an den Haaren gezogen hat. Ich weinte, weil ich mich schämte, und ich war wütend, daß ich mich schämte. Es war so ungerecht! Ich schneuzte mich so laut, daß sich ein großer Vogel mit zornigem Schrei aus dem nahen Gebüsch erhob.

Das erinnerte mich an die Gesetze der Natur.

Ich verwandelte mich wieder in die Gastgeberin von Brasinvers und wandte mich dem jungen Barbaren zu, der mich voller Mitleid betrachtete und sich nicht vom Fleck gerührt hatte.

«Milch oder Zitrone?» fragte ich.

«Natur», sagte Werther.

Das Teetrinken ist ein Ritual. Es hilft einem – wie alle Rituale – über bedrückende Situationen hinweg. Als ich den ersten heißen Becher ausgetrunken hatte, fühlte ich mich schon besser. Was war eigentlich los? Ich hatte immerhin Kinder in die Welt gesetzt, eine Familie versorgt, einem Mann geholfen, seinen Stand im Leben zu finden, und ich sollte auf die Anerkennung einer Ginette angewiesen sein? War ich wirklich so blöd? Eine Schlange hatte sich in meinen Garten geschlichen, aber das war unwichtig. Auch eine Schlange ist ein Geschöpf Gottes. Ich trank noch einen Becher, und der Tee, dieses Zaubergetränk, erfüllte seine friedenstiftende Mission. Ich ging mit Werther zu Fuß bis zum Posten der Vier Marien, einer zerstörten Hütte, die als Zollstation und als Raststätte gedient hatte. Ich pflückte große Büschel Rosmarin, der stark duftete. Aus der Ferne betrachteten uns Stiere, die Köpfe uns zugewandt, und zwischen ihnen liefen wilde Pferde umher. Die Sonne neigte sich schon dem Westen zu, und die Pferde machten einen langen Hals und atmeten mit weiten Nüstern den kommenden Abend ein. Es war Zeit aufzubrechen.

«Was für ein schöner Tag!» sagte Werther.

Es gab keinen Grund, ihm böse zu sein. Er war zwanzig Jahre alt. Was ging ihn die Abrechnung zwischen zwei alten Gören vom Gymnasium in Nîmes an?

Wir fuhren die Strecke in entgegengesetzer Richtung. Sie kam mir lang vor. Ich war müde. Von der Sonne gebraten. Ich glühte. Glänzte wie Kupfer. Das erste Haus erschien mir wie eine Beleidigung der Schönheit der Schöpfung. Ich fragte Werther, wo ich ihn absetzen sollte. Er sagte, er wolle nach Le Grau-du-Roi zurück. Die wohltuende Wirkung des Tees verflüchtigte sich wie die einer Droge, die nicht mehr die Kraft hat, den Schmerz zu nehmen. Ich wußte, daß es mir schlecht gehen würde. Bald. Sehr bald. Jetzt. Es war schon soweit. Es ging mir schlecht.

«Meine deutsche Großmutter», sagte Werther.

Auch das noch! Er hatte eine deutsche Großmutter! Das hatte gerade noch gefehlt.

«Meine deutsche Großmutter sagte immer: ‹So glücklich wie Gott in Frankreich!›»

«Ja, die Deutschen sind immer sehr liebenswürdig, wenn sie von Frankreich sprechen. Unglücklicherweise vergelten die Franzosen ihnen das schlecht. Meinem Vater hat es in der Deportation ganz und gar nicht gefallen.»

Werthers Lächeln erstarb.

«Entschuldigen Sie», sagte er traurig.

Warum habe ich das gesagt? Wie schrecklich. Meine Stimme hatte genau wie die von Ginette geklungen. Bis zum Kanal sprachen wir nicht mehr. Ehe er ausstieg, sagte er freundlich zu mir: «Madame, Sie müssen auf andere Gedanken kommen.»

Ich sagte, das täte ich schon, aber er ließ sich nicht täuschen.

«Ich sehe, daß Sie in keiner guten Stimmung sind», sagte er. «Und da trifft es sich gut, daß wir heute abend ein kleines Treffen haben . . . lauter junge Leute, bei Pépé La Sardine, auf der anderen Seite der Brücke . . . Wir werden singen und tanzen . . . Das wird Ihnen guttun!»

Tanzen gehen! Der Einfall eines Kindes, das glaubt, einen von einem Herzenskummer befreien zu können, indem es einem Bonbons anbietet.

Ich schüttelte den Kopf und bedankte mich. Ich hatte es jetzt eilig, ihn loszuwerden.

«Ich bin sicher, daß Sie kommen werden», sagte er.

Er stand auf der Straße, und ich betrachtete ihn zum letztenmal. Er war wirklich schön, schön und rein, und es machte mir Freude zu wissen, daß es ihn gab.

«Auf Wiedersehn», sagte ich.

«Bis nachher», antwortete er.

Bis nachher? Wie naiv! Nachher würde ich schlafen. Ich gehe sofort ins Bett. Ich gehe nicht zum Essen. Ich werde mich hinlegen. Schlafen. Niemanden sehen . . .

Nein, ich will niemanden sehen! Weder das Lächeln von Céleste noch Lucien, der im Tonfall der Antillenbewohner spricht, als er mir im Vorbeigehen sagt, das Haus sei «für Farbige verboten».

Er fällt mir auf die Nerven, dieser Lucien! Er glaubt, immer den Lustigen spielen zu müssen. Aber er bringt mich nicht zum Lachen, überhaupt nicht. Obwohl ich ihm den Rücken zukehre, spüre ich, daß er erstaunt ist. Natürlich, bisher bin ich immer *sein* Gast gewesen, immer bereit, lauthals zu lachen, sobald er den Mund aufmachte. Also gut, heute abend hat er keinen Erfolg damit! Und daß er ja nicht auf den Gedanken kommt, mir zum Trost einen Kamillentee zu bringen! Am besten werde ich mich einschließen und niemandem antworten!

Tanzen gehen! Das fehlte noch! Ich Idiotin! Großmutter! Wenn ich an all die verrückten Dinge denke, die ich bei Mauricette gekauft habe! Untragbar! Selbst Viviane würde es nicht wagen, so etwas anzuziehen. Obwohl sie im richtigen Alter wäre. Während ich so alt bin wie Ginette! Mein Alter . . . ach was! Ich bin nicht mal sicher, ob sie nicht ein Jahr jünger ist als ich, diese Kuh! Sie ist schrecklich. Ein wahres Heilmittel! Tanzen gehen! Eine Frau im Alter von Ginette! Sie träumen, junger Werther. Ich gehe schlafen, ziehe mir die Decke über den Kopf und versuche, nichts mehr zu sehen. Und vor allem mich nicht . . .

Lockenkopf!

Und ich werde nichts essen!

Ich habe auf nichts Lust. Ich habe auf nichts Lust. Auf nichts! Auf absolut nichts!

Und ich werde auch nicht zu Hause anrufen!

Aber . . . ich langweile mich!

Außerdem habe ich Hunger. Aber ich werde nichts essen. Gut gemacht!

Gut? Gut für wen?

Ich habe intelligentere Leute kennengelernt, als ich es bin. Es riecht nach Rouille und nach Fischsuppe, und die Fischsuppe ist hier eines der Gerichte, die dem Küchenchef am besten gelingen. Ich sterbe vor Hunger. Ich falle in Ohnmacht. Also schlaf! Wer schläft, den hungert nicht!

Das dumme Zeug, das man Ihnen als Kind beibringt, vergessen Sie Ihr Leben lang nicht!

Wer schläft, den hungert nicht!

Jean, ich möchte zu Hause sein!

Dein Name befreit mich. Ich berste wie Sommergewitter. Ich breche zusammen. Ich bin verzweifelt. Ich weine für hundert Jahre. Man hat mir weh getan. Man hat dich durch mich getroffen, und du warst nicht da, um mich zu verteidigen, weil ich dich verlassen habe. Aber das ist vorbei. Ich komme zurück. Ich fahre morgen zurück. Ja, das ist entschieden. In diesem Augenblick. Ich bin geheilt. Ich habe Lust, Zwiebeln zu hacken, verstehst du, die Küche auszukehren, Pfannkuchen zu schwenken . . .

Nein, ich habe Lust auf dich.

Und ich schwöre dir, diesmal kann uns ruhig der Betthimmel auf den Kopf fallen . . . Was sage ich, der Betthimmel? Der Himmel! Der ganze Himmel kann auf uns herabstürzen, und ich werde mich nicht rühren, ich werde an dich geschmiegt sterben . . .

O Frau, dein Leben ist vorgeplant wie die Laufbahn eines Planeten, mit deinen Zyklen, deinen Monden und deinen Tränenfluten, du kreist um ihn, mit traurigem oder strahlendem Gesicht, Runde um Runde. Du sprichst von Freiheit und weißt nicht, daß Freiheit für eine Frau Einsamkeit oder Tod bedeutet. Du breitest deine Flügel aus – und kehrst wieder zurück . . .

Ich spreche natürlich von der Liebe. Diejenigen, die nicht lieben, die die Liebe nicht lieben, die es nicht nötig haben zu lieben, sind vielleicht stärker.

Aber ich liebe Jean. Und Jean liebt mich.

Der Arme, der die Pasteten in kaltes Wasser legt, weil seine Frau weggelaufen ist . . .

Ich fummle mit meinen Zehen an den Knöpfen des Radios herum. Schwierig, aber amüsant. Das bedeutet, daß es mir besser geht. Es klappt. Und wieder einmal ist Oma schwanger . . . Aber ich komme gut mit meinen

Füßen zurecht! . . . ich lande in Spanien . . . überfliege Algier . . . ich komme nach Frankreich zurück . . .

«. . . sten Reihe eines strahlenden Festsaals die große Sängerin Séraphina-Cosetta Sangria . . .»

Halt!

«. . . in Begleitung des Dirigenten Jean Martel . . .»

Was?

«Und wir hatten das Glück, sie später im *Don Juan* zu treffen, wo sie uns, bevor sie eine Wachtel mit Gänseleber zu sich nahmen, ihre Pläne mitteilten . . .»

Oh!

«Also, als erstes kommt in diesem Winter *Die Macht des Schicksals* . . .»

Die Stimme der Sangria in meinem Zimmer!

«. . . weil ich Verdi anbete. Und weil ich den da anbete!»

«Der da», erläutert der Journalist, «das ist Jean Martel!»

Ich hatte es erraten.

«Wer hätte es sonst sein sollen», fragten beide wie aus einem Munde.

Ich bleibe stumm, aber sie fährt fort: «Ich denke, daß er bald der Größte ist. Deshalb verlasse ich ihn nicht! Ich will nicht, daß eine andere Diva ihn mir wegnimmt!»

Jean lacht, ganz in meiner Nähe. Es ist verheerend.

«. . . macht Sie das glücklich, Jean Martel?»

«Sehr glücklich», sagt Jean. «Wissen Sie, es ist ein Jugendtraum von mir, der jetzt wahr wird . . . Verdi . . . die Oper . . .»

Die Oper! Jean wird an der Oper dirigieren! Ich möchte in die Luft springen, auf die Knie fallen! Die Oper! Ich höre nichts mehr und verstehe trotzdem alles. Wie der Mund eines Orakels teilt das Radio mir mit, wie es mit meinem Leben weitergehen wird. Noch bevor wir den neuen Wein abgezapft haben, werden die Geigen gestimmt sein, und unsichtbare Arbeiterinnen werden an Leonoras Kleid sticken . . . O diletta! O Madame, was haben Sie mit mir vor? Ich bin mir da selbst nicht ganz sicher. Ich werde mit Ihnen rechnen müssen, aber täuschen Sie sich nicht: Sie werden auch mit mir rechnen müssen. Sie werden vielleicht ein bißchen mit ihm schlafen. Aber ich muß Sie mit dem Gedanken vertraut machen, daß er mit mir sehr oft schläft. Und wenn wir leiden, dann ist das der lebendige Beweis dafür, daß wir nicht nur Erinnerungen haben, sondern auch eine Zukunft.

Evviva la guerra, evviva!

Die Sendung ist zu Ende, ein Herr singt gälische Lieder, aus denen ich mir nichts mache. Ich drehe ihm den Hals um und greife zum Telefonhörer. So? Also gut, die Leitungen sind unterbrochen . . . in diesem Land hier ist man wirklich unterentwickelt! Das macht nichts, dafür haben wir eine schöne Oper!

Aber was soll ich jetzt tun? Schlafen kann ich nicht! Ich will sprechen, singen, tanzen.

Tanzen?

Ich habe nicht gewußt, daß man sich so schnell anziehen, frisieren und schminken kann! Obwohl ich mit Schminke nicht gespart habe. Also, auf! Es geht darum, mein Junggesellendasein zu begraben!

Ich lief die Treppe im Galopp hinunter.

«Sieht aus, als ginge es besser», spottete Lucien ohne Groll.

Wie hatte ich nur so häßlich zu ihm sein können? Ich umarme ihn. Ich umarme Céleste. Die Engländerinnen machen mir Zeichen mit den Händen, die eine mit grünen, die andere mit blauen Fingernägeln. Sie wollen mich von nahem sehen. Mein Gott! Sie tragen Jeans mit Steinchen! Was für eine Huldigung! Und ihrem begeisterten Aufschrei über mein Make-up kann ich entnehmen, daß sie morgen abend wie zwei Berliner Transvestiten aussehen werden.

«Sie essen nicht?» fragt Christine.

«Nein, sie geht auf Männerfang!» sagt Lucien.

Ja, ja, ja!

Ich fliege durch die Straßen, ich tanze bereits, ich überquere die Hebebrücke. *Pépé La Sardine* ist auf der anderen Seite des Kanals, in einer Gegend, die ich kaum kenne. Es ist die Discothek, wo sich die einheimische Jugend jeden Abend versammelt. Das beleuchtete Zeichen da, das man für einen Fisch halten kann . . . dort muß es sein.

Ich trete ein und habe Angst.

Eine irre Geräuschkulisse. Die *Dirty Corpses* klingen wie Sänger von Schäferliedchen aus dem 18. Jahrhundert neben diesen Urviechern, die ihre Schreie in die Spelunke schmettern. Scheinwerferlicht in allen Farben kreist und huscht in dem völligen Dunkel über junge Leute hin, junge, nur junge Leute, die wie toll tanzen.

Jemand haut mir feste hintendrauf: «Salut, Mauricette!» kläfft ein Junge, der zu spät merkt, daß ich nicht Mauricette bin. Aber weil er höflich ist, gibt er mir noch einen Klaps: «Trotzdem Salut!»

Da bin ich nun, inmitten von Jungen und Mädchen, die mit allen und niemandem tanzen. Es ist ein bißchen anstößig, ohne wollüstig zu sein. Ein fröhlicher Afrikaner drückt sich fest an mich. Er bricht in Lachen aus und küßt mich auf die Nasenspitze: «Kleiner Stöpsel, du gefällst mir! Du gefällst mir, du gefällst mir!»

Erschreckt weiche ich zurück, so weit ich kann. Er

glaubt, daß ich ihn nicht verstanden habe, und sein guter Wille kennt keine Grenzen:

«Nicht sprechen Französisch? Speak English? Sprechen Sie Deutsch? Ah! Ah! Du gefällst mir!»

Zum Glück sah ich in diesem Augenblick Werther in einem orangefarbenen Lichtstrahl und stürzte auf ihn zu.

Wir verdrückten uns in eine Ecke, in der es ein ganz klein wenig ruhiger war, an der Bar, wo ein schweigsamer Typ mit langen Haaren und langem Bart nichtalkoholische Getränke servierte.

Ich trank eine Cola aus der Flasche. Man konnte nicht viel sprechen, aber ich wollte Werther trotzdem auf dem laufenden halten, ich wollte mich von ihm verabschieden und ihm die Geschichte von der Oper erzählen . . .

«Ich bin gekommen, um dir zu sagen, daß . . .»

Ich duzte Werther! Wie eine Kameradin.

Ich konnte es selbst nicht glauben. Er schien nicht verwirrt. Er sah mich lächelnd an und fragte: «Hast du was von deinem Mann gehört?»

Also! Dieser kleine Werther! Er hatte es erraten!

«Woher weißt du das?»

«Du siehst so glücklich aus», sagte er.

Ich fahre so vor mich hin.

Ich weiß, wohin ich fahre.

Ich fahre nach Hause zurück!

Der Wagen riecht nach frischem Fisch . . .

Ich hatte nicht widerstehen können und habe eingekauft! Wenn Sie meine Rötlinge sehen könnten – ein Traum! Zehn Minuten kochen, zerlassene Butter, ein bißchen Zitrone, «sie werden es sich gut schmecken lassen», hatte die Händlerin gesagt.

Um so mehr, als sie mich nicht erwarten! Sie wissen

von nichts. Heute morgen waren die Leitungen immer noch unterbrochen! Es wird eine große Überraschung werden!

Meine Kleider, die ich vor drei Tagen trug, zu der Zeit, als ich alt war, habe ich in den Koffer gestopft, zusammen mit all den kleinen Herrlichkeiten von Mauricette. Mauricette öffnete gerade ihr Geschäft, als ich abfuhr.

Auf Wiedersehn, Mauricette. Vielen Dank für alles!

Und auf Wiedersehn, Madame Paquin, die heute morgen so glücklich aussieht in ihrer pflaumenfarbenen Hemdbluse und der pfirsichfarbenen Hose.

«Dr. Favard hat mir immer gesagt, daß meine Schwester sich schneller erholen würde, als man dächte», sagte sie mit roten Wangen. Mit der einen Hand zog sie Céleste zu sich, in der andern hielt sie den Brief, der ihnen ankündigte, daß die Kranke nach Hause zurückkehre. Nicht mehr krank. Wieder gesund.

«Meine Mami ist wieder gesund!» sagte Céleste.

Célestes Mami ist wieder gesund! Gesund! Ich bin gesund, du bist gesund, sie ist gesund, wir sind gesund! Wie schön!

«Ihr Papi läßt sie im Flugzeug heimkommen», sagte Christine und streichelte den kleinen, ordentlich frisierten Kopf. «Im Flugzeug, ganz allein, wie eine große Dame! Stellen Sie sich das vor!»

«Es ist das erste Mal, daß ich fliege», fügt Céleste hinzu, «ich habe Glück!»

«Und das ist noch nicht alles», sage ich und hole aus meiner Handtasche die berühmte goldene Kette: «Nimm sie . . .»

Ihr Blick wird strahlend, aber dann senkt sie, gut erzogen wie sie ist, die Augenlider. Sie zögert, drückt sich an ihre Tante. Die sagt: «Das ist doch nicht nötig . . .»

Ich versichere ihnen, daß die Kette nicht aus Gold ist.

«Und außerdem, Céleste, du wirst doch deine beste Freundin nicht traurig machen wollen?»

Da hat sie sich die Kette um den Hals gelegt und gelächelt, schon ganz Frau, schöne Frau.

Auf Wiedersehn, Céleste!

Auf Wiedersehn, Lucien!

Kurz bevor ich ins Auto stieg, machte ich ihm noch eine große Freude. Er hatte das Gepäck in der Ente verstaut, den Fisch und die Fruchtkörbe. Als er sah, daß ich etwas in meiner Handtasche suchte, hielt er mich mit einer Armbewegung zurück: «Ich bitte Sie! Sie würden mich traurig machen!»

Ich tat verblüfft: «Wollen Sie nicht meine Adresse haben? Wie wollen Sie mich sonst besuchen, ehe Sie zu den griechischen Inseln fahren?»

Ich glaubte, daß er gleich weinen würde.

Dabei ist Lucien doch sonst nicht so empfindlich. Er ist ein Spaßvogel.

Du siehst, Jean, all das bringe ich dir mit – zusammen mit den Rötlingen, dem Merry-Look und dem Rosmarin von Brasinvers. All das, was mein Herz, fern von dir, hat höher schlagen lassen. Für dich. Die Gemeinschaft der . . . nein, nicht der Heiligen, sondern derer, die ich an unseren Tisch geladen habe.

Ich habe eine ganze Menge von ihnen eingeladen.

Tatsächlich habe ich sie alle eingeladen.

Was willst du? Man ändert sich eben nicht!

Auch er war sympathisch, der Afrikaner gestern abend. Er hat mich eine unwahrscheinliche Nummer tanzen lassen, und ich habe dabei meine Schuhe verloren. Er nannte mich «kleine Nasenspitze» und wollte unbedingt wissen, was ich später im Leben mal machen wollte. Ich ließ es ihn wiederholen. Es war zu schön, das zu hören: «Und du, kleine Nasenspitze, was willst du später im Leben machen?»

Ich lachte. Aber er war ganz ernst: «Studierst du noch oder arbeitest du schon?»

Ich sagte:

«Ich bin Großmutter!»

Er hat es mir nicht geglaubt. Er hat mich an seinen Ebenholzkörper gezogen und gesagt: «Das wird *dein* Fest, Großmutter!»

Das hat mich erschreckt und mich veranlaßt, gegen 3 Uhr morgens, meine Schuhe in der Hand, die Discothek vorzeitig zu verlassen, ohne Werther noch einmal gesehen zu haben.

Aber das macht nichts. Er wird zu uns kommen, Werther. Er hat die Adresse.

Er hatte gesagt: «Ich bin sehr froh, daß ich den Ehemann kennenlernen werde.»

Das gelbliche Schilf am Kanal zittert leise. Der Himmel ist klar. Ich habe die Sandfelder hinter mir, wo der Wein wächst, und fahre an den Meersalzbergen vorbei. Ich nähere mich der alten Stadt König Ludwigs des Heiligen. Die Ente ist entfesselt, ich bringe sie auf sechzig! Das ist berauschend!

«Wenn Sie fettiges Haar haben», sagt eine liebenswürdige Stimme im Autoradio, das sich ganz von selbst eingestellt hat, «wenn Sie fettiges Haar haben, verzweifeln Sie nicht. Wir sind da.»

Es wird mehr passieren müssen als das, um eine Greisin zur Verzweiflung zu bringen, die man am Vorabend noch gefragt hat, was sie einmal im Leben machen wolle! Ich weiß wohl, daß es sehr dunkel war bei *Pépé La Sardine*, aber trotzdem, es gibt dem Blut Sauerstoff!

P ivatbes tz
intritt verbot n

Die lange kurvenreiche Allee durch die Weingärten aus alter Zeit, die verlassenen Wirtschaftsgebäude, das bogenförmige Portal, und da hinten, vor dem Haus, die blühende Terrasse.

Ich fahre im Schritt. Ich möchte zu Fuß ankommen wie der Admiral, ein Gedicht auf den Lippen, einen Lorbeerzweig in der Hand . . .

Ich weiß, wenn ich hupe, werden sie alle aus dem Haus kommen und über mich herstürzen, mich in die Arme nehmen . . . aber ich ziehe es vor, die Ente stehen zu lassen und plötzlich auf dieser leeren Bühne zu erscheinen.

Niemand hat mich gesehen . . .

Doch, Tibère. Er schnauft laut auf, um mich willkommen zu heißen. Er sieht aus, als ginge es ihm besser . . . Er hat es ja auch versprochen, nicht wahr?

Das alte Haus . . . Ich betrachte es, als sähe ich es zum erstenmal. Vielleicht ist es auch das erste Mal, daß ich dieses Königreich mit den richtigen Blicken betrachte. Ein zerbrechliches Königreich, das zu zerfallen scheint, das vielleicht zerfällt?

Lächerliche Reichtümer: ein Haus, das fast zusammenbricht, Wein, den man nicht mehr verkaufen kann, eine marmorne Venus, die es nicht gibt . . . Blumenkübel von Anduze, die nur noch durch Eisenreifen zusammengehalten werden, alte geblümte Badewannen, die unter dem grünen Anstrich rosten. Die kleine Diana, die in der Laube zerfällt, und dieser rosa Staub, auf dem ich gehe, von einem weiteren Ziegel, der vom Dach gefallen ist . . . Trotzdem bin ich nicht traurig. Ich vermute, daß ein Sinn in all dem steckt, der sich mir vielleicht eines Tages enthüllen wird. Ich weiß nicht, warum ich mich verstecke. Ich spüre, daß der Augenblick für meinen Auftritt noch nicht gekommen ist.

Oh! Vivette! Ich hatte sie nicht gesehen. Sie ist dort hinten im Laufgitter und spielt mit Holzklötzchen, die ihre Farbe verloren haben. Wie früher Viviane. Und dann die Jungen. Und Ignacio. Und vor sehr langer Zeit ich.

«Wie geht es, mein Kleines?»

Viviane, die mich nicht sehen kann, neigt sich aus dem Fenster ihres Zimmers und kämmt ihr langes Haar, wie Melisande, die sie eines Tages sein wird. Dann verschwindet sie wieder im Zimmer und spricht mit jemand, mit Thomas sicher.

Lärmend geht die Tür auf. Ich verstecke mich etwas besser und sehe – Concepcion. Sie ist also zurück! Hosianna! Alles vergeben! Sie kommt mit den beiden Jungen nach draußen. Es kommt mir so vor, als ob sie sie mehr umschmeicheln als vor ihrer Reise? Aber das beweist nur, daß sie normal sind. Also nein, ich werde doch nicht am Tag meiner Ankunft Ärger machen! Sie sind erwachsen, meine Jungen, wir sind alle erwachsen. Sogar ich. Außerdem schickt Concepcion sie energisch zur Quelle, wo sie die Tonkrüge füllen sollen. Im Flug erwischt sie Ignacio, der hinter dem Haus hervorkommt, küßt ihn und zieht ihn mit sich in die Küche.

«Du wirst sehen . . .»

Wieder ist außer Vivette niemand mehr auf der leeren Bühne.

Ich habe Angst.

Jean, wo bist du?

Alles ist still, und dort, wo du bist, ist immer Musik. Alles ist still. Warum spielst du nicht für das Eidechseum? Warum?

Bist du vielleicht nicht da? Hast du vielleicht einen

andern Weg eingeschlagen als den zu mir? Ich habe dich verlassen, ohne es dir vorher zu sagen. Ich komme zurück, ohne es vorher zu sagen. Warum solltest du mich erwarten? Es sind die Frauen, die warten, nicht die Männer. Das weiß man schon seit der Antike.

Vielleicht war es ein Fehler gewesen, wegzufahren? Vielleicht habe ich die Ordnung durcheinandergebracht?

Ich habe Angst.

«Dada!»

Vivette hat mich gesehen und begrüßt mich. Sie zieht sich an den Stäben des Gitters hoch und klammert sich an ihnen fest. Als ich auf sie zugehe, wird ihr Lächeln strahlend.

«Flöö!» sagt sie, offensichtlich begeistert über meine Ausstaffierung. Sie nimmt einen meiner Finger, versucht den ultramarinblauen Fingernagel anzuknabbern, gibt auf, weil es zu schwierig ist und verliert sich in die Betrachtung der Rubine auf meinen Jeans . . .

Vivette, du Blut von meinem Blut, die du im Jahre 2000 fünfundzwanzig Jahre alt sein wirst, ich muß dir ein Geheimnis verraten: «Ich bin verliebt.»

Und ich habe Angst. Du verstehst mich, denn du bist eine Frau. Ich gehöre der Vergangenheit an, und du gehörst der Zukunft, aber wir haben einen gemeinsamen Nenner: den Mann.

Du wirst lachen, wenn du an die alten Frauen ohne Büstenhalter denkst, die die Frau befreien wollten. Du wirst dich in durchsichtige Blasen setzen, um von einem Ort zum andern zu kommen. Du wirst mit einer weißen, enganliegenden synthetischen Haut bekleidet sein und in einem Haus aus Metall wohnen. Foncaude wird nur noch eine Erinnerung sein, von der du deinen Kindern erzählen wirst: «Ich habe ein ganz außergewöhnliches Haus gekannt. Ein Haus aus uralter Zeit . . .»

Du wirst dich auch an die Frauen aus dieser uralten Zeit erinnern: an deine Mutter, deine Großmutter, deine Urgroßmutter.

Du wirst leise sagen: «Sie liebten ihre Männer . . .» Und ich hoffe, daß eine Kinderstimme fortfahren wird: «Wie du, Mami.»

Auch ich möchte, daß die Welt sich ändert, vorausgesetzt, daß die Babies frisch und munter bleiben und die Ehemänner immer geliebt werden. Es ist mir gleichgültig, ob ich als Relikt in einer veränderten Umwelt lebe, wenn ich nur sicher sein kann, daß die Menschen nie vergessen werden, daß sie die Liebe erfunden haben und die Musik.

Die Musik.

Noch ehe ich die ersten Töne hörte, spürte ich, wie die Eidechsen in dem alten Weingarten erzitterten.

Das Herz von Foncaude schlug wieder, und das meine schlug mit ihm, glücklich und zufrieden.

Ich ließ das kleine Mädchen in seinem Gitter und ging leise auf die Musik zu.

Auf Jean zu.

Jean. Ich liebe es, dich anzusehen, wenn du nicht weißt, daß ich dich sehe, und ich frage mich, wie ich dich habe verlassen können. Du bist so ernst. Du willst alles so gut machen. Du neigst dich über die Noten wie ein Schüler. Du hebst den Kopf. Du denkst nach. Du lächelst. Du schreibst etwas auf und beginnst wieder zu spielen. Was du spielst, ist die Ouvertüre zu *Die Macht des Schicksals.* Was du spielst, sind die Stationen unseres Lebens.

Ich konnte mich nicht lange zurückhalten.

Ich ging zu ihm, legte ihm die Arme um den Hals, und wie am Abend deiner Ankunft hast du die Haut vor deinen Lippen geküßt.

Dann hast du verstanden.

Das Klavier schwieg. Du hast mich nicht sofort angesehen. Du hast zuerst die Augen geschlossen wie jemand, der sagt: «Endlich!» Als du sie öffnetest, sahst du mich. Du hast einen Schrei ausgestoßen, bevor du lachtest und dich wie wild auf mich stürztest.

Gott sei Dank, du hattest nichts gegen Blondinen!

Ich kam wieder zu Atem und entdeckte Albin und Paul, die wie versteinert auf der Schwelle zum Salon standen. Die armen Kleinen, sie glaubten, ihr Vater gebe sich vor ihren Augen Ausschweifungen hin. Die Erleichterung, mit der Paul rief: «Leck mich am Arsch! Es ist Mami!» ging mir direkt zu Herzen.

Dann begann der reinste Stierkampf. Alle sind sie zu mir gekommen, und ich beschloß, oft zu verreisen, denn noch nie hatten sie mir ihre Liebe so sehr gezeigt. Nie habe ich so viele Küsse bekommen, so viele Liebkosungen und Komplimente. Octave sprang an mir hoch und bellte und heulte. Ein schöner Wachhund, der mich nicht einmal hatte kommen hören! Ich wurde von einem Arm zum andern gereicht. Sie fanden mich verrückt, toll, großartig! Sie waren froh, daß ich wieder da war.

Plötzlich sagte ich: «Ich habe Rötlinge im Wagen!»

Hurra! Damit fing alles wieder von vorn an: Schürze anziehen und Zwiebeln schälen . . . aber Jean hielt mich mit der Hand zurück, während die andern nach draußen liefen, um die Ente auszuladen.

«Nein», sagte er.

Also blieb ich.

Wir sahen uns lange an. Dann hast du mich in deine Arme genommen.

Ich fühlte mich wohl.

Wir hörten die Kinder im Garten lachen.

Es lag etwas in der Luft wie ein Versprechen, das sie mir

gaben, und ich habe verstanden, welcher Zement unsere Steine zusammenhielt.

Du zogst mich noch fester an dich und sagtest: «Du wirst sehen . . .»

. . . wie der junge Mann damals. Der junge Mann, den ich vor langer Zeit im Konzert kennengelernt hatte. Der junge Mann, den mein Patenonkel damals zum Tee bei Colombin eingeladen hatte. Der junge Mann, der zwei Karten für die Oper hatte.

Eine für dich, eine für mich. Zwei Plätze für die Oper.

Zwei Plätze für das Leben.

Paul Gallico

Meine Freundin Jennie
Roman · rororo Band 499

Ein Kleid von Dior
Roman · rororo Band 640

Der geschmuggelte Henry
Roman · rororo Band 703

Thomasina oder Die rote Lori
Roman · rororo Band 750

Ferien mit Patricia
Roman · rororo Band 796

Die Affen von Gibraltar
Roman · rororo Band 883

Immer diese Gespenster
Fast ein Kriminalroman · rororo Band 897

Die spanische Tournee
Roman · rororo Band 963

Waren Sie auch bei der Krönung?
Zwei heitere Geschichten zu einem festlichen Ereignis
rororo Band 1097

Die Hand von drüben
Fast ein Kriminalroman · rororo Band 1236

Jahrmarkt der Unsterblichkeit
Roman · rororo Band 1364

Freund mit Rolls-Royce
Roman · rororo Band 1387

Schiffbruch
Roman · rororo Band 1563

Adam der Zauberer
Ein Märchen von der Einfalt des Herzens
rororo Band 1643

Die silbernen Schwäne
Fünf Geschichten von der Liebe · rororo Band 1803

Julian und die Seifenblasen
Roman · rororo Band 4173

Mrs. Harris fliegt nach Moskau
Roman · 208 S. Geb. und als Taschenbuch-Ausgabe:
rororo Band 4239

rororo

53/20

759/16

828/6